KB099040

BEETLE BOY  1

비틀보이
마야 G. 레너드

: 사라진 아빠

BEETLE BOY

비틀보이

마야 G. 레너드 장편소설
정해영 옮김

: 사라진 아빠

북핀

| 일러두기 |

1. 이 책의 맞춤법은 국립국어원에서 정한 한글 맞춤법 및 표준어 규정에 따랐습니다.
   단, 작가의 독특한 말투나 대화문 안에 나오는 비속어 등은 원작품의 문학적 표현을 우선하여 비표준어이더라도
   우리말의 느낌과 가장 비슷한 말로 번역하였음을 밝힙니다.
2. ( ) 안의 글은 원작품의 내용이며 [ ] 안의 글은 번역자의 보충 설명입니다.

희귀한 딱정벌레가 채집되었다는 얘기를 들을 때마다
내 마음은 마치 나팔소리를 들은 늙은 군마軍馬처럼 뛴다.

찰스 다윈Charles Darwin

차 례

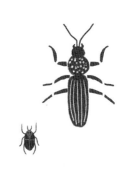

제1장
바솔로뮤 커틀 박사의
의문의 실종

바솔로뮤 커틀 박사는 아무런 말도 없이 갑자기 종적을 감출 사람이 아니었다. 그는 저녁 식탁에서 오래된 두꺼운 책을 읽느라 계란 프라이를 수염에 묻히는 그런 사람이었다. 그는 항상 열쇠를 잃어버리고 비 오는 날에 우산을 챙겨가는 법이 없는 그런 사람이었다. 학교에 아들을 데리러 갈 때 항상 5분씩 늦지만 단 한 번도 빼먹은 적이 없는 그런 사람이었다. 그리고 무엇보다, 열세 살짜리 아들을 버릴 그런 사람이 아니라는 것을 아들인 다쿠스는 잘 알고 있었다.

경찰 조서에 따르면 9월 27일은 특별할 것 없는 화요일이었다.

48세 홀아비 바솔로뮤 커틀은 아들을 학교에 데려다주고 자신이 학예실장으로 근무하고 있는 자연사박물관으로 출근했다. 그리고 아홉 시 반에 비서인 마가렛에게 아침 인사를 건넸고 오전 시간을 박물관 업무에 관한 회의로 보낸 다음, 오후 한 시에 옛 동료인 앤드류 애플야드 교수와 함께 점심을 먹었다. 오후에는 평소와 다름없이 커피 머신에서 커피를 한 잔 뽑아 지하 소장실로 내려갔다. 그는 복도에서 그날 담당 경비인 에디와 가벼운 잡담을 나누고는 곤충 소장실로 들어가서 내내 그곳에 틀어박혀 있었다.

그날 저녁 아버지가 집에 돌아오지 않자, 다쿠스는 이웃들에게 이 사실을 알렸고, 이웃들은 경찰에 신고했다.

경찰이 박물관에 도착했을 때 커틀 박사가 들어간 방은 안에서 잠겨 있었다. 그가 심장마비를 일으켰거나 사고를 당했을 거라고 짐작한 경찰은 연장을 가져와 문을 뜯어냈다.

그러나 방은 비어 있었다.

차갑게 식은 커피 한 잔만 테이블 위 현미경 옆에 서류 몇 장과 함께 놓여 있을 뿐이었다. 초시류[鞘翅類, 곤충의 한 종류로 딱딱한鞘 겉날개翅를 가지고 있다고 해서 붙은 이름, 딱정벌레목이라고도 한다.] 표본이 들어있는 서랍이 몇 개 열려 있었지만, 바솔로뮤 커틀 박사의 흔적은 없었다.

그는 완벽하게 사라져버렸다.

지하 소장실에는 그가 들어간 문을 제외하면 문도 창문도 없었

다. 그곳은 공기 조절 장치에 의해 환기가 이루어지는 밀폐된 방이
었다.

　이 실종된 과학자의 수수께끼는 온갖 신문의 1면을 장식했다. 풀
수 없는 미스터리가 기자들을 흥분시켰지만, 도대체 어떻게 커틀 박
사가 지하 소장실을 빠져나갈 수 있었는지 설명할 수 있는 기자는 한
명도 없었다.

　과학자 실종 사건! 선정적인 헤드라인이 난무했다.

　경찰은 오리무중! 신문들은 외쳐댔다.

　아빠 잃은 소년, 위탁 가정으로 보내져! 신문들은 보도했다.

　유명 고고학자인 유일한 혈육 맥스밀리언 커틀 박사 찾기에 돌입.
그리고 다음 날...

　고고학자, 시나이 사막에서 연락 두절!

　홀로 남은 아이! 신문들은 한탄했다.

　위탁 가정에 맡겨진 다쿠스가 밖으로 나가면 기자들이 그를 불러
세워 사진을 찍고 질문 세례를 퍼부었다.

　"아버지한테 소식은 없니?"

　"다쿠스, 아버지가 도피 중이시니?"

　"다쿠스, 아버지가 돌아가신 건 아니니?"

　5년 전 어머니가 사망했을 때, 다쿠스는 자신의 세계 속에 틀어
박혀 버렸다. 더 이상 아이들과 놀지도, 다른 아이의 집에 가지도 않
았다. 다쿠스의 어머니인 에즈미 커틀은 폐렴으로 갑자기 목숨을 잃

었다. 그 충격은 이루 말할 수 없었다. 다쿠스의 아버지는 깊은 슬픔에 휩싸였다. 며칠 동안 침대에 누워 한마디 말도 없이 벽만 멍하니 쳐다보며 눈물을 흘렸다(다쿠스는 그 당시를 암담한 나날들이었다고 했다). 가장 암담한 날에는 다쿠스가 차와 비스킷을 가져와 아버지 옆에 앉아서 책을 읽었다. 어머니를 잃은 데다, 항상 슬픔에 빠져있는 아버지를 지켜봐야 했으니, 이중으로 힘든 나날들이었다. 다쿠스는 스스로를 돌보는 법을 배워야 했다. 학교에서 모든 아이들과 원만하게 지냈지만, 딱히 가까운 친구는 없었다. 그는 항상 혼자 지냈다. 다른 아이들은 이해할 수 없을 게 뻔했고, 자신이 설명할 수 있을 것 같지도 않았다. 중요한 것은 아버지를 돌보고 아버지가 다시 행복해질 수 있도록 돕는 것뿐이었다.

마침내 엄마가 죽은 지 4년 만에, 암담한 날들은 차츰 줄어들었다. 다쿠스는 아버지가 슬픔의 깊은 잠에서 깨어나는 것을 조심스럽게 기쁜 마음으로 지켜보았다. 그는 다시 정상적인 아빠로 돌아왔다. 일요일에는 축구를 하고 아침 식탁에서 아들에게 미소를 보내고 머리가 꼭 빗자루 같다며 놀리는 평범한 아빠로.

그럴 리가 없다. 다쿠스는 아버지가 자살을 하거나, 도망을 치거나, 이중생활을 할 사람이라고 생각하지 않았다. 분명 지하 소장실에서 무슨 일이 생긴 것이다. 그 생각을 하니 공포감에 가슴이 철렁 내려앉았다. 그 무슨 일이라는 것이 과연 무엇일지 상상도 할 수 없었다. 그래서 그런 어리석은 질문을 받을 때면, 두 손을 주머니에 찔러 넣고 기자들의 수첩을 향해 인상을 쓰며 답변을 거부했다.

'***상심한 소년, 말문을 닫다!***' 신문들은 세상에 말했다.

마침내 이집트에서 다쿠스의 삼촌[아버지의 형으로 다쿠스에겐 큰아버지이다.]인 맥스밀리언 커틀 교수와 연락이 닿자, 그는 동생의 아들을 돌보기 위해 곧바로 런던으로 날아왔다. 실종된 과학자의 미스터리를 풀 수도, 다쿠스에 대한 새로운 이야기를 만들어낼 수도 없는 신문들은 이제 관심이 식어서 다쿠스를 가만히 내버려뒀다. 맥스밀리언 삼촌은 다쿠스를 자신의 집으로 데려갔다. 캠던 타운과 리젠트 파크 사이 상점들이 즐비한 거리에 위치한 유기농식품 판매점 '마더 어스' 위층에 있는 상가주택이었다.

"미리 말해 둘 게 있다." 계단을 오르며 맥스 삼촌이 말했다. "난 항상 혼자 살아왔어. 너도 알다시피 여행도 많이 하는 편이지. 삼촌은 영국을 별로 좋아하지 않는단다. 영국은 항상 비가 오고, 지루하고, 뭐 딱히 발굴할 만한 흥미로운 것들도 없으니까. 난 차라리 시나이 사막에서 낙타를 타는 편이 더 좋아." 그는 잠시 숨을 돌리고 말을 이었다. "어쨌거나, 요점만 말하자면, 난 손님들과도 별로 잘 지내지 못한단다. 뭐, 피장파장이겠지만, 손님을 어떻게 대해야 할지 모르겠거든. 아이들도 마찬가지야."

다쿠스는 조용히 삼촌을 따라 현관문으로 들어갔다. 아버지와 비슷한 목소리를 들으니 기분이 한결 좋았다.

"여긴 부엌이야." 맥스 삼촌이 왼쪽에 있는 연주황색 방을 가리키

13

며 말했다. 그리고 몇 발 더 걸어서 오른쪽을 가리키며 말했다. "여긴 거실."

거실을 지나칠 때, 다쿠스는 암청색 벽에 일렬로 걸린 기다란 나무 가면을 빤히 쳐다보았다. 가면들도 다쿠스를 빤히 쳐다보았다. 계단을 또 올라가 3층으로 가니, 맥스 삼촌의 침실과 커다란 분홍색 욕실이 나왔다.

"내가 1년 중 대부분을 해외에서 일하기 때문에, 대학에서 사무실을 내주지 않는단다. 그러니까 여긴 내 집인 동시에 사무실인 셈이지." 한 계단 위의 다락으로 올라가면서 말했다. "그리고 앞으로 네가 쓰게 될 방인데, 지금까지는 내가 음... 서류 캐비닛으로 쓰던 곳이란다."

천장이 낮은 4층 계단 끝에 도달했을 때, 맥스 삼촌은 벽에 몸을 기대고 피곤한 기색을 내비쳤다. 셔츠 주머니에서 손수건을 빼내서는 손마디가 부은 오른손으로 사파리 모자를 조금 밀어 올리고 검게 탄 가죽 같은 이마를 닦아냈다.

"휴." 그가 우거지상을 하고 말했다. "무슨 일을 하건, 넌 절대 늙지 마라. 어떻게 여기서 다시 내려가야 할지 눈앞이 캄캄하구나. 네가 업고 내려가야 할 판이다." 그가 농담을 하고 있음을 보여주기 위해 껄껄 웃었지만, 다쿠스가 함께 따라 웃지 않자 슬픈 미소를 지으며 고개를 저었다. "넌 생김새는 엄마를 닮았는지 모르지만, 성격은 완전히 아빠하고 판박이로구나. 네 엄마는 내 농담에 항상 웃어줬는데. 특히 썰렁한 농담에는 말이다."

다쿠스는 공손하려 애쓰며 미소 지었지만, 마치 인상을 찌푸린 것처럼 보였다. 자신을 유심히 쳐다보는 삼촌을 의식하며, 다쿠스는 심하게 헐렁한 초록색 스웨터를 부여잡고 무릎 부분이 찢어진 꾀죄죄한 청바지를 내려다보았다.

어두운 피부색과 머리칼 색, 석탄처럼 까만 눈 때문에 사람들은 다쿠스가 스페인계 어머니를 닮았다고 말했지만, 다쿠스가 어머니를 생각할 때 머리를 가득 채우는 것은 환한 함박웃음이었다. 다쿠

스의 입매는 어머니와 닮았지만, 자신의 미소가 아버지를 슬프게 한
다는 것을 깨달은 다음부터 더 이상 미소를 짓지 않았다.

"머리는 어떻게 된 거니?"

"위탁 가정에서 밀었어요." 다쿠스는 까끌까끌한 머리를 문지르
며 말했다. 소년은 그 낯선 집에서 보낸 첫날 밤 바리캉으로 머리에
고속도로를 낸 그 악당에 대해 말하고 싶지 않았다. "서캐가 있었거
든요." 소년이 중얼거렸다.

"알만하구나. 세심한 예방 조치 차원이겠지." 맥스 삼촌이 인상
을 찌푸리며 손수건을 도로 주머니에 집어넣었다. "알겠다." 그가 앞
에 있는 문을 가리키며 말했다. "여긴 화장실이야." 그런 다음 안쪽
으로 조금 더 걸었다. "그리고 여기가 네 방이다." 맥스 삼촌은 다쿠
스에게 겸연쩍게 웃어 보이고는 방문을 열었다. "짜잔!"

아무렇게나 휘갈겨 쓴 글씨가 빽빽이 채워진 종이 한 장이 복도
로 날아와 다쿠스의 발 앞에 내려앉았다. 방은 작았다. 종이 더미가
바닥을 덮고 있고 상자들이 아무렇게나 쌓여있었다. 누렇게 변색된
신문지로 싼 물건들이 반쯤 열린 소포 상자 밖으로 삐져나와 있고,
흰곰팡이와 먼지 냄새 때문에 공기가 탁했다.

다쿠스는 재채기를 했다.

"저런, 몸조심해야지!" 맥스 삼촌이 출입구 안으로 들어가 불을
켜며 말했다.

상자들 너머에는 검은색 서류 캐비닛들이 벽면에 붙어 있었다.

서랍 몇 개는 반쯤 열려 서류가 튀어나와 있었다. 상단에는 양장본 지도책과 낱장으로 된 지도들이 서로 힘겹게 기대고 있었다. 다쿠스는 천장에서 채광창을 발견했다. 창유리 바깥 면에 때가 잔뜩 끼어서 방안을 그림자로 가득 채웠다.

"서류 정리를 싫어하시나 봐요." 다쿠스가 말했다.

"음, 그래. 정리한 지 몇 년은 된 것 같다." 맥스 삼촌이 기침을 했다. "그러고 보니 마지막으로 올라온 게 언젠지도 모르겠구나. 아마 네가 태어나기도 전이었지."

버릇없게 보이지 않기를 바라며 다쿠스가 힘없이 미소 지었다. 조카의 긴장이 슬슬 풀리는 것에 흐뭇해하며, 맥스 삼촌은 열린 상자에서 책 한 권을 집어 들었다. "『식인 풍습의 지성사』, 한참 찾았었는데 여기 있었네." 그는 이맛살을 두 번 찌푸리더니 책을 도로 털썩 내려놓았다.

상자에서 먼지 구름이 일며 다쿠스의 얼굴을 휩쓸었다.

다쿠스가 먼지를 몰아내려 손을 휘저으며 재채기를 하는 모습에 맥스 삼촌은 껄껄 웃었다. 그리고 삼촌의 전염성 있는 폭소에 다쿠스도 웃음을 터뜨렸다.

"여기서 살려면 손을 좀 봐야겠구나." 맥스 삼촌은 다쿠스에게 뒷주머니에서 꺼낸 깨끗한 손수건을 건네며 말했다. "하지만 우리가 조금만 힘을 쓰면, 제법 침실답게 만들 수 있을 거야."

다쿠스는 여행 가방을 바닥에 내려놓았다. "괜찮을 거예요. 삼촌,

감사합니다.”

“아무렴, 괜찮겠지.” 맥스 삼촌이 다쿠스의 등을 두드리자 다쿠스가 앞으로 툭 밀려났다. “손을 본다고 해도, 여전히 낡고 괴상해 보이는 건 어쩔 수 없겠지만.” 그는 사파리 모자를 벗었다. 햇볕에 그을린 두피 위로 머리칼이 마치 은빛 구름처럼 솟아올랐다. “우선은 전부 다 복도로 빼내는 게 좋을 것 같다. 이 방을 사람이 살기에 적합하게 만들려면 청소가 필요할 테니까.”

다쿠스는 본격적으로 작업을 개시했다. 초록색 스웨터 소매를 걷어붙여 깡마르고 거무스름한 팔을 드러낸 채 무거운 상자를 끌고 나왔다. 상자를 끌고 문가를 나오다가 하마터면 뒤로 휘청하며 자빠질 뻔했는데, 그 순간 상자가 찢어지면서 '파브르 프로젝트'라고 표시된 서류철 더미가 드러났고 동시에 인간의 치아 같은 것이 바닥에 쏟아졌다.

“죄송해요. 제가...” 다쿠스가 말을 더듬었다.

“어, 이건 네페르티티[기원전 14세기경 이집트 파라오 아크나톤의 왕비]의 이야.” 맥스 삼촌이 무릎을 꿇고 조심스럽게 이를 손에 주워 담았다. “이걸 안전한 곳에 옮겨야겠구나.”

“이게 네페르티티의 이라고요?” 다쿠스가 눈을 휘둥그레 뜨고 물었다. “정말이에요?”

“정말이고말고.” 맥스 삼촌이 고개를 끄덕였다. “내가 네페르티티의 무덤을 발견했거든. 사람들은 여전히 무덤이 사라졌다고 말하

18

겠지만, 사실은 내가 찾았어. 이 이들은 ─ ” 그가 손을 들어 올리며 말했다. “그 절세미인 왕비의 관에서 가져온 거란다.”

“삼촌이 직접 뽑아오셨어요?”

맥스가 어깨를 으쓱했다. “뭐, 어차피 쓰지도 않는 이니까.”

다쿠스는 떨어진 이 하나를 주워 들며 말했다. “박물관에 있어야 하는 게 아닌가요?”

“누군가 내 말에 귀 기울였다면, 아마 박물관에 있었을 테지.” 맥스 삼촌이 말했다. “하지만 당시에 아무도 내 말을 들으려 하지 않았어. 풋내기 고고학자가 그런 중요한 발견을 했다고? 그런 애송이가? 사람들은 그건 불가능하다고 말했지만, 그들은 틀렸어. 나이가 어리다고 어른이 할 수 있는 일을 하지 못하란 법은 없지. 어리다고 호기심이나 결단력이나 근성이 없는 건 아니잖니? 안 그래?” 맥스 삼촌이 콧방귀를 뀌었다. “찾으려고만 들면, 찾게 될 거다. 내가 어디 있는지 벌써 말해줬으니까. 하지만 네페르티티는 이가 없을 거야. 이 예쁜 것들은 그곳에 처음 간 사람이 나라는 사실을 증명해줄 확실한 증거가 될 거고.” 그는 조심스럽게 이를 봉투에 쏟아부었다. “과거는 항상 사람들의 발목을 잡을 방법을 가지고 있단다. 자신이 원하지 않을 때도 말이야.” 그는 봉투를 접어 밀봉했다. “이건 내 첫 이집트 발굴 성과 중 하나란다. 당시 나는 이제 막 고고학자 자격을 얻은 풋내기였고, 게임의 규칙을 이해하지 못했지. 어른들의 삶은 지독하게 따분할 수 있단다, 다쿠스. 온갖 정치와 타협으로 가득하지...”

두 사람이 함께 물건을 치우고 바닥을 쓸고 먼지를 털어내는 동안, 맥스 삼촌은 고고학자로서 겪게 되는 시련과 역경에 대해 구구절절 열변을 쏟아냈고, 다쿠스는 그때마다 고개를 끄덕이거나 내저어 반응을 보였다. 네 개의 책 상자 위에 선명한 색상의 모로코 스타일 천을 덮어 테이블을 만들고, 세 개의 빈 용기를 차곡차곡 쌓아 옷담을 선반을 만들었다.

맥스 삼촌은 의자 위에 올라가 식초로 적신 신문지로 채광창 안쪽을 문질렀다. 삼촌이 창을 열어 바깥쪽을 닦으려고 팔을 뻗었을 때, 다쿠스는 유리 위에 검은 뭔가가 앉아 있는 것을 보았다. 그것은 동물이었다... 다리가 일곱 개... 아니면 여섯 개... 저건 뿔인가?

"잠깐만요!" 다쿠스가 소리쳤다.

그러나 맥스 삼촌은 창문을 안으로 당겼고, 그 동물은 허공으로 뛰어올라 쌩하고 날아가 버렸다.

"저게 뭐죠?" 다쿠스가 손가락으로 가리키며 말했다. 마음 같아서는 자신도 의자 위로 올라가 자세히 보고 싶었다.

"뭐가 말이니?" 맥스 삼촌은 위를 올려다보았지만, 그 정체를 알 수 없는 것은 이미 사라진 뒤였다.

다리가 일곱 개인 동물은 없으니까 아마 여섯 개였을 텐데... 그렇다면 곤충이라는 얘기겠지? 아니면 박쥐이거나 두 마리의 작은 새였을까? 하지만 박쥐는 뿔이 없고, 새가 두 마리라도 다리는 네 개뿐이다. 그러니 틀림없이 곤충일 것이다. 하지만 그렇게 큰 곤충은 본 적이 없었다.

"해가 지고 있구나." 맥스 삼촌이 창밖으로 머리를 내밀고 말했다. "뭐 이집트의 석양은 아니지만, 이곳도 나름대로 아름답구나."

다쿠스는 그 작은 방을 꼼꼼히 살펴보았다. "맥스 삼촌?"

"왜 그러니?"

"잠은 어디서 자죠?"

맥스 삼촌은 채광창 밖으로 내밀었던 머리를 다시 안으로 들여놓았다.

다쿠스는 두 팔을 쫙 펴고 말했다. "침대가 들어올 것 같지 않아요."

"게다가 설령 침대가 들어올 수 있다 해도, 이 집에 남는 침대도 없지." 맥스 삼촌이 수긍하며 고개를 끄덕였다.

"그럼 바닥에서 자면 되겠네요."

"아니면 천장에서 자던가." 맥스 삼촌이 말했다.

"맞아요." 다쿠스는 삼촌이 또 농담을 하고 있는 거라고 짐작하며 고개를 긁적였다.

"해먹에서 말이다." 맥스 삼촌이 말했다. "말하자면 매달려 있는 침대지. 선원들이나 고고학자들은 항상 해먹을 이용한단다. 치명적인 독이 있는 꼬리를 빳빳이 세운 전갈에 쏘이는 걸 피할 때 아주 유용하거든. 아, 뭐 그렇다고 여기 전갈이 있다는 건 아니고, 알지? ...적어도 살아있는 놈은 말이야. 해먹은 어떨 것 같니?"

"좋을 것 같아요."

"잘 됐다. 마침 내게 남는 해먹이 있거든." 맥스 삼촌은 복도로 나가더니 파란 가방을 들고 돌아왔다. 안에는 누르스름한 모래색의 신축성 있는 캔버스 천이 두 개의 커다란 구리 고리 주변에 뭉쳐져 있었다. "저기에 걸 수 있을 것 같은데." 맥스 삼촌이 서류 캐비닛 위의 천장 공간을 가리키며 말했다.

다쿠스는 격하게 고개를 끄덕였고, 맥스 삼촌이 가방에 손을 넣더니 두 개의 놋쇠 고리와 나무망치를 꺼냈다. "거실에 내려가서 침낭을 가져오렴. 가죽 안락의자 위에 있는 거. 소파에서 쿠션도 가져오고."

다쿠스가 다시 올라왔을 때, 맥스 삼촌은 이미 해먹을 매달아 놨다. 다쿠스가 신이 나서 캐비닛 위로 올라가 새 침대로 뛰어들자, 해먹이 다쿠스를 부드럽게 좌우로 흔들어주었다. 캔버스 천에 애벌레처럼 감싸인 소년은 완벽하게 모습이 감춰졌다.

"맘에 들어요!" 다쿠스가 머리를 쏙 빼며 말했다.

맥스 삼촌은 침낭과 베개를 건넸다. "나쁘지 않구나." 그가 흡족한 얼굴로 두리번거리며 동의했다. "자, 이제 그럼." 그는 다쿠스의 여행 가방을 서류 캐비닛 위에 올려놨다. "네가 입을 옷을 좀 구해야겠구나."

"옷은 있어요."

"하지만 몇 벌 새로 사자." 맥스 삼촌이 미소 지었다. "그 스웨터는 외출용으로는 좀 아닌 것 같다."

"이건 아빠 스웨터예요." 다쿠스가 조용히 말했다.

"아이고." 맥스 삼촌은 의기소침해 보였다. "용서하렴, 다쿠스. 삼촌이 어리석었다." 그는 목청을 가다듬고 말했다. "끔찍하게 둔감하지."

"맥스 삼촌..." 다쿠스는 침을 삼켰다. 삼촌의 눈을 똑바로 쳐다볼 수 없었다. "이제 삼촌이 돌아오셨으니까... 경찰이 다시 아빠를 찾기 시작하겠죠?"

맥스 삼촌이 고개를 끄덕였다. "내일 런던경시청과 약속을 잡았다."

"경찰에게 말해주세요." 다쿠스가 해먹 밖으로 상체를 빼고 말했다. "아빠는 달아난 게 아니라고요. 아빠는 절대 절 떠나지 않아요. 엄마도 가고 없는데 그럴 리 없어요. 그 지하 소장실에서 무슨 일이 일어난 게 분명해요. 나쁜 일이요."

"그래, 내가 말하려는 게 바로 그거다." 맥스 삼촌은 겸연쩍게 인상을 찌푸리며 다쿠스를 올려다봤다. "다쿠스." 그는 잠시 말을 멈췄다가 다시 이었다. "너에게 이렇게 늦게 와서 정말 미안하구나." 그는 다시 모자를 썼다. "네 아빠에게 무슨 일이 생긴 건지 알아내서 집으로 데려오기 위해 최선을 다하마. 하지만 말이다. 아마 그렇게 되지 않을까 싶은데, 만일 경찰이 큰 도움이 되지 못한다면 우리가 직접 조사에 나서야 할 것 같다. 그건 우리 둘 다에게 용기와 결단력이 필요한 일이야."

"저는 믿으셔도 돼요." 다쿠스가 진심으로 말했다.

"그럴 줄 알았다." 맥스 삼촌이 미소 지었다. "저녁은 일곱 시에 먹자." 그는 방에서 나가면서 인사했다. "메뉴는 피시 앤 칩."

맥스 삼촌이 아래층으로 내려가는 소리가 들렸다. 다쿠스는 해먹 위에서 상체를 아래로 내려 여행 가방을 무릎 위로 끌어올렸다. 가방을 연 다쿠스는 옷가지를 옆으로 치우고 아버지 사진이 든 액자를 꺼냈다. 아버지의 연갈색 머리와 웃고 있는 파란 눈을 들여다보니, 가슴이 먹먹해졌다. 액자 유리를 톡톡 건드렸다. 아버지가 너무도 그리워 가슴이 바늘로 찌르는 것처럼 아파 왔다.

다쿠스는 해먹에 누워 사진을 옆에 있는 베개에 세웠다. 그리고 채광창을 통해 첫 별들이 뜨는 것을 물끄러미 바라보았다. 아버지가 가르쳐준 별자리들을 쫓으며, 다쿠스는 이 밤하늘 아래 어딘가에서 아버지도 하늘을 보며 자신을 생각하고 있지 않을까 생각했다.

제*2*장

킹 에셀레드 홀

다 쿠스는 정면에 둘러쳐진 철책 난간을 통해 킹 에셀레드 홀 중학교를 뚫어지게 쳐다보았다. 그곳은 구석구석에 음울한 괴물 석상들이 튀어나와 있는 거대한 고딕풍의 건물이었다. 다쿠스 는 좁은 창문과 검댕으로 얼룩진 벽돌과 낙서들을 눈여겨보았다. 운 동장은 꼭 영화에서 나올 법한 교도소 운동장처럼 보였다. 예전에 다니던 학교는 완벽하지 않았지만, 적어도 제대로 된 운동장은 있었 다.

다쿠스는 이 학교가 위탁 가정에서 머물던 3주 동안 다녔던 학 교보다는 조금이라도 나은 곳이기를 바랐다. 그곳은 너무 거칠었다.

맥스 삼촌은 적절한 시기에 지원하지 않으면 원하는 학교를 선택할 수 없으며 그냥 빈자리가 있는 학교에 보내진다고 말했다. 그리고 빈자리가 있는 학교는 형편없는 학교일 가능성이 크다는 것을 다쿠스는 경험을 통해 알고 있었다.

다쿠스는 킹 에셀레드 홀을 쳐다보았다. 예전에 다니던 학교까지 계산하면, 5주 만에 세 번째 학교였다.

마지막으로 아버지가 학교에 데려다준 뒤로 5주다.

다쿠스는 이를 악물었다. 새로운 학교에 들어가기 직전에 마음이 어지러워지는 건 안 될 일이었다. 모두가 지켜볼 텐데. 다쿠스는 맥스 삼촌이 했던 말을 떠올렸다. "용기와 결단력." 그 말을 이렇게 혼잣말로 되뇐 다쿠스는 깊이 숨을 들이쉬며 학교 정문으로 들어갔다.

조회 시간에 다쿠스는 교실 앞에서 수많은 무심한 얼굴들에게 자기소개를 해야 했다. 버지니아 월리스라는 키가 큰 소녀가 다쿠스에게 이것저것 알려주고 설명해주는 역할을 맡게 되었다. 검은 솜털머리를 여덟 갈래로 땋아 색이 선명한 고무줄로 동여맨 소녀였다. 그녀는 새로운 임무가 썩 달갑지 않은 듯 시큰둥한 얼굴로 입을 삐죽 내밀고는 다쿠스를 위아래로 훑어보았다. 소녀의 옆에는 병약해 보일 만큼 창백한 낯빛의 작은 소년이 앉아 있었다. 소년은 커다란 뿔테 안경을 썼고, 은발의 부스스한 더벅머리였다. 다쿠스가 비어있는 뒷자리에 앉자, 소년이 한 손을 뻗어 다쿠스에게 악수를 청했다.

"안녕, 난 베르톨트 로버츠야."

다쿠스는 악수를 할 때 소년의 깍듯한 태도와 진심 어린 미소에 당황하며 웅얼웅얼 자기 이름을 말했다.

쉬는 시간이 되자 다쿠스는 제일 먼저 교실에서 나왔다. 그냥 아무 생각 없이 운동장으로 성큼성큼 걸어나갔는데, 가다 보니 아름드리 고목나무를 향하고 있었다. 단단한 참나무 몸통에는 칼과 컴퍼스 등으로 새겨 넣은 하트 문양과 이름 따위가 문신처럼 새겨져 있었다. 코뿔소의 뿔처럼 이마에 곱슬머리를 늘어뜨린 웬 근육질 소년이 나무에 기대고 있었다. 셔츠 목 단추가 채워지지 않아 드러난 소년의 목에는 두툼한 금목걸이가 걸려 있었고, 자주색과 검은색 줄무

27

늬 넥타이가 허리에 묶여 있었다. 그보다 덩치가 작은 한 무리의 소년들이 그 소년의 주변에서 시끌벅적 재잘거리고 있었다. 그들은 그 소년처럼 여유로운 태도로 나무에 기대어 있어 보려 했지만, 당최 좀이 쑤시는지 좀처럼 가만히 있지를 못했다.

"이제 너도 찌질이들을 알아봤나보지?" 곱슬머리 소년이 다쿠스에게 소리쳤다.

"이봐, 너도 꺽다리나 아인슈타인 따위와 엮이긴 싫겠지." 치아교정기를 단 빨간 머리 소년이 코웃음을 쳤다.

소년들이 킥킥거렸다.

"이리 와서 한 모금 피울래?" 곱슬머리 소년이 고개를 옆으로 기울이며 물었다.

"아니, 됐어." 다쿠스는 계속 걸었다.

빨간 머리 소년이 달려와서 다쿠스의 옆에 섰다. "안녕, 난 로비야."

"안녕, 로비. 난 다쿠스야."

"그래, 알아. 그리고 잘 들어. 대니얼 도위의 초대를 거절하는 건 현명하지 못한 행동이야. 그럼 두 번 다시 초대를 받지 못할 테니까. 이건 순전히 네가 전학생이라서 말해주는 거야."

"고맙지만, 담배는 안 피워."

"배워두는 게 좋을걸." 로비가 금속 치아교정기를 드러내며 싱긋 웃었다.

"아니, 됐어."

"하여간 대니얼이 왜 너한테 관심을 갖는 건지 모르겠네. 사람들의 말은 아마 사실이 아닐 텐데 말이야." 멀어져가는 다쿠스를 보며 로비가 말했다.

"뭐가 사실이 아니라는 거지?" 다쿠스가 멈춰 섰다.

"네 아빠 말이야."

다쿠스의 몸 근육 하나하나가 팽팽하게 당기는 느낌이었다.

"네 아빠가 죽었다는 거." 로비가 상체를 앞으로 기울여 다쿠스의 표정을 살폈다. "정말이냐? 죽은 거야?"

"아빠는 죽지 않았어."

"그럼 어디 있는데?"

"그건, 그건 나도 몰라." 다쿠스가 말을 더듬었다.

"어쩌면, 네 아빠 노릇을 하기가 지겨워진 건지도 모르지." 로비가 기분 나쁘게 웃었다. "아니, 우린 네 아빠가 죽었을 거라고 생각해. 어쩌면 살해당했을지도 모르지."

다쿠스는 주먹을 꽉 쥐었다. "다시 한 번 말해봐. 가만두지 않을 테니까."

"우우우, 이거 진짜 무서운걸." 로비가 다쿠스에게서 뒷걸음치며 약을 올렸다. "다쿠스의 아빠는 죽었다. 다쿠스의 아빠는 죽었다."

다쿠스는 가슴에 불기둥이 치솟는 것을 느끼며 휘청휘청 앞으로 나왔다. 그러나 미처 로비의 얼굴에 주먹을 날릴 틈도 없이, 억센 두 손이 다쿠스의 어깨를 잡고 뒤로 잡아끌었다.

"야, 진정해." 버지니아가 잡은 어깨를 놓지 않고 말했다.

"넌 찌질이야. 네 친구들처럼." 로비가 겁먹은 것처럼 버지니아에게서 뒷걸음질 치며 다쿠스에게 말했다. "너희는 전부 찌질이들이라고!" 그는 다시 나무 옆에서 시끄럽게 웅성거리는 소년들에게 달려갔다.

"괜찮니?" 버지니아가 다쿠스의 어깨를 놔주었다.

다쿠스는 그녀를 노려보았다. "때리게 놔뒀어야지."

"쟤가 나한테 말리라고 시켰어." 그녀는 고개를 돌려 어깨너머를 보며 말했다. 그곳에는 베르톨트가 그들을 향해 눈을 깜빡이며 서 있었다. "하지만 쟤한테 고마워해야 해. 널 도와준 거니까."

베르톨트가 터벅거리며 걸어와 수줍게 미소 지으며 버지니아 옆에 섰다.

"로비는 끄나풀이야." 버지니아가 설명했다. "하마터면 넌 이 학교에서의 첫 주를 교장실 앞에서 보낼 뻔했어. 그럼 그 쥐새끼는 날마다 네 면전에서 널 비웃었을걸."

"버지니아가 잘 알아." 베르톨트가 입을 열었다. "두어 주 전에 녀석에게 한 방 먹였거든."

버지니아가 히죽히죽 웃더니, 다쿠스의 어깨너머로 뭔가를 보며 말했다. "이런, 로비가 붕어빵들에게 뭔가 말하고 있다. 자, 어서 가자. 저 자식이 지원군을 데려오기 전에."

"로비는 남들을 괴롭히는 걸 좋아해." 그들이 서둘러 그곳을 빠져나갈 때, 베르톨트가 가쁜 숨을 몰아쉬며 설명했다. "지난번만 해도 로비가 나를 스팅크 앨리에 있는 큰 쓰레기통에 던져 넣고 꺼내주지 않는 바람에, 버지니아가 로비를 때린 거야." 그때 베르톨트가 몸을 휘청했고, 다쿠스가 그의 팔을 잡아줬다. 베르톨트는 감사의 미소를 지어 보였다. "고마워."

"이 학교에서 내가 싸움으로 이기지 못할 남자애는 한 명도 없어." 버지니아가 도전적으로 말했다. 다쿠스는 그녀의 말이 사실일 거라고 생각했다.

"고마워. 문제에 휘말리지 않게 해줘서."

"네가 전학생이 아니었다면, 그 자식을 때리게 놔뒀을 거야." 버지니아가 분개한 목소리로 말했다. "족제비 같은 놈."

"우리랑 같이 점심 먹을래?" 베르톨트가 물었다.

"좋아." 다쿠스가 고개를 끄덕였다. "고마워."

베르톨트와 버지니아는 땅콩버터와 잼처럼 서로 달랐지만, 친구로서 더할 나위 없이 가까웠다. 그들은 이심전심으로 죽이 척척 맞았고 말할 때 항상 눈을 맞추었다. 다쿠스는 그런 식의 친구는 한 번도 사귀어본 적이 없었다. 머릿속에 있는 것들을 말할 수 없었기 때문이다. 그는 엄마가 죽었을 때 마음속에 생긴 깊은 두려움의 골이나 아버지에 대한 끔찍한 악몽을 설명할 수 없었다. 그러나 두 사람이 주고받는 정감 어린 농담을 듣고 있노라니, 문득 베르톨트와 버지니아의 친밀감이 부러워졌다.

버지니아는 페더급 권투선수 같은 체격에 시나몬 스틱 같은 피부색을 가졌다. 그리고 성격이 활달해서 우렁찬 목소리로 쉴 새 없이 말했다. 식당으로 들어갈 때, 버지니아는 다쿠스에게 가족 얘기를 했다. 그녀에게는 데이비드와 숀 오빠, 세레나 언니, 그리고 두 명의 동생 케이샤와 다넬이 있었다.

"나는 가운데야." 그녀는 책가방에서 도시락을 꺼내며 말했다. "엄마는 나한테 기질이 있대." 그녀가 도시락을 식탁에 던지듯 내려놓고 의자에 앉았다.

"무슨 기질?" 다쿠스가 맞은편에 앉으며 물었다.

"유명한 탐험가가 되거나 자신을 알리기 위해 세계를 항해할 기질."

"버지니아는 무서운 게 없어." 베르톨트가 파란색 타파웨어 도시락통을 꺼내 버지니아 옆자리에 앉으며 자랑스럽게 말했다. "무서운 사람도 없고."

"내가 싸움을 잘하는 건 다 오빠들 때문이야." 감자 칩을 입에 잔뜩 넣으며 버지니아가 설명했다. "숀 오빠는 항상 나를 때리려 하지만 절대 때릴 수가 없지." 그녀가 입에서 감자 칩 부스러기를 테이블에 튀기며 이야기를 이어갔다.

"불행히도, 얘는 매너라곤 없어." 베르톨트가 못마땅한 눈으로 은발의 눈썹을 치켜세우며 말했다.

베르톨트는 분필처럼 창백한 피부에 옷차림이 상당히 단정했고, 부스스하게 떠 있는 머리와 커다란 안경 때문에 머리가 불균형적으로 커 보였다. 왜 베르톨트에게 아인슈타인이라는 별명이 붙었는지 알 것 같았다. 외모가 영락없는 괴짜 과학자의 모습이었다. 그는 자신의 취미가 '불이나 폭발물을 발사하는 새로운 발명품을 만드는 것'이라고 했다. 다쿠스와 마찬가지로 베르톨트도 외동아들이었다. 그는 학교에서 멀지 않은 동네의 작은 아파트에서 어머니와 함께 살았다.

"얘는 잔소리쟁이야." 버지니아가 베르톨트를 쿡쿡 찌르며 말했다. "입에 음식을 물고 말하면 질색을 하지. 애네 엄마가 일하고 계실 때면, 우리 집에 저녁을 먹으러 오는데 그때마다 내가 듣는 소리라곤, '돼지들이나 음식을 씹을 때 입을 벌리는 거야'가 전부야." 그녀가 베르톨트의 높은 목소리를 흉내 냈다.

베르톨트는 얼굴이 달아올랐고, 다쿠스는 무안해하는 그의 얼굴을 보고 얼른 화제를 돌렸다. "엄마가 밤에 일하시니?"

"엄마는 배우야." 베르톨트가 설명했다. "이름이 칼리스타 블룸인데, 혹시 들어 봤니?"

"음, 아니. 미안." 다쿠스는 겸연쩍어서 어깨를 으쓱했다.

"사실 아무도 몰라." 베르톨트가 마마이트[영국인들이 주로 빵에 발라 먹는 독특한 풍미를 가진 효모 추출물로 만든 잼의 일종. 사람들의 반응은 극과 극으로 호불호가 분명하다고 한다.]를 바른 작은 샌드위치 조각을 입 한쪽으로 집어넣으며 말했다. "과로로 쓰러지는 사람들에 대한 광고를 보지 않았으면, 엄마를 TV에서 본 적이 없을 거야."

다쿠스는 고개를 저으며 배낭에서 윗부분을 묶은 비닐봉지를 꺼냈다. "난 사실 TV를 별로 안 봐."

"엄마는 주로 연극을 해. 나를 낳았을 때 연극을 하고 있었는데, 그 극작가의 이름을 따서 내 이름을 지었지."

"흥, 그게 네 인생을 어떻게 망칠 수 있는지 생각하지 못하시다니, 참 딱한 일이야." 버지니아가 콧방귀를 뀌며 말했다.

"그게 내 이름 때문이라고는 생각 안 해." 베르톨트가 인상을 찌푸리며 말했다.

"난 그 이름 좋은데." 다쿠스가 말하고는, 코트 주머니에서 숟가락을 꺼내 비닐봉지를 찢어 구멍을 냈다. "좀 특이한 이름이긴 하지만, 좋은 의미로 특이하단 얘기야."

"고마워." 베르톨트의 얼굴이 환해지는가 싶더니, 다쿠스가 숟가락을 비닐봉지 구멍에 찔러 넣는 모습에 이내 당황스러운 표정으로 바뀌었다. "뭘 먹는 거니?"

"맥스 삼촌의 특제 볶음밥이야. 좀 먹어봐. 정말 맛있어." 다쿠스가 숟가락을 베르톨트 쪽으로 내밀었다. "삼촌에게 샌드위치를 싸달라고 했는데, 오늘 아침에 만들 시간이 없어서 대신 볶음밥을 싸줬어."

베르톨트는 고개를 살짝 가로저어 거절했다.

"그래서 — " 버지니아가 목청을 가다듬고 말했다. "네 아빠는 어떻게 된 거니?"

"버지니아!" 베르톨트가 버지니아를 툭 치고는 겸연쩍은 얼굴로 다쿠스를 쳐다봤다. "미안해."

"뭐가 미안해? 어이구, 왜 이러셔. 모두가 그 얘기를 하고 있는데." 버지니아가 양손을 번쩍 들어 올리며 말했다. "내가 안 물어봐도, 어차피 누군가 물어볼 텐데, 뭘."

"좋아. 내가 너한테 말하면, 사람들이 나 대신 너에게 묻겠지." 다쿠스가 한숨을 쉬었다. "그래서 사람들이 더 이상 날 쳐다보지 않는다면, 난 그걸로 좋아."

"넌 신문에 나왔어. 뉴스에도." 베르톨트가 지적했다. "그러니까 그렇게 유명해질밖에."

"그래. 그런데 이제는 아니야." 다쿠스가 식탁을 보며 말했다. "해답이 없는 미스터리에 대한 기사를 계속 쓸 수는 없으니까."

"말해봐. 무슨 일이 있었던 거니?" 버지니아가 몸을 앞으로 기울이며 귀를 쫑긋 세웠다.

"말할 게 별로 없어. 아빠는 여느 때처럼 출근을 했는데, 오후에, 정확하게 언젠지는 누구도 모르는데, 갑자기 사라졌어." 다쿠스가 담담하게 말했다. "아빠가 집에 돌아오지 않으셔서 뭔가 잘못된 걸 난 직감했지."

베르톨트가 숨을 훅 들이쉬었다.

"뭔가 더 있을 텐데." 버지니아가 재촉했다.

"무슨 일이 일어난 건지 아무도 몰라." 다쿠스는 말을 이었다. "경찰은 단서를 찾지 못했어. 그리고 우리가 아는 건 그것뿐이야. 아빠는 그냥 사라진 거야."

"어쩌면 스파이일지도 몰라." 버지니아가 나름 도움이 되려고 의견을 냈다. "테러리스트로부터 나라를 구하고 있는 건지도."

다쿠스는 고개를 저었다. "아빠는 스파이가 아니야. 자연사박물관 학예실장이지."

"와아!" 베르톨트가 눈을 반짝이며 말했다. "나 자연사박물관 좋아하는데. 거기 자주 가니?"

다쿠스가 고개를 끄덕였다. "방학에는."

"차라리 스파이인 편이 나은데." 버지니아가 투덜댔다.

"그건 네 아빠에게나 말해." 베르톨트가 나무랐다. 그러더니 다시 다쿠스를 보며 덧붙였다. "얘네 아빠는 회계사야."

"난 그냥 만일 얘네 아빠가 스파이라면 이 실종 사건의 전모를 설명하기가 쉬울 거라는 뜻으로 말한 거야." 버지니아가 씩씩거리며 말했다.

"아빠가 돌아올 때까지 난 맥스 삼촌과 함께 지내야 해." 다쿠스가 말했다. "그래서 내가 이 학교에 온 거고. 아빠가 집에 오면 모든 게 예전으로 돌아갈 거야."

"그럼 엄마는?" 베르톨트가 물었다. "왜 엄마와 함께 지내지 않니?"

"엄마는 내가 일곱 살 때 폐렴으로 돌아가셨어."

"어머, 이런!" 베르톨트는 당황해서 두 손으로 얼굴을 감쌌다. "끔찍해라!"

"아빠가 돌아올 거라고 생각하니?" 버지니아가 물었다.

"아빤 돌아올 거야. 난 알아." 다쿠스는 확신에 찬 나머지 자기도 모르게 몸을 꼿꼿이 세우고 앉았다. "사람들은 아빠가 달아났거나 죽었다고 말하지만, 그렇지 않아. 난 그게 아니란 걸 알아. 아빠는 여행 가방을 싸놓지도, 편지를 남기지도 않았어. 없어진 물건도 전혀 없고, 시신도 발견되지 않았어. 우리 아빠야. 난 아빠를 알아. 아빠 그렇게 날 떠날 사람이 아니야." 다쿠스는 감정이 북받쳐 목이 메는 것을 느꼈다. 더 이상 말을 하면 울음이 터져버릴 것 같았다. 그래서 말을 멈추고 침을 꿀꺽 삼켰다. "아빠는 어디에 있건 내 걱정을 끔찍이 하는 사람이야."

"물론 그러실 테지." 베르톨트가 적극적으로 동조했다. "틀림없이 좋은 아빠일 거야."

"하지만 다른 뭔가가 있긴 해." 다쿠스가 버지니아를 보며 목소리를 낮췄다. "난 아빠가 살아있는 걸 알아. 맥스 삼촌이 아빠가 죽은 것처럼 행동하지 않고 있으니까."

"그게 무슨 뜻이야?" 버지니아도 속삭였다.

"삼촌은 걱정하는 것 같고 생각이 많아 보이지만 전혀 슬퍼하는 것 같지는 않아. 가끔 보면 그냥 화가 난 것 같아."

"그럼 넌 어떻게 된 거라고 생각하니?" 버지니아가 목소리를 낮게 유지한 채 식탁 위로 상체를 더 가까이 기울이며 물었다.

"내 생각엔 납치를 당한 것 같아." 다쿠스는 그들이 자신의 말을 믿는지 확인하기 위해 두 사람의 얼굴을 번갈아 쳐다보며 말했다.

"납치!" 베르톨트가 '헉' 하고 숨을 쉬며 말했다.

"멋지다!" 버지니아가 눈이 휘둥그레져서 말했다. "물론 너한테는 안 그렇겠지... 하지만, 실제 납치? 그렇다면 정말 멋지잖아!"

"경찰은 내 말을 믿지 않아. 아빠 이름을 실종자 명단에 올려놓고, 수색을 중단했지. 그들은 수색을 원치 않는 사람들도 있다고 말해. 하지만..." 다쿠스가 말을 중단하고 말을 마저 해야 할지 말아야 할지 생각했다.

"하지만 뭐?" 버지니아가 재촉했다.

"나와 맥스 삼촌은 우리끼리 수사를 시작했어." 다쿠스는 진지해 보였다. "그리고 우린 직접 아빠를 찾을 거야."

"나도 도울게." 버지니아가 똑바로 앉았다. "우리 둘 다. 그럴 거지, 베르톨트?" 그녀가 그의 소맷자락을 당겼다.

"네가 원한다면 어차피 얘기 끝난 거 아니니?" 베르톨트가 버지니아에게 못마땅한 눈빛을 보내며 말했다.

"환상적이다. 진짜 모험이야! 난 항상 탐정이 되고 싶었거든." 버지니아가 벌떡 일어나더니 상의 주머니에서 수첩을 꺼냈다. "일단 너에게 인터뷰를 해서, 너희 아빠가 사라지던 날 무슨 일이 있었는지 얘기를 들어야겠어. 혹시라도 네가 건망증에 걸려서 모든 걸 잊어버릴 경우에 대비해서 말이야."

"버지니아는 싸움은 잘할지 모르지만, 못 말리게 직설적이야." 베르톨트가 다쿠스에게 말했다. 그가 고개를 저으며 말했다. "말하자면 둘째 증후군이지."

"메롱!" 버지니아가 베르톨트에게 혀를 쭉 내밀었다.

다쿠스는 웃음을 터뜨렸다. 마침내 자신을 믿어주는 이를 찾게 되어 기분이 좋았다. 그는 식탁 맞은편에 앉아서 티격태격하고 있는 베르톨트와 버지니아를 바라보며, 자신이 또래 아이들과 뭔가를 공유한 것이 참 오랜만이라는 것을 깨달았다.

그들에게 도움을 받아도 손해 볼 것은 없었다. 아빠를 찾을 사람들이 많으면 많을수록 좋을 것이다.

"알았어, 알았어." 다쿠스가 말했다. "너희도 끼어."

"좋아!" 버지니아가 허공을 향해 주먹을 날렸다. "후회 안 할 거야."

베르톨트가 버지니아 옆에 섰다.

"네 아빠를 찾기 위해 최선을 다할게."

베르톨트와 버지니아를 번갈아 보고 있으니, 다쿠스의 가슴에 익숙지 않은 따스함이 피어나서 자기도 모르게 입가에 미소가 번졌다.

"고마워." 다쿠스가 말했다.

제 *3*장

눈알 뽑기

다쿠스는 오후 내내 버지니아, 베르톨트와 붙어 다녔다. 3시 30분에 하교종이 울리자, 그들은 각자의 길을 갔다. 다쿠스는 혼자 맥스 삼촌의 집으로 갔다.

넬슨 로드는 대부분 주택가였다. 거리에는 매연으로 더러워진 높다란 연립주택들이 줄지어 서 있었다. 도로는 사람들을 시내로 실어 나르는 런던 버스들의 번잡한 직통로였다. 그 거리의 중간쯤 여덟 개의 상점으로 이루어진 상가가 있었는데, 길 양쪽으로 상점이 공평하게 네 개씩 자리 잡고 있었다.

맥스 삼촌의 아파트는 유기농식품 매장 왼쪽으로 체리색 문을 통해 들어가게 되어 있었다. 문을 통과하면 아파트로 통하는 계단과 뒤뜰로 통하는 복도가 나왔다. 이 뒤뜰은 맥스 삼촌과 유기농식품 매장이 공유하는 공간이었다.

다쿠스는 문가에 서서 목에 두른 운동화 끈을 잡아당겨 열흘 전 이곳에 처음 왔을 때 맥스 삼촌이 준 열쇠 두 개를 만지작거렸다. 맥스 삼촌은 여섯 시까지 돌아오지 않을 것이고, 이 집은 아이들이 가지고 놀만한 물건이 하나도 없었다. 그 흔한 TV조차 없었다. 거실은 책들과 짝이 맞지 않는 가구들, 그리고 삼촌이 여행에서 가져온 이상한 물건들로 가득했다. 삼촌이 없을 때면 다쿠스는 그곳에 있는 것이 어색하게 느껴졌다. 그 어느 때보다 아버지가 그리워지는 시간이었다.

다쿠스는 열쇠를 도로 셔츠 안에 넣었다. 그리고 집 안으로 들어가는 대신 길을 건너 버스 정거장과 쓰레기통에서 조금 떨어진 도로 경계석 위에 앉았다.

길 맞은편에서 '마더 어스' 바로 옆에 판자로 문을 막아놓은 가게가 보였다. '백화점'이라고 쓰인 깨진 간판 절반이 나무판으로 덮인 창문 위로 애처롭게 매달려 있었다. 두 상점 사이에 있는 허름한 회색 문은 맥스 삼촌의 집으로 통하는 문처럼, 어쩐지 방치되어 있을 것만 같은 집으로 통해 있을 거라고 다쿠스는 짐작했다. 맥스 삼촌은 그곳에 사는 남자들을 가까이하지 말라고 경고했었다. 그들은 건물을 함께 상속받은 사촌 형제로, 아래층에 서로 다른 가게를 열 계획을 가지고 있는데, 아무도 고집을 꺾지 않아서 벌써 5년째 문을 열지 못하고 있다고 했다.

다쿠스는 '마더 어스' 맞은편에 위치한 빨래방에 앉아서 삼촌이 올 때까지 스파이더맨 만화책을 읽어야겠다고 생각했다. 다쿠스는 이 빨래방이 좋았다. 그곳은 사람들이 항상 오가는 데다, 건조기에서 나오는 열기 때문에 늘 따뜻했다.

도로 경계석에서 일어서는 순간, 회색 문에서 몸에 맞지 않는 옷을 입은 웬 깡마른 남자가 움푹 들어간 눈을 부라리며 튀어나왔다. 남자는 치열이 고르지 못한 누런 이가 다 드러나도록 입을 잔뜩 벌려 날카롭게 고함쳤다.

'백화점' 안에서 우당탕 소리가 들려오더니, 같은 문에서 땀범벅이 된 괴물처럼 덩치 큰 남자가 소리치며 뛰어나왔다. 다쿠스가 머뭇머뭇 뒷걸음치고 있는데, 두 남자가 '쿵' 하고 부딪치더니 서로를 붙들고 싸우기 시작했다.

"넌 발암 덩어리야!" 마른 남자가 소리쳤다.

"웃기시네! 발암 덩어리는 바로 뒷마당에 있는 네 쓰레기들이야."

"그건 가게에서 팔 물건들이라고."

"야, 피커링. 썩어가는 고물들을 가지고 무슨!"

"야, 험프리. 네 방은 어떻고? 벌레가 우글거리고 악취가 진동하잖아! 저 밖에서도 냄새가 날 걸!" 그는 부리처럼 생긴 코를 쳐들며 말했다. "암, 암! 지금도 냄새가 나네! 똥내!"

다쿠스는 코를 킁킁거렸지만, 매연과 쓰레기통 냄새 말고는 아무 냄새도 나지 않았다.

신문가게에서 페이틀 씨가 무슨 일인지 보려고 나왔다가, 피커링과 험프리가 싸우는 모습을 보더니 눈을 희번덕거렸다. 지나가다가 웬일인가 하여 멈춰 섰던 노부부도 이내 그들을 피해 도로를 건넜다.

"네 방에 겨우 5분 있다가 왔는데 내 머리에서 딱정벌레가 나왔어. 네가 얼마나 게으름뱅이인지 이제 구청이 다 알아. 내가 편지를 쓰고 증거로 그 벌레들을 동봉해서 보냈으니까." 피커링이 날카로운 웃음을 내질렀다.

"더러운 건 너야!" 험프리가 턱을 떨어가며 고함을 쳤다. "내 머리에서는 딱정벌레가 나온 적이 없어."

"넌 머리가 없으니까 그렇지!" 피커링의 이마에서 자줏빛 핏줄이 불거져 나왔다.

"넌 자기가 엄청 똑똑한 줄 아나 본데, 웃음거리가 된 건 너야." 험프리가 사촌을 조롱했다. "나도 구청에 편지를 보내서 네가 마당에 잔뜩 쌓아놓은 쓰레기에 대해 민원을 넣었으니까." 그는 흡족해서 거들먹거렸다. "사진까지 보냈다고."

"멍청이!" 피커링이 날카롭게 말했다.

"내가 멍청이라고?" 험프리는 머리가 좌우로 흔들릴 정도로 몸을 부들부들 떨었다.

"그래! 네가 무슨 짓을 한 건지 봐!" 피커링이 두 손을 번쩍 들어 올리며 말했다. "너 때문에 우리가 쫓겨나게 됐어."

"나 때문이라고?" 덩치 큰 험프리가 아랫니를 드러내며 말했다. "우리가 퇴거 통보를 받게 된 건 순전히 네 쓰레기 집착증 때문이야!"

"그건 골동품 가게에서 팔 물건들이었어." 피커링은 강파른 팔로 판자가 쳐진 상점을 가리키며 말했다. "이 사달을 일으킨 건 네 방에 있는 엄청난 쓰레기들이라고."

"뭐? 골동품 가게? 어림 반 푼어치도 없는 소리 하지 마. 난 여기서 파이를 팔겠어." 험프리는 창에 댄 널빤지를 한 손으로 두드려 쿵쿵 소리를 냈다.

"골동품을 팔 거야." 피커링이 마치 상점을 껴안으려는 듯 두 팔을 쫙 펴고 상점에 몸을 밀착시켰다.

"파이야!" 험프리가 그의 허리를 붙잡아 떼어내려 했다.

"골동품이야!" 피커링은 매달렸다.

"파이, 파이, 파이. 이 가게는 파이를 팔 거야."

"내 눈에 흙이 들어가기 전엔 어림없어, 험프리!"

"그럼 네 눈에 흙을 넣으면 되겠네."

피커링이 몸을 비틀어 험프리의 손아귀에서 벗어나 도로로 뛰어들었다. 그의 뚱뚱한 사촌이 쿵쾅거리며 뒤를 쫓았다.

자동차와 버스가 끼익 소리를 내며 정지했고, 다쿠스는 도로 경계석에서 비틀비틀 뒷걸음질 쳤다.

"파이!" 험프리가 고함쳤다.

"골동품!" 피커링이 악을 쓰며 빙그르 돌아 험프리에게 몸을 날렸다. 그는 험프리의 멱살을 잡고 허리에 올라타 주먹으로 얼굴을 연타했다.

한 뚱뚱한 청년이 세로줄 무늬 차에서 내려서 두 사람에게 비키라고 소리쳤다.

험프리는 코끼리처럼 쿵쾅거리며 다리를 털어 피커링의 손아귀에서 벗어나려 했다. 그때 커다랗고 까만 딱정벌레 한 마리가 그의 바짓가랑이에서 튀어나와 도로 위에 옆으로 떨어졌다.

다쿠스는 눈을 깜빡이며 좀 더 자세히 보려고 상체를 앞으로 기울였다. 딱정벌레는 위풍당당해 보였다. 마치 무사 같았다. 머리에는 호랑이의 발톱처럼 날카로운 뿔이 튀어나와 있고, 가슴에는 그보다 작은 뿔 두 개가 나란히 나 있었다.

다쿠스는 주변을 두리번거렸다. 이제 자신을 향해 기어오고 있는 이 어마어마한 곤충을 누구도 알아차리지 못한 것 같았다. 페이틀 씨는 팔짱을 낀 채 험프리와 피커링에게 눈살을 찌푸리며 문가에 서 있었다. 화가 난 운전자들은 자동차 경적을 울렸고, 빨래방 손님들은 거리로 뛰어나와 싸움을 구경했다. 그런 와중에 딱정벌레는 마치 미니어처 탱크처럼 느리지만 꾸준하게 다쿠스를 향해 진격을 계속했다.

딱정벌레가 점차 가까워지면서, 다쿠스는 그것이 족히 햄스터 크기는 된다는 것을 알게 되었다. 마음 같아서는 좀 더 가까이 가고 싶지만, 그 기이하고 낯선 모습에 선뜻 다가가기가 두려웠다. 그러다 깨물리거나 쏘일지도 모를 일이었고, 뿔이 날카로워 보였다.

그때 포효하는 듯한 험프리의 우렁찬 목소리에 다쿠스는 고개를 들었다. 그는 피커링의 발목을 붙잡고 마치 해머던지기 선수처럼 점점 더 빠르게 빙글빙글 돌더니 마침내 손을 놓았고, 피커링은 씽하고 날아가 주차된 자동차 앞 유리에 부딪쳐 자동차에서 요란한 경보음이 울렸다.

피커링은 충격으로 눈이 휘둥그레진 채 보닛 위로 미끄러져 내리다가 포장도로에 머리를 '쿵' 찧으며 떨어졌다. 험프리는 손을 털며, 의식을 잃은 사촌을 도로에 남겨둔 채 상점 건물로 성큼성큼 걸어 들어갔다. 구경꾼들은 피커링에게 몰려들어 그의 몸을 도로 가장자리로 굴렸다.

다쿠스는 아래를 내려다보았다. 거대한 곤충은 그의 발 바로 옆에 앉아 있었다. 그러는 것이 옳은 것인지 미처 생각하기도 전에, 다쿠스는 자기도 모르게 손을 내려 뿔의 끝을 살짝 만졌다. 날카로웠다.

"와! 멋지다!" 그가 가슴이 쿵쾅거리는 것을 느끼며 말했다.

최면에 걸린 사람처럼 다쿠스는 딱정벌레가 마치 기름을 바른 듯 반짝이는 몸으로 차도에서 인도로 기어 올라오는 모습을 지켜보았다. 기어가는 방식이 상당히 매혹적이었다. 다쿠스는 자신이 걷는 방식에 대해 생각해본 적이 없었다. 생각해보니 두 다리로 직립보행을 했다. 그리고 문득 다리가 여섯 개라는 것, 그리고 땅에 가까이 붙어서 움직이는 것이 어떤 느낌일지 궁금해졌다. 딱정벌레는 한 번에 세 개의 다리 — 몸통 한쪽의 앞다리와 뒷다리, 그리고 반대쪽의 중간 다리 — 를 삼각대처럼 들면서 이동했다.

그 곤충은 다쿠스의 신발에 이르자 발목을 향해 기어오르기 시작했다. 바짓가랑이까지 올라올 기세였다.

"야! 그만둬!" 다쿠스가 뒤로 넘어지며 다리를 털어서 딱정벌레를 날려 보냈다.

딱정벌레는 인도 위에 착지하더니 마치 생각을 하는 것처럼 가만히 있었다. 다쿠스는 딱정벌레가 딱딱한 바깥 날개를 들고 반투명한 고동색 속날개를 펼치는 모습을 보고 깜짝 놀랐다. 녀석은 곧장 다쿠스에게 다시 날아왔다. 그 거대한 딱정벌레는 다쿠스의 무릎에 내려앉아 발톱으로 바지에 매달렸다.

다쿠스는 '꺅' 하고 비명을 내지르고 다시 다리를 털며 팔꿈치를 들어 올리기까지 했지만, 딱정벌레는 떨어지지 않았다.

쓰레기통 옆에 종이 상자가 있었다. 다쿠스는 상자를 붙잡고 똑바로 일어나 앉은 뒤 손등으로 딱정벌레를 쳐서 상자에 넣었다. 다쿠스는 민망해서 주위를 두리번거리며, 자신이 자빠지는 모습을 혹시 누가 보았는지 살폈으나, 모두들 길 건너편에 의식을 잃고 쓰러진 남자 주위에 모여 그를 어떻게 할 것인지 이야기하고 있었다.

상자 안을 들여다보니 딱정벌레가 뒤집힌 채 다시 일어나려고 미친 듯 발버둥 치고 있었다. 녀석을 밀쳐낸 것에 못내 죄책감이 들었다. 그래서 상자에 손을 넣어 손가락 끝으로 젖혀 불쌍한 곤충을 똑바로 세워주었다.

"미안해. 널 아프게 하지 말았어야 했는데." 다쿠스가 조용히 말했다. "넌 그냥 날 조금 놀라게 한 것뿐인데."

딱정벌레는 앞다리로 임시 감옥 벽을 긁으며 상자 구석으로 파고들었다.

"진정해. 해치지 않을 거야."

그러나 딱정벌레는 계속 벽을 뜯어냈고, 그래서 다쿠스는 녀석을 풀어주기로 했다. 다쿠스는 쭈그리고 앉아 상자를 인도 옆으로 내려놓았다. 딱정벌레는 정신없이 상자에서 빠져나왔지만 달아나는 대신 다쿠스의 손 위로 기어 올라가더니 멈춰 서서 마치 뭔가를 기대하는 듯 다쿠스를 올려다보았다.

잠시 후 다쿠스는 자신의 몸에 딱정벌레가 달라붙어 있는데도 아무렇지 않다는 것을 깨달았다. 녀석의 발톱이 살갗을 살살 긁는 것이 오히려 기분 좋게 느껴질 정도였다. 놀라운 것은 녀석의 무게였다. 가벼울 줄 알았는데, 마치 자갈돌처럼 튼실하고 묵직했다. 다쿠스는 조심스럽게 손을 들어 올렸다. "안녕."

아래에서 올려다보니, 이제 딱정벌레의 얼굴 생김새가 보였다.

이유는 알 수 없었지만, 녀석은 어딘지 좀... 친근해 보였다. 전구처럼 튀어나온 눈은 마치 블랙베리처럼 반짝거렸고, 마치 미소를 지으려는 듯 입이 벌어져 있었다. 위에서 보면 머리끝에서 발끝까지 온통 새까맣지만, 밑에서 보면 마디와 마디 사이에 연갈색 털이 나 있었다. 거의 귀여워 보일 정도였다. 그때 다쿠스는 깨달았다. 이 녀석은 자신이 맥스 삼촌의 집에 들어오던 날 창문에서 본 바로 그 생물

체라는 것을. 여섯 개의 다리와 뿔, 크기. 모든 것이 딱 들어맞았다.

"전에 널 본 적이 있어. 맞지?"

마치 대답이라도 하려는 듯, 딱정벌레는 다쿠스의 팔을 기어오르기 시작했다.

"어디까지 올라오려고 그래?" 다쿠스가 이제 호기심을 느끼며 물었다.

딱정벌레는 다쿠스의 팔꿈치를 지나 어깨까지 기어 올라갔다.

"이봐, 어디에 가는 거야?" 다쿠스가 웃었다. 이제 이 곤충이 좋아지기 시작했다.

딱정벌레는 정면으로 방향을 돌리고 마치 해적의 어깨에 앉은 앵무새처럼 다쿠스의 어깨에 자리 잡고 앉았다.

다쿠스는 조심스럽게 일어섰다. "넌 내가 본 중에 최고로 기묘한 딱정벌레야."

"어, 이게 누구야?"

그 순간 뒤에서 들려오는 목소리에 다쿠스의 몸이 얼어붙고 심장이 내려앉았다.

"이거, 징징대는 고아잖아." 로비가 소리쳤다. "이번에는 널 보호해줄 꺽다리도 없네."

다쿠스는 뒤로 돌았다. 버스 정거장에 대니얼 도위와 그의 팔꿈치 높이에 오는 로비, 그리고 그날 나무 옆에 서 있던 다른 세 명의 소년이 서 있었다. 버지니아가 그 애들을 뭐라고 불렀더라? 맞다, 붕어빵들. 그들은 모두 어깨를 웅크린 자세로 두 손을 주머니에 찔러 넣은 채 그를 노려보았다. 붕어빵이라. 정말 잘 지은 별명이었다. 그러나 다쿠스가 그들을 뭐라고 부르건, 그들은 다쿠스와 맥스 삼촌네 집 중간에 서 있었다.

"원하는 게 뭐야?" 다쿠스가 속마음과는 달리 제법 당당하게 들리는 목소리로 물었다.

"닥쳐." 로비가 다쿠스 발 앞에 침을 뱉었다. "넌 도위와 말을 섞는 것은 고사하고, 신발을 핥을 주제도 못 돼. 어, 그래. 그거 좋겠다. 이리 와서 도위의 신발이나 핥으시지."

붕어빵들이 좋다고 횡설수설 지껄였다.

대니얼 도위는 한 발을 앞으로 내밀고 다쿠스에게 비열한 미소를 지었다.

"신발을 닦아야겠다면 로비에게 시키지 그러니. 로비는 네 엉덩이에 입이라도 맞추려고 안달이니, 그런 일쯤은 아주 잘할 거야." 다쿠스가 대니얼 도위의 눈을 보며 말했다.

대니얼 도위가 화가 나서 콧방귀를 뀌고는 로비를 쳐다보았고, 로비는 소매를 말아 올렸다.

"싸워라! 싸워라! 싸워라!" 붕어빵들이 연호했다.

로비가 거들먹거리며 앞뒤로 몸을 움직이는 것을 보며, 다쿠스는 내심 오싹함을 느꼈다. 곧 얻어터지게 될 게 뻔했다.

로비는 다쿠스 앞에서 몸을 똑바로 폈다. "네 이빨을 쳐서 곧장

목구멍으로 넘겨주지." 그가 조롱했다.

다쿠스는 눈을 가늘게 뜨고 최대한 쫄지 않은 척했지만, 심장이 쿵쾅거리고 손바닥은 땀으로 축축해졌다. 늘 외톨이였던 다쿠스는 수없이 괴롭힘을 당했다. 보통은 그냥 피할 수 있었지만, 때로는 맞서 싸워야 할 때도 있었다. 그래서 스스로를 보호하는 법을 잘 알고 있었다. 그렇다고 지금 그것이 도움이 되지는 않을 것이다. 설령 로비를 때려눕힌다 해도, 덤벼들 아이들이 넷이나 더 기다리고 있었다.

경고도 없이 로비는 다쿠스에게 덤벼들었다.

허를 찔린 다쿠스가 주먹을 들어 올릴 때 로비가 들이받으며 배를 쳤다. 폐에서 공기가 '훅' 하고 빠져나가는 동시에 다리에 힘이 풀리며 바닥으로 주저앉았다. 다쿠스가 종이 상자 위로 넘어지며 상자가 인도 위에 납작하게 찌그러졌다. 다쿠스가 숨을 헐떡이는 동안 시선을 집중할 곳이라고는 눈 옆으로 보이는 빨간 바탕에 흰색으로 인쇄된 '박스터즈 수프' 로고뿐이었다. 고통이 온몸에 퍼졌다. 로비가 함성을 지르며 자신을 걷어차려고 다가올 때, 자신이 좀 더 강한 사람이면 얼마나 좋을까 하는 생각이 뇌리를 스쳤다.

다쿠스는 가슴까지 무릎을 당겨 몸을 공처럼 둥글게 말았다. 그리고 갈비뼈를 향해 돌진하는 신발 바닥이 보일 때, 마음의 준비를 했다. 그러나 그때 예상했던 고통이 느껴지는 대신 폭발적인 '쉬익' 소리가 들렸다.

다쿠스는 눈을 들었다. 커다란 검은색 딱정벌레가 로비의 얼굴까지 날아올라, 마치 킹코브라처럼 거의 침을 뱉듯 '쉬익' 소리를 내며 달려들었다.

"대체 이게 뭐야?" 깜짝 놀란 로비가 펄쩍 뛰며 뒤로 물러났다.

"뭐일 것 같니?" 다쿠스가 간신히 무릎으로 일어서며 빠르게 머리를 굴렸다. "그건 내 딱정벌레야."

"이거 싫어!" 대니얼 도위의 눈이 쉭쉭거리는 소리를 내는 커다란 곤충의 눈에 고정되었다. 로비는 붕어빵들이 있는 곳으로 뒷걸음질쳤고, 다섯 소년 모두 발을 질질 끌며 뒤로 물러났다.

딱정벌레는 부드러운 날개를 눈에 보이지 않을 만큼 빠르게 부르르 떨며 다쿠스의 앞에서 맴돌았다. 그리고 마치 증기 기관의 피스톤 밸브처럼 다시 한 번 날카롭게 '쉬익' 소리를 냈다.

"저리 가! 물러나란 말이야!" 소년들은 딱정벌레를 향해 소리치며 무서워서 서로를 꼭 붙들었다.

"설마 딱정벌레 따위를 무서워하는 건 아니겠지?" 다쿠스가 웃음을 터뜨리고는, 팔로 아픈 배를 감싸 안고 다시 일어섰다. 그리고 목에 걸린 아파트 열쇠를 꺼냈다. 길을 건너 저 빨간 문을 열기만 하면, 이제 안전해질 것이다.

그때 갑자기 딱정벌레가 겁에 질린 소년들에게 달려들어 뿔로 얼굴 근처를 이리저리 찔렀다.

다쿠스는 입이 떡 벌어졌다.

"이게 날 공격하고 있어." 붕어빵들 중 한 명이 새된 비명을 지르며 피했다.

"급강하 폭격이야!" 또 다른 붕어빵이 소리쳤다.

"눈을 가려!" 다쿠스가 소리쳤다. "안 그러면... 어... 눈알이 뽑힐 거야." 다쿠스가 허풍을 떨었다. "그건 음, 눈알 뽑기라고 하는 딱정벌레야."

딱정벌레가 마치 미니어처 전투기처럼 겁먹은 소년들의 머리 위로 슝슝 날아다니더니, 한 바퀴 돌아 다쿠스에게 돌아왔다. 곤충은 다시 어깨에 내려앉았고, 다쿠스는 앞에서 굽실거리는 소년들을 보고 놀라움과 기쁨을 숨기기 위해 안간힘을 썼다. 위력적인 딱정벌레가 어깨에 있으니 자신이 힘 있는 사람이 된 것만 같았다. 그것은 전혀 새로운 느낌이었고, 다쿠스는 그 느낌이 좋았다.

"넌 또라이야!" 대니얼 도위가 눈을 가리고 비틀비틀 뒷걸음질 치며 외쳤다. "괴짜 비틀 보이Beetle Boy!"

"네가 뭐라고 하건, 보시다시피 눈알 뽑기와 나는 한 팀이야." 다쿠스는 내심 즐기면서 미소 지었다. "앞으로 한 번만 더 내 근처에서 얼쩡거리면, 우린 네가 사는 곳을 찾아낼 거고, 여기 있는 내 친구가 한밤중에 편지함으로 기어들어가서 네가 자는 동안 눈알을 뽑고 말 거야."

"우린 네가 무섭지 않아, 바퀴벌레 똘마니야!" 로비가 대니얼 도위의 뒤에서 소리쳤다. "징그럽게 기어 다니는 곤충들하고나 노니까 친구가 없는 거야. 넌 꼭 딱정벌레처럼 보인다고. 이 더러운 벌레처럼 번쩍거리는 눈을 가진 찌질이야."

다쿠스가 어깨를 내려다보았다. 딱정벌레가 턱을 움직이며 그를 올려다보았다. 다쿠스는 이해한다는 듯 고개를 끄덕였다.

"그래, 눈알 뽑기야. 로비는 군침이 도는 눈을 가졌어." 그가 큰 소리로 말했다. "네 말이 맞아."

소년들은 뒤로 돌아 전속력으로 줄행랑을 쳤다. "딱정벌레 괴짜!" 로비가 길모퉁이를 돌아 사라지면서 소리쳤다.

다쿠스는 돌아서며 코웃음을 쳤다. 반은 고소해서, 반은 안도감에. 교통은 다시 원래의 흐름으로 돌아가 밀려왔다가 밀려갔다. 피커링은 사라졌고, 빨래방 사람들은 다시 따스한 빨래방으로 돌아갔다.

"고마워." 다쿠스가 곤충에게 말했다. "하마터면 머리를 차일 뻔했는데, 네가 날 구했어." 다쿠스가 어깨 위로 손을 뻗어 망설이며 겉날개를 쓰다듬었다. 날개는 방금 산 플라스틱처럼 반들반들했다. 딱정벌레를 쓰다듬으며 블랙베리 같은 눈을 들여다보고 있으니, 동지애 같은 것이 느껴지며 서로 연결된 느낌이 들었다.

다쿠스는 고개를 저었다. 자신이 좀 이상해지는 것 같았다. 어떻게 딱정벌레에게 동지애를 느낄 수 있을까... 어떻게?

다쿠스는 웅크리고 앉아 딱정벌레를 납작해진 수프 상자 위에 올려놨다.

"어서 가, 꼬마 친구. 이제 자유니까 집으로 가."

딱정벌레는 움직이지 않았다.

"왜 그래?" 다쿠스가 살짝 밀었다. "어서 가."

딱정벌레는 다쿠스를 올려다봤다.

"이봐, 네가 집에 가는 길을 찾을 때까지 여기서 이렇게 기다리고 있을 순 없어." 다쿠스가 일어서며 말했다. "난 숙제가 있다고."

딱정벌레가 날아올라 다쿠스의 어깨에 앉았다.

"왜 그러는 거야?" 다쿠스가 인상을 찌푸렸다. "혹시 나랑 같이 가고 싶은 거니?"

딱정벌레는 조금 전처럼 마치 미소를 짓듯 입을 벌렸다.

다쿠스는 어깨를 으쓱했다. "음, 우리 집에 오려면 너도 이름이 필요해. 널 눈알 빼기라고 부를 순 없으니까." 그가 발밑에 깔린 수프 상자를 내려다보았다. "박스터라, 딱정벌레에게 좋은 이름이군. 널 박스터라고 부르면 어때?"

딱정벌레가 마치 고개를 끄덕이듯 뿔을 숙였다. 다쿠스는 헛것을 본 것이 아닌가 싶어 눈을 껌뻑거렸다. "그럼 좋다는 뜻으로 받아들일게."

딱정벌레는 다시 입을 벌려 미소 지었다.

다쿠스는 머리에 빗방울이 떨어진 것을 느꼈다. 그리고 문득 페이틀 씨가 상점 문가에 서서 곤충과 대화하는 자신을 지켜보고 있음을 깨달았다. 다쿠스는 어색하게 손을 흔들고는 고개를 저으며 길을 건넜다.

어쩌면 다쿠스는 제정신이 아닌지도 모른다. 딱정벌레에게 말을 하다니. 곤충이 그 말을 알아들을 리가 없지 않은가?

제 4 장

지하 곤충 소장실

다쿠스는 열쇠를 꺼내 현관문을 열고 세 계단을 올라 다락으로 갔다.

"여기가 내 방이야, 박스터." 다쿠스가 불을 켜며 이렇게 말하고는, 벽에 걸린 사진으로 걸어갔다. "우리 아빠야. 너도 아빠를 좋아할 거야. 아빠는 항상 곤충을 눌러 죽이지 말라고 말씀하셨지." 다쿠스는 한동안 조용히 사진을 응시했다. "아빠는 아무리 작은 미물이라도, 생명을 앗아가서는 안 된다고 하셨어. 정원에서 민달팽이도 죽이지 못하게 한 걸."

딱정벌레가 겉날개를 빠르게 펼쳤다가 접었다. 웬일인지 이 곤충은 지나치게 흥분한 것처럼 보였고, 다쿠스는 혹시 딱정벌레가 이 커다란 인간의 평면적 얼굴에 놀란 게 아닌가 싶어 얼른 뒤로 물러났다.

"난 여기서 자." 다쿠스가 해먹을 가리키며 말했다. "그리고 정말 이게 끝이야. 아주 작지만, 누군가의 바짓가랑이에서 사는 것보다야 낫겠지."

다쿠스는 바닥에 앉아 임시변통으로 만든 테이블 위에 딱정벌레를 내려놓고 좀 더 가까이 보기 위해 몸을 기울였다. 군데군데 털이 제법 많았고, 장갑판을 두른 배는 게를 연상시켰다. 앞다리에는 경첩관절 형태의 무릎뼈가 있었지만, 뒷다리는 보다 두툼하고 거의 일자로 쫙 펴졌다.

신체검사를 받는 내내 딱정벌레는 눈 하나 깜짝하지 않고 다쿠스를 쳐다보았다.

다쿠스는 곤충을 무서워한 적은 없지만, 곤충을 애완동물로 키우겠다는 생각을 해본 적도 없었다. 맥스 삼촌이 딱정벌레를 키우는 걸 허락할까 싶었다. 박스터는 근사했고, 녀석이 어깨에 앉아 있으면 기분이 좋았다.

"자," 다쿠스가 딱정벌레를 들어 올렸다. "부엌으로 가서 네가 먹을 걸 찾아보자."

"삼촌 왔다." 아래층에서 맥스 삼촌의 목소리가 들려왔다.

"부엌에 있어요." 다쿠스가 식탁 위에서 박스터를 집어 들며 대답했다.

"좋은 소식이 있다." 맥스 삼촌이 소리치며 식탁으로 허겁지겁 들어왔다. "박물관하고 얘기가 잘 되었단다." 그는 다쿠스의 손에 무엇이 있는지 보고 말을 멈추었다. "그게 뭐니?"

"딱정벌레예요." 다쿠스가 박스터를 들어 올렸다. "근사하죠?"

맥스 삼촌이 그 곤충을 뚫어지게 쳐다보다가 이제 다쿠스를 쳐다봤다. "어디서 났니?"

"길에서요. 제 손으로 기어 올라왔어요." 다쿠스는 삼촌의 목소리 톤에 놀라 보호하듯 두 손을 가슴으로 가져갔다. "보내려고 했는데, 얘가 떨어지지 않네요. 아마 제가 좋은가 봐요."

"여기? 저 밖의 길에서 말이니?" 맥스 삼촌의 어깨가 내려갔다. 긴장이 조금 풀린 것 같았다.

"예. 그냥 저 혼자 여기저기 기어 다녔어요." 다쿠스는 바닥을 보았다. 삼촌에게 모든 사실을 얘기하지 않은 것에 죄책감이 느껴졌다.

"이상도 하지." 마치 뭔가 골치 아픈 것을 생각하는 것처럼 맥스 삼촌의 목소리가 아득하게 들렸다.

"박물관에서는 뭐래요?" 다쿠스가 화제를 바꿔 물었다.

"아, 그래!" 맥스 삼촌이 손가락을 튕겨 '딱' 소리를 냈다. "내일 너랑 나랑 그 망할 놈의 지하 소장실 안을 살펴볼 거야."

"정말이요?" 다쿠스는 심장이 뛰었다. "학교는 어쩌죠?"

"학교 걱정은 접어 두자." 맥스 삼촌은 손사래를 치며 말했다. "네 아빠가 더 중요하니까."

"예." 다쿠스가 고개를 끄덕였다. "그럼요."

맥스 삼촌은 눈을 가늘게 뜨고 다쿠스가 꼭 껴안고 있는 곤충을 바라보았다. "주인이 누구인지 궁금하구나." 그가 말했다.

"아마 주인이 없는 것 같아요."

"십중팔구는 주인이 있을 거야. 이런 장수풍뎅이는..."

"장수풍뎅이요?" 다쿠스가 딱정벌레를 다시 식탁에 내려놓고 삼촌을 보았다.

"그게 애처럼 뿔이 달린 미인에 대한 일반명이지." 맥스 삼촌이 몸을 숙여 딱정벌레를 자세히 보았다. "아니, 미남이라고 해야겠구나. 이건 수컷이야. 암컷은 뿔이 없거든." 그는 새끼손가락으로 뿔을 가리키며 말했다. "런던이 원산지는 아니야. 아마 아마존이나 극동 지역에서 왔겠구나. 애완동물 가게에서 사려면 돈을 꽤 지불해야 하고, 게다가 —" 맥스 삼촌의 이마에 주름이 잡혔다. "이 종을 사고파는 게 적법한 건지 잘 모르겠다."

"제가 가지고 있어도 될까요?" 다쿠스가 간절한 눈빛으로 물었다.

"누군가 이 녀석을 찾고 있을 거야."

"제발요."

"혹시 누가 찾아와서 장수풍뎅이를 잃어버렸다고 하면 어차피 돌려줘야 해."

"알아요. 그렇게 할게요. 약속해요." 다쿠스가 간절하게 숨을 죽였다.

"음, 그렇다면…"

"제발 허락해 주세요."

긴 침묵이 흘렀다. 다쿠스는 가슴이 터질 것 같았다.

"당장은 이 녀석이 우리와 머물 수 있을 것 같은데." 맥스 삼촌의 이마에 잡힌 주름이 펴지자, 다쿠스의 심각한 얼굴이 비로소 미소로 바뀌었다. "내가 대학에 있는 동안 애완동물이 네게 좋은 동무가 되어줄 수 있을 것 같구나." 그가 한숨을 쉬었다. "벌써 이름은 지어줬니?"

다쿠스가 고개를 끄덕였다. "박스터예요. 수프처럼요."

"소리가 마음에 드는구나." 맥스 삼촌이 고개를 끄덕여 찬성을 표했다.

"한 번도 애완동물을 가져본 적이 없어요." 다쿠스가 행복한 얼굴로 박스터를 바라봤다. "고마워요."

"좋아." 맥스 삼촌이 항복의 표시로 두 손을 번쩍 들며 말했다. "나로서는 거부하기가 힘들구나. 네 아빠라면 허락했을 걸 아니까 말이다."

다쿠스는 깜짝 놀라서 눈을 들었다. "아빠가 그랬을까요?"

"물론이야! 이렇게 잘생긴 육각류잖아. 뛸 듯이 좋아했을걸!"

다쿠스는 인상을 찌푸렸다. 아버지는 환경에 관심이 지대했고, 모든 것을 재활용하고 에너지 소비를 최소화하려 애썼다. 봄에는 새를 관찰하고 저녁 식탁에 오를 채소를 직접 재배했으며, 종종 거미의 이로움에 대해 설교하기도 했다. 하지만 다쿠스가 기억하는 한 아빠가 딱정벌레를 좋아한다고 말한 적은 한 번도 없었다. 단 한 번도. "그게 무슨 뜻이죠?"

"아, 미안. 육각류란 다리가 여섯 달린 생물을 뜻한단다."

"아니요. 아빠가 뛸 듯이 좋아했을 거라는 말이요."

"음, 분명해. 네 아빠는 딱정벌레에 집착했지." 맥스 삼촌은 다쿠스의 얼굴에 나타난 혼란에 오히려 당황스러운 것처럼 보였다. "그리고 박스터는 내가 본 중에 가장 멋진 딱정벌레야. 그러니 네 아빠가 열광할 게 뻔하잖..." 그의 목소리가 점차 작아졌다.

"아빠가 딱정벌레에 집착했다고요?" 그러한 사실을 자신이 전혀 몰랐다는 것에 오히려 당황하는 삼촌의 모습을 보니, 다쿠스는 묘한 기분이 들었다.

"네 아빠가 곤충 사냥에 데려간 적이 없니?" 삼촌이 힘없이 물었다.

"없어요." 다쿠스는 고개를 젓고는 아버지가 혹시 곤충에 대해 얘기한 적이 없는지 기억을 더듬어 보았다. "하지만 거미를 죽여선 안 된다는 말은 했어요."

"어, 그래, 음... 오래전 일이니까... 어쩌면 자라면서 변했는지 모르지. 하긴, 그때 우린 어린애들이었으니까." 맥스 삼촌은 무척 불편해 보였다. "그리고 네 아빠 말이 맞아. 거미를 죽여서는 안 되지."

식탁을 사이에 두고 다쿠스와 맥스 삼촌이 서로를 가만히 응시할 때, 다쿠스는 마치 우연히 어떤 비밀을 발견하게 된 것 같은 느낌이 들었고, 무슨 말을 해야 할지 알 수 없었다. 어째서 아버지가 딱정벌레를 좋아한다는 사실을 자신에게 비밀로 해야 했는지 알 수 없었고, 아버지에게 비밀이 있다는 사실 자체가 마음 아팠다.

맥스 삼촌은 식탁에서 의자를 빼고 아무 말 없이 부엌에서 나갔다. 다쿠스는 숨을 깊이 들이쉬고 눈을 깜빡여 터져 나오려는 눈물을 막았다. 오늘은 몇 년 만에 최고의 날이었다. 버지니아, 베르톨트와 친구가 되었고, 박스터도 발견했고. 그런데 갑자기 기분이 곤두박질쳤다.

맥스 삼촌은 표지에 금색 사슴벌레가 양각으로 새겨진 낡은 붉은 책을 들고 다시 돌아왔다. "박스터를 제대로 돌보려면, 이게 필요할 거다." 삼촌은 식탁 위로 책을 밀었다.

다쿠스는 표지를 열었다. 군데군데 책장이 떨어져 있는 너덜너덜하고 낡은 책이었다. 제목은 『딱정벌레 수집가의 핸드북』이었다. 오른쪽 위에는 어린아이의 글씨로 '바솔로뮤 커틀, 아홉 살'이라고 적혀 있었다.

책장을 훑듯이 넘기면서 다쿠스는 그 책이 다양한 종류의 딱정벌레들을 나열하고 있는 것과 보호를 위해 휴지를 끼워놓은 페이지에 컬러 사진도 있는 것을 보았다. 그리고 장수풍뎅이의 삽화를 한 장 발견하고, 맥스 삼촌을 올려다보았다.

"아빠가 딱정벌레를 좋아했나요?"

맥스 삼촌은 고개를 끄덕였다. "어렸을 때부터 딱정벌레에게 푹 빠졌었지."

다쿠스는 식탁 위에 조용히 앉아 있는 장수풍뎅이를 보았다. "저도 그래요."

"네 아빠는 일종의 전문가였단다. 한동안 그 분야에서 일하기도 했어."

"딱정벌레 전문가도 있나요?" 다쿠스는 그런 직업을 들어본 적이 없었다.

맥스 삼촌이 웃으면서 고개를 끄덕였다.

"그럼 저도 그걸 해야겠어요." 다쿠스는 책을 닫은 뒤 그것을 가슴에 안았다.

맥스 삼촌이 손을 뻗어 다쿠스의 짧은 머리를 쓰다듬었다. "넌 네 엄마를 닮았을지 모르지만, 하는 짓은 딱 네 아빠야."

"하지만 이해를 못 하겠어요. 왜 아빠는 제게 말하지 않았을까요?"

"그건 내가 할 수 있는 말이 아닌 것 같구나. 아주 오래전 일인걸. 네가 태어나기도 전의 일이야." 맥스 삼촌은 몸을 숙여 개수대 밑의 찬장을 열어 직사각형 수조를 꺼냈다. "어렸을 때 난 민물 거북이에 미쳐 있었단다. 두 마리가 있었는데, 하워드와 카터, 참 사랑스러운 친구들이었지. 그리고 — " 그가 수조를 식탁 위에 올려놓으며 말했다. "여기가 그 친구들의 집이었어." 그가 엄지손가락으로 딱딱하게 말라붙어 있는 조류를 긁어냈다. "청소를 좀 해야겠지만, 일단은 딱정벌레에게 좋은 집이 될 것 같구나."

"박스터에게 주시게요?" 다쿠스가 일어섰다.

"그래." 맥스 삼촌이 미소 지었다.

다쿠스는 빨간 책을 수조 속에 넣고 조심스럽게 수조를 가슴까지 안아 올렸다. "고마워요. 당장 닦을게요. 그렇지, 박스터?"

"조심해라. 무거우니까."

"알겠습니다." 다쿠스가 발을 끌며 문을 향해 걸었다. "자, 가자. 박스터."

박스터는 마치 헬리콥터처럼 타다닥 소리를 내며 식탁에서 날아올라 다쿠스의 어깨 위에 사뿐히 착륙했다.

맥스 삼촌은 입이 쩍 벌어졌다. "맙소사!"

"놀라셨죠?" 다쿠스가 복도에서 말했다. "덩치가 커서 날기 힘들 것처럼 보이는데 말이에요."

문이 닫히고 맥스 삼촌은 얼떨떨한 상태로 부엌 한가운데 남겨졌다. 그는 두 손으로 얼굴을 문지르며 혼란스러운 마음으로 의자에 앉았다.

전에도 인간의 명령에 반응하는 딱정벌레를 딱 한 번 본 적이 있었다. 오래전 바솔로뮤의 실험실에서였다. 그리고 그는 그런 일이 있었던 것을 잊으려고 안간힘을 썼다.

그는 고개를 가로저었다. 틀림없이 상상일 것이다. 오랜만에 바솔로뮤와 그의 과거에 대한 이야기를 하다 보니, 지나치게 흥분해서 헛것을 본 것이리라. 바솔로뮤는 파브르 프로젝트를 위해 했던 끔찍한 작업을 다시는 하지 않겠다고 아내인 에즈미에게 약속했었다.

그러나 에즈미는 죽었다. 그리고 만일 바솔로뮤가 다시 연구를 시작했다면, 그것은 무슨 의미일까?

혹시 그것이 바솔로뮤의 갑작스러운 실종과 관련이 있을까?

맥스는 천장을 올려다보았다. 도무지 말이 되지 않는 얘기였다. 설령 다쿠스의 장수풍뎅이가 파브르 프로젝트와 관련이 있다 해도, 그것이 어떻게 넬슨 퍼레이드에 오게 되었겠는가? 그리고 그 프로젝트는 벌써 10년 전에 중단되었다. 게다가 다행히도 애플야드 교수는 은퇴하지 않았는가.

이 모든 것은 자신의 상상에 불과하리라. 딱정벌레가 다쿠스에게 반응했을 리가 없다. 그것은 그냥 다쿠스를 따라 방에서 나간 것뿐이다.

하지만 그렇다 쳐도, 그것 자체가 일반적인 곤충의 행동 패턴에 어긋난다는 것을 맥스는 알고 있었다.

다음 날 아침, 다쿠스는 초록색 스웨터와 청바지를 입고 삼촌의 차 조수석에 탄 뒤 배낭을 조심스럽게 발 옆에 내려놓았다.

"이게 좀 고물차라서 걱정이구나." 맥스 삼촌이 벌써 네 번째 시동을 걸기 위해 열쇠를 돌렸다. "하지만 일단 발동이 걸리면, 페라리처럼 튀어나가지."

다섯 번째 시도에서 요란한 굉음을 내며 시동이 걸리더니 민트그린색 르노4가 토끼처럼 앞으로 튀어 올랐다.

"아, 참!" 맥스 삼촌이 킬킬거렸다. "주차 브레이크!" 그가 핸드브레이크를 풀고는 클러치를 밟았고, 기어를 바꿀 때마다 덜컹덜컹 소리를 내며 차가 도로로 나갔다. "내가 에디에게 우리를 지하 소장실에 들여보내 달라고 설득했지." 그가 교차로에서 가속 페달을 밟기 전에 운전대 위로 몸을 빼고 도로가 비어있는지 확인하며 말했다.

다쿠스는 방학 때 박물관에 자주 갔었기 때문에 에디를 알았다. 그는 아빠의 실종 당일에 박물관에 있었던 당번 경비원이었다. 그는 항상 다쿠스에게 미소를 지었고 주머니에 사탕 봉지를 넣고 다녔다.

"마가렛이 내려와서 네 아빠가 사라진 방의 문을 열쇠로 열어줄 거야." 맥스 삼촌이 다쿠스를 쳐다보며 물었다. "마가렛 기억하니?"

다쿠스는 고개를 끄덕였다. 마가렛은 아빠의 비서였는데, 가슴이 풍만하고 향수를 과하게 뿌리고 다녔다.

"기막힌 여자지." 그가 킬킬거렸다. "삼촌이 젊었을 때 삼촌한테 마음이 좀 있었단다."

"웩!" 다쿠스가 인상을 찌푸렸다.

"이제 우리는 남의 이목을 끄는 짓은 피해야 해." 맥스 삼촌이 다쿠스의 반응을 무시하며 말을 이었다. "박물관, 아니 박물관장인 랭글리 씨가 우리가 지하 소장실에 들어가는 걸 알면 좋아하지 않을 테니 말이다."

"그럼 몰래 들어가는 건가요?"

"음, 그냥 비공식 방문이라고만 해두자." 맥스 삼촌이 씽긋 웃었다. "하지만 걱정할 일은 없어. 우리 고고학자들은 말이다. 항상 남들이 방문하지 않는 곳을 탐험하거든. 삼촌은 그거라면 아주 잘한다고 자부한단다."

"랭글리 씨는 왜 우리를 들여보내려 하지 않는 걸까요?"

"글쎄다." 맥스 삼촌이 인상을 찌푸렸다. "뭐 경찰이 철저히 수색을 했다는 둥 방이 출입 제한 구역이라는 둥 이렇게 저렇게 둘러대긴 하던데. 솔직히 말하면, 그자가 승낙하지 않을 거라는 걸 안 다음부터는 더 이상 듣지도 않았단다. 차라리 에디와 마가렛에게 도움을 얻는 편이 낫지 싶어서 말이지."

그들은 박물관에서 두세 블록 떨어진 도로에 주차를 하고 나들이를 온 여느 가족과 마찬가지로 정문으로 들어갔다. 에디는 1층 카페 옆에서 그들을 기다리고 있었다. 그는 '출입금지'라고 표시된 문 앞에 제복 차림으로 서 있었다.

"안녕, 에드워드. 어떻게 지내시나?" 맥스 삼촌이 손을 흔들며 물었다.

"아주 잘 지냅니다, 교수님." 에디가 다쿠스에게 싱긋 웃어 보이며 머리를 쓰다듬었다. "머리가 어떻게 된 거냐? 잔디 깎는 기계와 한판 뜨기라도 한 거냐?"

"안녕하세요, 에디 아저씨." 다쿠스가 민망해하며 미소 지었다. "예, 비슷해요."

"꼭 고슴도치 같구나." 에디가 주머니 속 사탕 봉지에서 사탕 하나를 꺼내주며 말했다.

"고맙습니다." 다쿠스가 사탕을 받으며 말했다. "우리를 들여보내 주셔서요."

"별일 아니야." 에디가 고개를 저으며 말했다. "말도 안 되게 이상한 일이지. 도움이 될 수 있어서 기쁘구나."

두 사람은 에디를 따라 그 문을 통과해 계단을 한 층 내려가서 바솔로뮤 커틀의 개인 비서 마가렛 딩글이 기다리고 있는 건물 내부로 들어갔다.

맥스 삼촌이 사파리 모자를 들어 올리며 말했다. "이렇게 도와줘서 고맙소, 매기."

"뭘요." 매기가 얼굴을 붉히며 말했다. "제가 실장님을 위해서라면 못할 일이 없다는 걸 아시잖아요." 그녀가 다쿠스의 어깨를 잡으며 말했다. "이제, 청년이 다 됐구나. 껴안기에는 너무 커버렸지만, 그래도 그냥 넘어갈 순 없지." 그녀는 연보라색 카디건 차림으로 다쿠스를 숨이 막히도록 꼭 껴안더니 다쿠스의 턱을 잡고 말했다. "어디 보자. 어떻게 지내고 있니?"

"잘 지내요." 다쿠스가 그녀의 품에서 벗어나며 안심시키는 말을 했다. "맥스 삼촌이 잘 돌봐주세요."

"애를 제대로 먹이시는 거예요, 맥스? 좀 말라 보이는데... 그리고 머리는 어떻게 된 거죠?"

"애가 언제는 안 말랐었나, 뭐." 맥스가 씩씩거리며 말했다. "불쌍한 애한테 호들갑 그만 떨고, 바솔로뮤가 마법처럼 사라진 방이나 한번 봅시다."

"여기가 실장님이 들어갔던 방이에요." 마가렛이 핸드백에서 열쇠 꾸러미를 꺼내더니 여섯 개의 회색 금속 문 중에 세 번째 문으로 걸어갔다.

"이 방들은 모두 개인 전용실이요?" 맥스 삼촌이 그녀를 따라가며 물었다.

"소장품은 연구자와 학자들에게 개방되지만, 먼저 박물관장에게 허가를 받아야 해요. 가끔은 소장품의 일부를 대중에게 전시하기도 하는데, 규모가 워낙 커서 한두 번의 전시로는 어림도 없죠."

문 위에는 '커터 초시류 소장실'이라고 금색으로 새겨진 나무 명판이 있었다.

맥스 삼촌은 그 명판을 가리키며 핏기가 가신 얼굴로 물었다. "이건 루크레시아 커터를 말하는 거요?"

"네." 그녀가 고개를 끄덕이며 열쇠로 문을 열었다. "그녀는 박물관의 대후원자예요. 초시류 소장품의 기금을 대고 있죠. 자연사박물관은 세계 최대 규모의 소장품을 갖고 있고, 그것들을 관리하는 비용이 만만찮거든요."

다쿠스는 루크레시아 커터라는 이름을 들어본 적이 없지만, 삼촌의 얼굴 표정에서 그녀가 불길한 징조라는 것을 알 수 있었다.

"'초시류'가 무슨 뜻이에요?" 다쿠스가 그 낯선 단어를 발음해보며 물었다.

"그건 곤충의 '겉날개'를 뜻한단다." 맥스 삼촌이 대답했다. "딱정벌레를 가리키는 명칭이지. 그런 이름이 붙은 건 너도 알다시피 딱정벌레가 두 종류의 날개를 가져서야. 딱딱한 겉날개는 보호용이고 그 밑에 있는 연약한 날개는 비행을 위해 이용하지."

다쿠스가 붕어빵들을 향해 날아갈 때의 박스터를 회상해 보니, 속이 훤히 비치는 놀랍도록 넓은 호박색 날개가 떠올랐다. 그런 것을 접어서 겉날개 속에 숨겨두었으리라고 누가 짐작이나 했겠는가? 그 새로운 단어는 마치 방금 발견한 비밀처럼 느껴졌고, 다쿠스는 최대한 빨리 그것을 이용해보고 싶은 마음이 간절했다.

"잠깐만요. 딱정벌레요?" 그가 물었다. "아빠가 딱정벌레가 가득한 방에서 실종되었다고요?"

맥스 삼촌이 눈썹을 치켜세우며 말했다. "맞아."

마가렛이 문을 열자마자, 다쿠스는 5주 전 아버지가 사라진 방을 어서 보고 싶은 마음에 후다닥 튀어 들어갔다.

소장실은 썰렁하게 텅 비어 있었다. 중앙에는 인상적인 현미경 외에는 아무것도 놓여있지 않은 커다란 나무 테이블 하나가 덩그러니 자리 잡고 있고, 왼쪽과 오른쪽 벽을 따라 바닥에서 천장까지 놋쇠 손잡이가 달린 수백 개의 얄팍한 서랍들로 이루어진 나무 캐비닛

이 빽빽이 들어차 있었다. 뒤에 있는 문을 제외하면 이 방을 빠져나갈 방법은 없었고, 이 방에는 서랍과 테이블 외에는 아무것도 없었다. 다쿠스가 그동안 마음속에 품어왔던 희망, 자신과 맥스 삼촌이 경찰이 발견하지 못한 뭔가를 찾을 것이라는 희망은, 티끌 하나 없는 이 방을 둘러보는 순간 사라져버렸다.

심장이 쿵 내려앉았다. 어쩔 수 없는 실망감이 밀려왔다.

문밖에서 마가렛이 맥스에게 속삭이는 소리가 들렸다. "참, 맥스. 사람들이 새로운 학예실장을 구하는 광고에 대해 얘기하고 있어요."

"지금 말이요?" 맥스 삼촌이 울컥해져서 헛기침을 한 뒤 말했다. "우리가 바솔로뮤를 찾게 되면, 얼마나 상황이 민망해지겠소? 안 그래요?" 그는 말을 멈추더니 목소리를 낮춰서 다시 말했다. "저 애 앞에서는 아무 말도 말아요. 괜히 애까지 심란하게 할 필요는 없지."

다쿠스는 몸이 경직되는 것을 느꼈다. 어린 애 취급을 받는 건 질색이었다.

두 사람의 비밀 얘기에 짜증이 난 다쿠스는 나무 캐비닛으로 가서 서랍 하나를 열었다. 그리고 그 안에서 나란히 정리되어 있는 사슴벌레 표본들을 보았을 때 짜증스러운 마음은 놀라움으로 바뀌었다. 표본들은 유리판 아래의 하얀 판에 핀으로 고정되어 있고, 각각의 표본 밑에는 깔끔한 빨간색 라벨이 붙어 있었다. 전날 밤 아버지의 딱정벌레 책을 처음부터 끝까지 읽기도 했지만, 설령 그렇지 않았더라도 사슴뿔처럼 생긴 턱 때문에 어차피 사슴벌레는 알아볼 수 있었을 것이었다. 다쿠스는 다른 서랍, 그리고 또 다른 서랍을 계속 열어보았다. 모두 딱정벌레들로 가득 차 있었다. 다쿠스는 방을 다시 한 번 둘러보았다. 만일 이 모든 서랍에 백 가지 딱정벌레가 들어 있다면... 계산을 하려니 머리가 백지장처럼 하얘졌다.

"수천 종류야!" 다쿠스가 숨죽여 말했다.

다쿠스는 배낭을 내려 지퍼를 열고 뚜껑에 숨구멍이 나 있는 커다란 잼 단지를 꺼냈다. 맥스 삼촌은 사람들이 딱정벌레를 불편해할 수 있으니 집 밖에서는 박스터를 어깨에 앉히고 다니면 안 된다고 말했다. 다쿠스는 산책할 때 박스터를 데리고 다니고 싶다고 투정을 부렸다. 그래서 절충안으로 맥스 삼촌은 부엌 찬장에서 잼 단지를 찾아주었고, 다쿠스가 단지를 닦는 동안 드라이버와 망치로 뚜껑에 숨구멍을 몇 개 내주었다.

다쿠스는 잼 단지를 테이블 위에 놓고 유리를 톡톡 건드렸다. 박스터는 움직이지 않았다. 아마 단지 안에 있는 것이 싫어서 그런다고 짐작하고, 다쿠스는 뚜껑을 돌려 딴 뒤 손을 넣어 장수풍뎅이를 꺼내 어깨 위에 얹었다. 박스터는 평소와 달리 얌전했고 더듬이도 움직이지 않았지만, 딱히 저항하지 않았다. 다쿠스는 다시 배낭을 뒤져 딱정벌레 책을 꺼내서는 장수풍뎅이에 관한 장이 나올 때까지 책장을 획획 넘겼다. 그리고 장수풍뎅이에 해당하는 라틴어 단어를 찾았다. 칼코소마_{Chalcosoma}.

다쿠스는 벽처럼 즐비하게 늘어선 서랍을 따라 걸으며 놋쇠 손잡이 밑에 그 단어가 적힌 라벨을 찾아 서랍을 열었다.

"와아!" 다쿠스는 나란히 줄지어 정리되어 있는 까만색, 갈색 장수풍뎅이들을 내려다보았다. 크기가 큰 것도 작은 것도 있었고, 얼룩이 있는 것도 민무늬도 있었으며, 뿔이 다섯 개인 것도 하나도 없는 것도 있었다. 그러나 단 한 가지 분명한 사실이 있었다. 박스터는 거기 있는 어떤 장수풍뎅이보다도 컸다.

"박스터, 너 거인이구나! 이걸 좀 봐." 다쿠스는 손가락으로 유리를 눌렀다. "이건 딱 네 축소판이잖아."

박스터는 조용히 다쿠스에게 쉭쉭거리고는 다쿠스의 어깨를 타고 죽은 딱정벌레들의 반대 방향으로 내려갔다.

"왜 그래?" 다쿠스가 물었다. 그러나 그렇게 묻는 순간 이 방이 박스터에게는 공동묘지나 다름없다는 것을 깨달았다.

맥스 삼촌이 마가렛을 따라 방으로 들어왔다.

"딱정벌레를 가져온 거니?" 맥스 삼촌이 멈춰 서서 박스터를 쳐다보며 말했다.

다쿠스는 삼촌의 날카로운 목소리에 깜짝 놀라 뒷걸음질 쳤다.

"그, 그게..." 다쿠스는 혹시 속이 많이 상할 것에 대비해 위안을 얻기 위해 박스터를 데려왔다는 사실을 인정하고 싶지 않았다. "상관없을 거라고 생각했어요." 다쿠스는 한 손을 동그랗게 오므려 박스터를 덮었다. "도로 단지에 넣을게요."

"그나마 그게 최선이겠구나." 맥스 삼촌은 미안한 눈으로 마가렛을 쳐다봤다. "이 지하 소장실에는 살아 있는 동물을 데려오지 못하게 되어 있다, 다쿠스."

"몰랐어요. 죄송합니다." 다쿠스는 오므린 손으로 박스터를 감싼 채 마가렛을 보았다. "경찰 조서를 보면 이 방에서 표본 선반이 열려 있었다고 되어 있던데, 이게 표본 선반들인가요?" 다쿠스가 죽은 장수하늘소 서랍을 턱으로 가리키며 물었다.

마가렛이 끄덕였다. "맞아. 이 서랍 중에는 다윈의 개인 소장품에서 가져온 딱정벌레도 있지."

"열려 있던 서랍은 어떤 거예요?" 다쿠스가 박스터를 잼 단지로 가져가며 물었다. "아빠가 보고 있던 딱정벌레를 보고 싶어요."

마가렛이 손으로 방향을 가리켰다. "중간 부분의 세 번째 칸에 있는 거야. 파란 스티커로 표시된 세 개의 선반이 보일 거다. 내가 경찰과 함께 내려왔을 때 그 세 개가 열려 있었단다."

다쿠스는 박스터를 다시 단지에 넣으려 했지만, 녀석은 들어가기가 싫은지 계속 다쿠스의 손아귀에서 빠져나가 손목으로 기어올랐다. 맥스 삼촌은 파란 스티커가 붙은 맨 위쪽 서랍을 열었다. 다쿠스가 서랍을 들여다보려고 몸을 기울였을 때, 박스터가 테이블로 떨어졌다.

"그런데 몇 마리가 없어졌군." 맥스 삼촌이 단언했다. "여기가 대왕거저리가 있어야 할 자린데 라벨밖에 없군요."

다쿠스가 박스터의 존재를 잠시 잊고 그것을 보기 위해 갔다.

마가렛이 인상을 찌푸렸다. "이상한 일이네요."

맥스 삼촌은 파란 스티커가 붙은 다른 서랍을 열었다. "이건 아예 텅 비어있군. 이것도 그렇소."

"혹시 경찰이 가져간 걸까요?" 다쿠스가 물었다.

마가렛이 고개를 저었다. "딱정벌레는 한 마리도 가져가지 않았어."

다쿠스는 빈 서랍들을 내려다보았다. "게다가 유리도 없네요."

"네 말이 맞구나!" 맥스 삼촌이 고개를 끄덕였다. "대체 어찌 된 일일까요, 마가렛?"

"그, 글쎄요." 그녀는 눈을 껌뻑였다. "이게 없을 리가 없는데." 그녀의 목소리가 떨렸다.

"좋아요, 매기. 혹시 당시에 이 방이 어땠는지 또 말해줄 게 있겠소?" 맥스 삼촌이 부드럽게 물었다.

그녀는 현미경 뒤에 있는 자리를 가리켰다. "실장님의 신문과 편지가 저기 있었어요. 테이블 위 현미경 옆에요." 그녀는 눈물을 참기 위해 입술을 깨물었다. "컵에 아직 커피가 가득했는데…"

다쿠스가 걸어가서 의자에 앉더니 현미경 양쪽에 손을 놓고 그것을 들여다봤다. 아무것도 없었다. 현미경에서 눈을 드는 순간 때마침 박스터가 테이블에서 바닥으로 뛰어내리는 것이 보였다. 다쿠스는 맥스 삼촌을 올려다보았다. 삼촌은 한 손으로 마가렛의 어깨를 감싼 채 그녀를 위로하고 있었다. 다쿠스는 재빨리 테이블 밑으로 기어들어갔다.

"박스터." 다쿠스가 속삭이며 그 장수풍뎅이를 향해 기어갔다. "이리 와." 그러나 장수풍뎅이는 다쿠스의 말을 무시하고 캐비닛 아래쪽에 있는 2피트 높이의 넓은 철망으로 허둥지둥 달려갔다.

다쿠스는 빠르고도 조용하게 상체를 앞으로 내밀었다. 그가 들을 수 있는 소리라고는 마가렛의 숨죽인 흐느낌뿐이었다.

"안 돼, 박스터!" 장수풍뎅이가 철망을 통과해 사라지는 순간, 다쿠스가 소리죽여 외쳤다. 다쿠스는 무릎을 꿇고 철망 구멍에 손가락을 넣었지만 다쿠스에게 닿지 않았다. 그래서 뺨을 바닥에 대고 박스터가 무엇을 하는지 보려 했다. 철망 안이 칠흑처럼 깜깜해서 녀석이 보이지 않았다.

다쿠스는 일어섰다. "어, 마가렛 아줌마?" 그가 천장과 주변을 두리번거리며 말했다.

마가렛은 맥스 삼촌의 재킷 옷깃에서 얼룩덜룩해진 얼굴을 들었다. "왜?"

"이 철망은 뭐예요? 바닥 옆에 붙어 있는 거요."

"온도 조절 장치야. 딱정벌레들을 보호하기 위해 방의 온도를 적절하게 유지해주지." 마가렛이 훌쩍이면서 설명했다.

"이게 어디로 통하죠?"

마가렛은 혼란스러워 보였다. "그게 무슨 뜻이니?"

"제 말은, 철망을 떼고, 음... 저 밑으로 기어가면..."

"말도 안 돼." 마가렛이 고개를 저었다. "모든 소장실의 온도를 적절하게 유지해주는 공기조절 장치가 있는 방이 있는데, 저 캐비닛들 뒤쪽의 환기구가 거기로 연결되어 있어서 이 방으로 시원한 공기를 전달해주지."

"무슨 생각을 하는 거니, 다쿠스?" 맥스 삼촌이 마가렛에게서 떨어져 철망을 보러 왔다.

"아무것도요. 전 그냥..." 다쿠스는 박스터가 달아난 것 때문에 맥스 삼촌이 화가 나는 것을 원치 않았다. "그냥, 뺨에 닿는 공기가 찬 것 같아서, 그게 어디서 나오나 궁금했어요. 그뿐이에요."

"음." 맥스 삼촌은 턱을 톡톡 건드리며 철망을 바라보았다. "좋은 생각이야. 네 말이 맞다. 이 철망은 이 방에서 나갈 수 있는 통로야. 하지만 만일 바솔로뮤가 정말 저 공기조절용 환기구로 내려갔다면 누군가 억지로 밀어냈거나 데려간 것일 텐데, 남자 둘이서 기어가기엔 너무 좁은 공간이거든. 특히 한 쪽이 몸부림을 치거나 의식이 없는 상태라면 말이야." 그가 한숨을 쉬고 텅 빈 표본 서랍의 수수께끼로 돌아갔다.

다쿠스는 맥박이 빨라졌다. 그 철망이 소장실에서 빠져나갈 출구가 될 수 있다는 생각은 미처 하지 못했었다. 다쿠스는 갑자기 흥분에 휩싸여 다시 무릎을 꿇었다. 맥스 삼촌의 말이 맞았다. 캐비닛 아래의 환기구는 좁았다. 두 사람이 기어가기에는 너무 좁았다. 하지만 한 명에게는 충분했다. 만일 나사를 풀어 철망을 떼어낸다면 환기구를 기어서 통과할 수 있으리라고 다쿠스는 확신했다. 손과 무릎으로 기어갈 공간은 충분치 않지만, 배를 바닥에 대고 팔꿈치와 발가락을 이용해 몸을 앞으로 밀어내는 것은 충분히 가능했다.

다쿠스는 철망 전면을 잡아당겼다. 철망이 덜컹거리긴 했지만 빠지지는 않았다. 다쿠스는 공기조절용 환기구 건너편이 보일 때까지 어둠 속을 노려보았다. 만일 박스터가 돌아오지 않는다면, 철망을 뜯어내고 기어들어가야 할 것이다.

다쿠스는 손가락으로 철망 나사를 풀어내며 맥스 삼촌의 드라이버를 가져오지 않은 것을 아쉬워했다. 그리고 그 순간 뒷걸음질로 뭔가를 끌고 나오는 검은 그림자를 발견했다.

다쿠스는 손바닥의 가장 넓은 부분을 핥아 미끄럽게 만든 뒤, 철망 사이로 손을 쓱 밀어 넣어 위쪽 팔이 걸려서 더 이상 앞으로 나갈 수 없을 때까지 팔을 뻗었다. 그리고 손등을 바닥에 납작하게 댔다.

"자, 박스터." 다쿠스가 속삭였다. "내 손으로 올라와."

장수풍뎅이는 천천히 뒷걸음질 쳐서, 다쿠스의 손바닥으로 돌아왔다. 뿔에 금색 뭔가가 걸려 있었다.

다쿠스는 손을 동그랗게 오므려 살며시 박스터를 감싼 후 철망에서 팔을 조심스럽게 빼내며 다리를 꼰 채로 일어나 앉았다. 그런 뒤 오므렸던 손을 폈을 때 박스터의 뿔에 걸려있는 반달형 금테 안경을 알아보고 깜짝 놀라 소리쳤다.

"얘야, 무슨 일이냐?"

다쿠스는 오른손으로 안경을 움켜쥐고 왼손으로 박스터를 뒤에 숨긴 채 일어섰다. "아빠 안경을 찾았어요. 저기, 철망 뒤에서요."

"그게 왜 거기에 있었던 거지?" 맥스 삼촌은 의아해했다. 그는 다쿠스에게서 안경을 가져가 꼼꼼히 살펴본 뒤 마가렛을 보며 말했다.

"저도 모르겠어요!" 그녀의 아랫입술이 떨렸다. "경찰이 철망을 조사했는데 아무것도 발견하지 못했다고 했어요."

"안경은 한참 안쪽에 있었어요." 다쿠스가 말했다.

"잘했다, 다쿠스." 맥스 삼촌이 윙크했다. "네가 단서를 찾았구나." 그는 마가렛을 보며 말했다. "바솔로뮤가 여기 자주 내려왔소? 일하러 말이요."

"아뇨." 그녀가 대답했다. "사실 그날 이 방에 계셨던 게 오히려 이상한 일이에요. 실장님은 딱정벌레와 연관된 일은 되도록 피하셨거든요. 저는 일종의 공포증이 있는 것 같다고 내심 생각했어요. 딱정벌레를 무서워하는 거 말이에요."

맥스 삼촌이 코웃음을 쳤다. "바솔로뮤는 딱정벌레를 무서워하지 않았소."

"아마 표본을 살펴보려고 안경을 쓰신 게 아닌가 싶네요." 그녀는 자신 없는 목소리로 말했다. "어쩌면 철망 사이로 표본들이 떨어져서 실장님이... 실장님이... 오, 맙소사." 그녀의 목소리가 떨리더니, 울음을 터뜨렸다. "미안해요."

다쿠스는 마가렛의 갑작스러운 감정 분출에 민망해져서 눈을 돌렸다.

맥스 삼촌은 마가렛의 팔을 부드럽게 쓰다듬었다. "자, 자, 매기. 너무 속상해하지 말아요."

다쿠스는 테이블로 걸어가서 박스터를 잼 단지에 넣었다. 박스터는 이번에는 저항하지 않고 순순히 들어갔다. 그러나 다쿠스가 뚜껑을 닫는 순간 겉날개를 펴고 퍼덕이기 시작했다. 박스터는 날개를 유리에 부딪치며 로비에게 그랬던 것처럼 크게 '쉭쉭' 소리를 냈다.

"무슨 일이야?" 다쿠스가 속삭였다. 단지가 하도 요란하게 흔들리는 바람에 하마터면 바닥에 떨어뜨릴 뻔했다. 그러나 박스터는 퍼덕임과 '쉭쉭' 소리를 멈추지 않았다.

"그 곤충이 왜 그러는 거니?" 맥스 삼촌이 마가렛의 어깨너머로 물었다.

"저도 모르겠어요." 다쿠스가 머리를 긁적이며 말했다. "아까는 단지에 있는 걸 싫어하지 않는 것 같았는데. 내보내 줘야 할까요?"

"다쿠스, 살아 있는 곤충을 여기서 풀어줄 수는 없다. 그러다 박스터가 소장품을 훼손하면 어쩌려고? 단지에 그냥 둬라."

다쿠스는 박스터가 진정되기를 바라며 단지를 들어서 가슴에 꼭 안았다. 그러나 이제 박스터는 단지 유리를 뿔로 거듭거듭 들이받고 있었다.

"쉬잇, 쉬잇. 괜찮아."

그러나 그 장수풍뎅이는 '쉭쉭' 소리를 낼 때를 제외하고 계속해서 머리로 유리를 들이받았다.

다쿠스가 박스터의 뿔이 가리키는 방향으로 고개를 돌려보니 출입문이 보였다. 그리고 문 위에서 움직이고 있는 뭔가가 다쿠스의 눈에 들어왔다. 그것은 2펜스짜리 동전 크기의 검은 반점이 박힌 노란 무당벌레였다.

다쿠스는 그것을 손가락으로 가리키며 말했다. "살아있는 곤충은 여기 들어올 수 없다고 하셨잖아요."

맥스 삼촌과 마가렛이 올려다봤다. 무당벌레는 움직임을 멈추더니 날아서 복도로 사라져버렸다.

"이상한 일이네." 마가렛이 중얼거렸다. "실장님이 실종되던 날 여기서 커다란 노란 무당벌레를 봤어요. 너무 흥분해서 그걸 깜빡했네요."

다쿠스는 맥스 삼촌을 보았다. 딱정벌레가 어디에나 있는 것 같았다. 항상 그랬는데 단지 알아차리지 못했던 걸까? 아니면 그 노란 무당벌레가 뭔가를 의미하는 걸까?

맥스 삼촌이 이제 단지 안에 조용히 앉아 있는 박스터를 가만히 응시했다. 그는 턱을 톡톡 건드리며 노란 무당벌레의 흔적을 찾아 복도를 내려다봤다.

"이제 가봐야 할 것 같다." 그가 마치 누군가 달려들 것을 예상하듯 빠르게 두리번거리며 말했다.

"왜요? 아빠의 안경이 어떻게 철망으로 들어갔는지 알아봐야 하지 않나요?" 다쿠스가 물었다.

"우린 이곳을 훑어보러 여기 온 거고, 내 생각엔 목적을 달성한 것 같아. 그러니 마가렛에게 이 방을 보여준 것에 감사를 표하고 어서 박물관으로 가자. 뭐 공룡이나 좀 보든가. 알았지?" 맥스 삼촌이 배낭을 집어서 다쿠스에게 던졌다. "넌 박스터를 잘 치워야 할 거야. 꼭꼭 숨겨 둬. 어서 서둘러라."

다쿠스는 박스터의 단지를 가방에 집어넣었다. 자신이 눈치채지 못한 뭔가가 벌어지고 있었다. 맥스 삼촌은 이제 걱정하는 것처럼 보였다. 사실 걱정하는 것 이상이었다. 삼촌은 마가렛을 문 쪽으로 안내하고 있었다.

"장수풍뎅이들을 한 번 더 보면 안 돼요?" 다쿠스가 빨간 책을 챙기러 뛰어가며 말했다.

"안 돼. 이제 가야 할 시간이야." 맥스 삼촌이 다쿠스의 눈을 보며 단호하게 말한다. "지금 당장."

"알았어요." 다쿠스는 삼촌이 그토록 다급하게 발길을 재촉하는 것이 과연 그 노란 무당벌레 때문인지 궁금해하며 고개를 끄덕였다.

"누구도 약속 없이 이 방에 들어올 수 없잖소? 안 그래요?" 맥스 삼촌이 마가렛에게 말했다.

그녀가 고개를 끄덕였다. "예. 후원자 말고는 누구도요."

"그게 내가 두려워하는 거요." 다쿠스에게 안경을 건네주며 맥스 삼촌이 중얼거렸다. "이걸 잘 보관해라. 따지고 보면 네가 찾았고,

네 아빠가 돌아오면 이게 필요할 테니까." 그가 다쿠스를 문밖으로 몰고 나갔다.

"안경에 대해 경찰에게 말해야 하지 않을까요, 맥스?" 맥스가 다쿠스를 밀며 마가렛의 앞을 지나쳐 복도로 나갈 때, 그녀가 물었다.

"안 그러는 게 좋을 것 같소." 맥스 삼촌이 고개를 젓고는 안심시키는 표정을 지어 보였다. "뭔가 정말 유용한 걸 찾게 되면, 그때 내가 알리리다."

"아, 알았어요." 마가렛이 지하 소장실 문을 닫은 뒤 잠그려고 열쇠를 꺼냈다.

"이 방을 볼 수 있게 해줘서 정말 고맙소. 그런데 우리가 너무 지체한 것 같소." 맥스 삼촌이 뒷걸음질 치며 복도를 걸었다.

"잠깐만요." 마가렛이 숄더백에서 파일을 하나 꺼냈다. "이게 도움이 될지 모르겠지만, 그날 여기서 발견된 서류들이에요. 경찰이 훑어보더니 박물관 일이라고 생각했는지 제게 돌려주더군요. 맨 위에 있는 편지는 누군가 박물관으로 보낸 거지만, 나머지는 실장님의 필체로 되어있는데, 주제가 뭔지 저도 잘 모르겠어요. 아마 개인적인 프로젝트가 아닐까요? 당신이 가지고 있어야 할 것 같았어요."

"고맙소, 매기." 맥스 삼촌이 파일을 받아 겨드랑이에 끼웠다. "정말 배려 넘치는 행동이요."

다쿠스는 폴더를 쳐다봤다. 위에 '파브르 프로젝트'라고 쓰여 있었다. 마음 한구석에서 전에 그 단어를 본 것 같은 생각이 들었지만,

그게 어디라고 콕 집어 말할 수 없었다.

"당신을 보게 되어서 정말로 좋았소, 매기." 맥스 삼촌이 한 손으로 마가렛의 손을 감싸 쥐었다. "우리를 소장실에 들여보내 준 것 정말 고맙소. 다쿠스와 내게 아주 의미 있는 일이었소." 그가 잠시 멈추었다가 다시 말을 이었다. "언제 저녁이나 함께하겠소?"

마가렛이 기쁨에 얼굴을 붉히며 자신의 손 위에 얹힌 맥스 삼촌의 손을 내려다보며 고개를 살짝 끄덕였다. "무슨 얘기라도 들으면 제게 알려주실 거죠?" 그녀가 속삭였다.

"물론이요!" 맥스 삼촌이 그녀의 손에 입을 맞추었다. 다쿠스는 별 감흥이 없었다. "앞으로!" 맥스 삼촌이 전방을 가리켰고, 다쿠스는 또 한 차례의 입맞춤이 있기 전에 명령에 따라 잽싸게 복도를 걸어갔다.

에디는 조금 전에 그들이 들어온 문으로 그들을 내보내 주었고, 그들은 잠시 멈춰 서서 작별 인사를 했다. 그런 뒤 맥스 삼촌이 다쿠스를 재촉해서 공룡 전시관을 후다닥 통과한 뒤 출입구로 향했다.

"왜 이렇게 서두르세요?" 마쿠스가 물었다.

"그냥 직감이긴 하지만, 여기서 어슬렁거리다가 내 직감이 옳았다는 걸 확인하고 싶지는 않구나." 맥스 삼촌이 더 이상 설명하지 않고 이렇게만 대답했다.

다쿠스는 눈을 희번덕거리며 삼촌을 따라잡으려 애썼다.

그들이 거대한 디플로도쿠스의 골격을 지나쳐 힌츠 홀[런던 자연사박물관의 중앙 홀. 영국 최고의 부호 중 한 명인 마이클 힌츠의 거액의 기부를 기념하기 위해 붙인 이름. 지난 37년간 이곳에 상징처럼 전시된 디플로도쿠스 골격이 2017년 흰긴수염고래 골격으로 교체된다고 한다.]을 부랴부랴 빠져 나가 정문을 향해 걸어갈 때 소름 끼치는 끼익 소리가 났다. 다쿠스 는 멋진 검은색 차가 보행자들이 들어찬 자동차 진입로를 따라 올라 가는 것을 보았다. 사람들이 진입로 밖으로 튀어나와 아이들을 안전 한 곳으로 잡아끌었다.

맥스 삼촌이 갑자기 다쿠스가 오던 길을 되돌아 거기서 가장 가 까운 문으로 들어갔다. 알고 보니 그곳은 사용할 수 없는 화장실이 었다. "뭐하시는 거예요?" 다쿠스가 깜짝 놀라 소리쳤다.

"쉬이이잇!" 맥스 삼촌이 조용히 손가락을 입술에 댔다. 그러고는 문을 살짝 열고 벌어진 틈으로 박물관 현관 로비를 들여다봤다.

두 개의 반짝이는 검은 지팡이가 나타나는가 싶더니 곧이어 한 여자의 머리가 나타났다. 칠흑 같은 까만 머리, 황금빛 입술, 그리고 지팡이를 짚고 선 그녀의 몸이 시야에 들어왔다. 그리고 그녀의 모 든 삐걱거리는 움직임은 그녀가 얼마나 화가 났는지 확실하게 보여 주었다.

"그 작자는 어디 있죠?" 그녀는 안내 데스크에 있는 불운한 젊은 이에게 악을 썼다.

"누구 말씀이신지." 그가 몸을 떨며 말했다.

"이 망할 놈의 박물관의 징징거리는 관장 말이에요." 그녀가 지팡이를 잡았던 손을 번쩍 들어 올리자 손목에 걸린 고리에 지팡이가 대롱대롱 매달렸다. 그녀는 들어 올린 손으로 데스크를 '쿵' 하고 내리쳤다. "그자가 누군가를 내 소장실에 들여보냈다고요!"

"어이구, 커터 부인." 타닥타닥 분주한 발걸음 소리와 함께 공포에 질린 목소리가 들려왔다. "이렇게 찾아주시다니 정말 영광입니다."

"닥쳐요!" 그녀가 고함쳤다. "당장 아래층으로 안내하세요. 내 소장실에 누군가 있단 말이에요."

"장담하건대, 커터 부인. 그럴 리가 없습니다. 사전 허가 없이는 초시류 소장실에 누구도 들어갈 수 없습니다. 저희는 대중들이 소장실에 들어가도록 허용하지 않고 있습니다."

"그럴 리가 있네, 없네 하지 말고, 그리로 안내하세요. 당장!" 그녀가 고래고래 소리쳤다.

"예, 그럼요. 그럼요. 용서하십시오, 부인." 오들오들 떠는 대머리 남자가 눈에 들어왔다. 그는 다쿠스 아버지의 상사이자 박물관장인 랭글리 씨였다. 그는 코에서 뚝뚝 떨어지는 땀이 다쿠스에게도 보일 만큼 땀을 비 오듯 흘리고 있었다. 다쿠스는 여전히 손가락으로 자신의 입술을 누르고 있는 맥스 삼촌을 보았다.

"그럼 따라오십시오." 랭글리 씨가 제스처를 하며 말했다. 커터 부인은 빠르게 그를 지나쳐 거만하게 걸어갔다. "물론 길은 아실 테니까... 그럼 제가 따라가지요."

다쿠스는 문틈에 눈을 바짝 대고 운전기사를 보았다. 몇 보 뒤에서 커터 부인을 따르고 있는 키 작은 중국 여인이었다. 그들 뒤를 따르던 랭글리 씨가 제 발에 걸려 휘청거렸다.

"저 사람은 누구예요?" 다쿠스가 물었다.

맥스 삼촌이 길게 숨을 들이쉬었다. "루크레시아 커터란다. 그리고 불길한 징조지."

"커터 초시류 소장실의 그 여자요?"

"그래, 바로 그 여자야."

"그럼 그 여자의 소장실에 있었던 게 우리고요?"

"그게 우리야." 맥스 삼촌이 고개를 끄덕였다.

"하지만 우리가 거기 있었던 걸 저 여자가 어떻게 알까요?" 다쿠스가 물었다. "카메라 같은 건 못 봤잖아요..."

"그러게 말이다." 맥스 삼촌이 화장실 문틈에서 머리를 빼며 말했다. 루크레시아 커터가 떠난 것이 확실해졌을 때, 그는 다쿠스에게 따라오라고 손짓을 했다. "그냥 평소처럼 행동해." 그가 사파리 모자를 똑바로 쓰고 조카에게 안심시키는 미소를 지어 보였다.

그들은 마치 아무 일도 없었던 것처럼 조용히 박물관을 빠져나왔다. 커터 부인의 차를 지나칠 때, 다쿠스는 그 차를 쳐다보지 않을 수 없었다. 보는 각도에 따라 색이 달라 보이는 검은 색이었는데, 빛이 차체에서 반사될 때는 녹색과 보라색이 어른거렸다. 그것은 방금 만화책에서 튀어나온 듯한 클래식한 형태였다. 다쿠스는 뒷좌석 창문에 얼굴을 대고 있는 소녀의 윤곽을 본 것 같았다. 그 순간 걸음을 멈추었지만 맥스 삼촌이 팔을 잡아끌었다.

"계속 가자." 맥스 삼촌은 조용히 말했다.

두 사람이 모퉁이를 돌아 박물관에서 멀어지자, 맥스 삼촌은 걷는 속도를 늦추며 물었다. "괜찮니?"

다쿠스가 고개를 끄덕였다. "그런 것 같아요."

"기막히구나." 맥스 삼촌이 차 열쇠를 꺼내며 말했다. "네가 노란 무당벌레를 발견한 건 아주 잘한 일이라고 말해야겠다. 안 그랬으면 지금쯤 우린 큰 곤경에 빠져 있었을 거야."

다쿠스는 다시 노란 무당벌레와 잼 단지 안에서 박스터의 이상한 행동에 대해 생각했다. 무당벌레를 발견한 것은 다쿠스가 아니었다. 박스터였다. 그 장수풍뎅이는 다쿠스에게 경고하려 했었다. 왜일까? 무당벌레가 루크레시아 커터라는 여자와 뭔가 관련이 있는 것일까? 아버지의 안경을 찾은 것도 박스터였다.

다쿠스는 그 방에서 일어난 모든 일을 계속 생각하며 인상을 찌푸렸다. 만일 개가 무당벌레를 보고 짖거나 안경을 찾았다면, 별로 이상할 것도 없을 것이다. 하지만 딱정벌레가? 지금까지 인간에게 위험을 경고하는 딱정벌레에 대한 얘기는 들어본 적이 없었다. 물론 전에도 그랬지만, 다쿠스는 박스터가 옆집 사는 괴물의 바짓가랑이에서 나타나기 전에 정말 어디서 온 것일지 더욱 궁금해졌다.

맥스 삼촌은 차 문을 열고 운전석에 올라탄 뒤 손을 뻗어 다쿠스를 위해 조수석 문을 열어주었다. 다쿠스는 차에 타자마자 배낭을 벗어 지퍼를 열고 박스터가 잘 있는지 확인했다. 박스터는 잠을 자는 것처럼 보였다. 눈꺼풀이 없어서 잠들어 있는 건지 확신하기 어려웠지만, 다리가 움직이지 않았다. 다쿠스는 그것을 쉬고 있다는 신호로 받아들였다.

맥스 삼촌은 열쇠를 돌려 시동을 걸었는데 이번에는 한 번에 시동이 걸렸다. 그는 기뻐서 손뼉을 쳤다. "정말 더할 나위가 없구나. 안 그래?"

"차 시동이요?" 다쿠스가 물었다. "아니면 박물관이요?"

"전부 다! 우린 네 아빠의 안경을 찾았고, 악당을 은신처에서 끌어냈고..."

"악당이요?"

"우린 네 아빠가 어떻게 사라졌는지, 또 어디에 있는지는 모르지만, 그 독사 같은 여자가 그 일과 관계가 있다는 것만큼은 확실해졌지." 그가 눈썹을 씰룩거렸다. "그리고 그 무엇보다, 난 사랑스러운 매기와 저녁 데이트 약속을 잡았어!"

제**5**장

가구의 숲

맥스 삼촌이 학교에 전화를 걸어 다쿠스가 열이 나고 아프다고 말해놨기 때문에, 다쿠스는 일을 다 본 후에도 학교에 갈 수 없었다. 집에 가는 길에 그들은 애완동물 가게에 들렀고, 맥스 삼촌이 박스터의 수조에 깔 참나무 부스러기를 한 봉지 사주었다. 아파트로 돌아와 다쿠스는 새로 닦은 수조를 아파트 뒷마당으로 가져 갔다. 그리고 너무 웃자라서 차라리 덤불처럼 되어버린 잔디가 밑바닥을 점령한 콘크리트 계단에 수조를 내려놓고, 나무 부스러기를 반쯤 채웠다. 그런 다음 마당에 떨어져 있는 나무껍질 조각들을 모아 그 위에 덮었다. 그리고 아빠의 빨간 책에서 읽은 딱정벌레 서식지와 나름 비슷한 환경을 조성하려고, 수조 가운데 기다란 나무껍질 세 조각을 서로 기대어 세우고 안에 흙을 덮어 아늑한 공간을 만들었다.

"아빠가 딱정벌레를 좋아한다는 걸 어떻게 내가 모를 수 있지?" 다쿠스는 나뭇잎과 잔가지를 박스터의 수조 가장자리에 넣으며 마음속 의구심을 입 밖으로 꺼냈다. "이상도 하지. 아빠가 커스터드 크림과 고양이와 자전거를 좋아하는 건 나도 아는데 말이야." 다쿠스는 마치 박스터의 반응에 귀 기울이는 것처럼 잠시 말을 멈추었다가 이내 고개를 절레절레 저었다. "정말 이상한 게 뭔지 아니? 딱정벌레에게 말하는 거. 그게 제일 이상해."

다쿠스는 맥스 삼촌이 일하러 가기 전에 가져다준 우유 잔을 들어 쭉 들이켰다. 엄마가 돌아가신 뒤 한동안 아빠는 모든 것에 흥미를 잃었다. 더 이상 그 어느 것에도, 아들인 자신에게조차 관심이 없다고 느껴진 적도 있었다. 그러니 딱정벌레에게도 관심을 끊어버린 것이 어쩌면 당연한 일인지도 모른다.

다쿠스는 박스터를 내려다보았다.

"곤충 사냥이라, 재미있겠지? 응?" 다쿠스는 빈 머그잔을 내려놓았다. "아빠를 찾으면, 꼭 데려가 달라고 해야지."

박스터가 다쿠스의 머그잔으로 힘차게 기어 올라가 뿔로 잔을 두드렸다. 잔이 흔들렸다.

"이봐! 잔이 뭘 어쨌다고 그래?"

박스터는 잔을 다시 들이받아 넘어뜨렸다. 다쿠스는 딱정벌레가 머그잔 밑으로 뿔을 집어넣어서 들어 올려 수조 벽에 부딪치는 모습을 신기해하며 지켜보았다.

"도대체 왜 그래?" 다쿠스는 머그잔을 똑바로 세웠다.

박스터는 천천히 왼쪽에서 오른쪽으로 뿔을 움직이더니 머리로 잔을 들이받아 다시 자빠뜨렸다. 그러고는 겉날개를 위로 쫙 펼친 뒤 발톱으로 손잡이를 끌어당겼다.

"내가 집어 줄까?" 다쿠스 제안했다. "이렇게 하면 돼?"

박스터는 수조 안으로 들어가서 뭔가를 기대하는 것처럼 올려다 보았다.

"거기? 네 옆에?" 다쿠스는 머그잔을 박스터 옆에 내려놓았다. 박스터는 그것을 다쿠스가 나무껍질을 세워 만든 움막 안으로 밀어 넣기 시작하더니 몇 번을 들락날락하며 위치를 바로잡았다.

"그게 뭐야?" 다쿠스가 코웃음을 쳤다. "침실?"

박스터가 목과 앞다리를 들고 일어서서 다쿠스에게 흔들었다. 마치 이해해줘서 기쁘다는 듯이.

"침실이라니!" 다쿠스가 웃었다. "대체 언제부터 딱정벌레에게 침실이 필요해진 거지?"

박스터는 마치 '넌 아무것도 몰라.'라고 말하는 것처럼 머리를 거 만하게 기울였다.

다쿠스는 뭐라고 말하려다가 갑자기 킬킬거리며 손으로 이마를 쳤다. 곤충과 언쟁을 벌일 수는 없지 않은가! 사실은 불가능한 일임에도 불구하고, 가끔은 자신이 정말 이 딱정벌레와 의사소통을 하고 있다는 생각이 들었다. 다쿠스는 박스터가 무엇을 원하는지 본능적으로 알았다. 아니면 적어도 그런 것처럼 느껴졌다. 다쿠스가 주의 깊게 관심을 기울이면, 이 딱정벌레의 움직임이 이해가 되었고, 박물관에서 노란 무당벌레를 발견했을 때처럼 가끔은 박스터가 자신에게 뭔가를 말하려 한다는 확신도 들었다.

맥스 삼촌에게 말한다면 뭐라고 말씀하실지 궁금했지만, 그건 좋은 생각이 아닐 것 같았다. 맥스 삼촌은 안 그래도 박스터가 탐탁지 않은 것처럼 행동하고 있고, 다쿠스가 생각할 때 그것은 공정하지 않아 보였다. 따지고 보면 박스터는 그냥 딱정벌레에 불과했다. 그리고 박스터가 보통의 딱정벌레들보다 영리하고 특별한 건 박스터의 잘못이 아니지 않은가.

아빠라면 아마 증명해보라고 했을 것이다. 아빠는 항상 다쿠스에게 매사를 과학적으로 접근하라고 말했었다. "생명은 수수께끼고, 과학은 그것을 이해하기 위한 도구란다, 아들아." 이것이 모든 수수께끼에 대한 아버지의 일관된 대답이었다. 비록 그 수수께끼가 구두 한 짝을 찾으려는 것일 때도 마찬가지였다. 아빠가 그 말을 할 때면 다쿠스는 한숨을 쉬곤 했지만, 지금은 그 말을 다시 들을 수만 있다면 무슨 일이라도 할 수 있을 것 같았다.

"암, 그래야지!" 다쿠스는 몸을 곧게 펴고 앉았다. "박스터가 정말 내 말을 알아듣는지 확인하려면 과학적인 실험을 해야 해. 아빠라면 그렇게 할 거야.”

다쿠스는 제일 아래 계단에 맞닿아 있는 땅을 두리번거렸다. 만일 자신과 다쿠스가 서로의 말을 알아듣는다는 것을 입증하려면, 다른 평범한 딱정벌레를 찾아 대조군 시험을 해야 했다.

그래서 막대기로 계단 옆 화단을 뒤적거렸다. 하지만 한 마리도 보이지 않자, 혹시나 하고 돌멩이를 들어 올렸더니 바닥에 옹기종기 붙어 있는 쥐며느리 떼가 눈에 보였다. “꼭 해야 해.” 다쿠스가 돌멩이에서 한 마리를 떼어내 손바닥 위에 올려놓자 쥐며느리가 몸을 단단하게 돌돌 말았다. “무서워하지 마. 널 잡아먹진 않을 테니까.”

다쿠스는 박스터를 다른 손으로 집어서 박스터와 쥐며느리를 콘크리트 계단 안쪽을 향하게 배치했다. “이제 내가 너희 둘을 놓아줄 거야.” 다쿠스는 천천히 또박또박 말했다. “하지만 그냥 너희는 내가 놔준 곳에 그냥 그대로 있도록 해. 좋아… 자, 가!”

둘 중 어떤 놈도 움직이지 않았다.

다쿠스는 쥐며느리가 한 발을 앞으로 떼기를 기대하며 뚫어지게 쳐다보았다.

하지만 아무 일도 일어나지 않았다.

“좋아. 이번에는…” 다쿠스가 두 곤충을 다시 집어 들며 말했다. “내가 너희를 내려놓으면 계단 가장자리로 기어가서 멈추도록 해.”

다쿠스는 다시 곤충들을 계단 안쪽에 내려놓았다. 한동안 두 마리 모두 움직이지 않았지만, 곧 박스터가 앞으로 기어가기 시작했다.

"그래, 어서, 박스터." 딱정벌레가 자신을 향해 움직일 때, 다쿠스는 기쁨이 솟구치는 것을 느꼈다. 그런데 곧 쥐며느리도 총총거리며 앞으로 기어갔다. 두 곤충 모두 계단 가장자리에 이르러 걸음을 멈추었다. 다쿠스는 머리를 긁적였다. 지금까지는 아무것도 입증된 게 없는 셈이었다.

바로 그때 쥐며느리가 방향을 돌려 계단 가장자리를 따라 기어가기 시작했다. "야! 내가 계단 가장자리에 도착하면 멈추라고 했잖아. 내가 언제 옆으로 기어가라고 했니?" 다쿠스가 의기양양 호통을 치는 바로 그 순간, 박스터가 계단 가장자리 너머로 얼굴부터 떨어져 뒤로 뒤집힌 채 다리를 허공에 휘저었다.

"저런! 박스터, 괜찮니?" 다쿠스가 장수풍뎅이를 집어서 언짢은 기분으로 다시 수조 안에 넣었다.

"너 은근히 어설프구나. 너도 알고 있니?"

결국 실험을 포기하기로 하고, 다쿠스는 맥스 삼촌이 우유와 함께 가져다준 바나나 껍질을 까서는 한 덩이 떼어 수조 안 박스터 옆에 놓았다. 아빠의 딱정벌레 책에는 장수풍뎅이가 과일과 나무 수액을 먹는다고 되어 있었고, 박스터는 그중에서도 특히 바나나를 좋아한다는 것을 다쿠스는 알고 있었다. 딱정벌레가 바나나 위로 허겁지겁 기어 올라가는 모습을 지켜보는 동안, 다쿠스에게 수많은 궁금증이 밀려들었다. 아빠는 어디에 있는 걸까? 아빠의 실종이 딱정벌레와 무슨 연관이 있을까? 또 루크레시아 커터라는 그 지팡이를 짚은 이상하고 성마른 여자가 아빠와 무슨 관계가 있는 걸까?

마당 담벼락 너머에서 쿵쾅거리고 악을 쓰는 소리에 다쿠스의 생각은 중단되었다. 이웃들이 또 싸움질을 벌이고 있었다.

"이 뱀 같은 배신자야, 문 열어!" 크게 쿵쾅거리는 소리가 들렸다. "안 열면, 내가... 내가 부숴버릴 거야!"

"잘도 그러겠다. 이 약해 빠진 족제비 자식아."

험프리가 한껏 비웃으며 소리쳤다.

"주말에 구청에서 올 거야."

"그럼 넌 어서 가서 마당 청소나 시작하는 편이 좋겠네. 안 그래?"

"진짜 문제는 고약한 네 방구석이야!"

"네가 마당을 치우면 내 방도 치울 거야."

"그 망할 놈의 딱정벌레들이나 죽이시지, 이 게으름뱅이야!"

다쿠스가 벌떡 일어섰다.

딱정벌레들이라고? 옆집에 딱정벌레가 또 있다는 말인가?

그는 수조에서 행복하게 바나나를 먹는 장수풍뎅이를 내려다보았다. 박스터가 온 곳에 딱정벌레가 더 있을지도 모른다는 생각은 한 번도 해본 적이 없었다. 그 벌레들도 박스터처럼 특별하면 어쩌지?

다쿠스는 마당 구석의 다 허물어져 가는 헛간으로 달려가, 썩어가는 창틀을 밟고 낑낑대며 이끼 낀 지붕으로 올라가자마자 단숨에 담벼락으로 넘어가서는 그 위에 납작 엎드렸다. 그 상태로 건너편 마당을 내려다보았을 때 놀라움에 낮은 휘파람이 절로 나왔다.

그곳은 가구들로 가득했다.

그 이웃들이 물건을 모으는 데 집착하는 사람들이라는 것은 맥스 삼촌에게 들어서 알고 있었지만, 이런 광경은 전에 한 번도 본 적이 없었다. 마당에는 온갖 폐물들이 높이 쌓여있었다.

그것은 마치 떠들썩하게 난투극을 부리던 오합지졸 가구들의 패거리가 갑자기 광선총에 얼어붙은 것 같았다. 여기저기 튀어나와 있는 탁자와 의자의 다리에 달린 발들은 마치 당장에라도 한 대 날리려고 움켜쥔 주먹처럼 보였다. 용감한 모자걸이가 마당의 남쪽에서 탈주하려다 덩굴식물의 덩굴손에 붙잡혔다. 옷장들은 방수포 밑에서 겁먹은 듯 몸을 웅크리고 있었다. 벌거벗은 램프 스탠드들은 밧줄로 꽁꽁 묶여 있었다. 한편 매트리스에서 침대 스프링이 튀어나와 있고, 대형 욕조 하나가 마당 한가운데 우뚝 서 있는가 하면, 그 수도꼭지에는 분홍색 작은 킥보드가 속절없이 대롱대롱 매달려 있었다.

"굉장한데!" 다쿠스가 커다란 탄성을 억누르고 숨을 내쉬었다.

집 건물 근처에는 플라타너스 나무가 고함 소리가 나오는 창문을 훌쩍 뛰어넘는 높이까지 우뚝 솟아있었다. 플라타너스 나무는 나뭇잎이 무성해서 다쿠스가 숨기에 충분했고, 만일 달아나야 할 상황이 되면 가구들 틈에 숨을 공간이 얼마든지 있었다. 하늘은 잿빛 구름이 군데군데 박혀있고, 햇빛은 약해지고 있었다. 어둠이 내리면 몸을 숨기기가 한층 더 수월해질 것이다.

그는 삼촌의 아파트를 뒤돌아보았다. 삼촌은 여섯 시까지는 돌아오지 않을 것이다. 두 번 생각할 것도 없이, 다쿠스는 플라타너스 나무를 타고 올라가서 그 방을 엿볼 작정을 하고 일단 가구의 숲으로 내려갔다.

발이 탁자 상판에 닿았을 때 우지끈하고 쪼개지는 소리가 났다. 다쿠스는 재빨리 옆으로 뛰어 수직으로 서 있는 소파 팔걸이에 매달렸다가 좌석 부분을 타고 미끄러져 내려와 바닥에 쌓여있는 빛바랜 쿠션 위로 착지했다. 쿠션이 밟히며 방귀를 뀌듯 흰곰팡이 구름을 뿜어냈다.

다쿠스는 꼼짝도 하지 않고 서서 귀를 기울였다.

"험프리, 너 내 말 듣고 있는 거야?"

"뭐라고?" 험프리가 목에 걸린 털을 기침으로 뱉어내려는 고양이 같은 소리를 냈다. "넌 말 좀 크게 해야겠다."

"내 말이 무슨 말인지 잘 알잖아, 이 멍청한 멧돼지야. 당장 이 문 열어."

"그건 좋은 생각이 아닌 것 같은데." 험프리가 설탕을 바른 듯한 목소리로 대답했다. "지금 나더러 멧돼지라고 했겠다!"

다쿠스는 안도의 한숨을 내쉬었다. 그들은 다쿠스가 낸 소리를 듣지 못한 것이다. 다쿠스는 나무 장롱 뒤로 목소리가 나는 방향을 향해 기어갔다. 사이드테이블 더미 옆에 좁은 틈이 있었다. 다쿠스는 다리를 그 속에 밀어 넣고 발로 땅바닥을 찾아 틈이 더 벌어질 때까지 옆걸음질로 걷다가 카세트테이프며 만화책, 썩어가는 장난감이 잔뜩 들어있는 책장을 만났다.

문득 어렸을 때 2단으로 쌓여있는 안락의자 사이에 새처럼 웅크리고 있었던 기억이 떠올랐다. 당시 다쿠스는 엄마, 아빠와 함께 경매에 갔었는데, 두 사람이 다른 곳을 보는 사이에 가구들 속으로 기어들어갔었다. 그때 자신을 찾던 부모님의 다급한 목소리가 귀에 들리고, 자신이 가구 밖으로 머리를 빼꼼 내밀고 손을 흔들었을 때 두 사람의 얼굴에 떠올랐던 안도감이 눈에 보였다.

슬픔이 온몸에 퍼졌다. 다쿠스는 애써 기억을 떨쳐내려 도리질을 치고는 웅크린 자세로 의자 다리들의 가로수를 미끄러지듯 헤쳐 나갔다. 그러다가 사나운 엉겅퀴를 만나 가시에 스웨터를 잡아 뜯기는 바람에 이를 갈면서 그것을 넘어갔다.

다쿠스는 장롱 크기의 빈 공간으로 들어갔다. 머리 위로 쳐진 방수포가 햇빛을 차단하고 바늘이 영원히 여덟 시 사십오 분을 가리키고 있는 대형 괘종시계를 보호하고 있었다. 다쿠스가 시계 몸체의 문을 잡아당겨 열자, 문이 떨어져 나갔다. 시계 안에는 군데군데 녹이 슨 추와 잘게 찢긴 종이 더미가 있었다. 그때 생쥐의 뾰족한 코가 튀어나오더니, 곧 두 개의 반짝이는 까만 눈이 다쿠스를 올려다보았다.

"미안." 다쿠스가 다시 문짝을 문틀에 끼워 넣으며 속삭였다.

'넌 이 모든 가구들 한가운데 멋진 아지트를 만들었구나.' 다쿠스가 옷장 난간에 커튼처럼 매달린 아이비를 헤치고 나가며 생각했다. '네가 여기 있는 걸 누구도 모를 거야.' 문득 버지니아와 베르톨트가 아지트를 좋아할지 궁금해졌다. 함께 할 사람들이 있다면 아지트를 만드는 것이 더 재미있는 법이다.

다쿠스는 걸으면서 서랍과 찬장, 상자를 열어 집게에 장식용 손거울에 의치 한 세트까지 발견했다. 그러나 오직 플라타너스의 위치만을 염두에 두고, 발견한 모든 것을 그대로 남겨두었다. 책상을 넘고 침대 프레임 밑으로 들어갔을 때 다쿠스는 여우 한 마리와 바로 코앞에서 마주쳤다. 다쿠스와 여우는 서로를 뚫어지게 쳐다보았고, 아무도 움직이지 않았다. 잠시 뒤 여우가 눈을 깜빡이더니 아무렇지 않은 듯 빈 액자 더미 한가운데로 유유히 걸어갔다.

"내가 경고했지, 험프리 갬블. 이게 너에게 마지막 기회야!"

"안 돼! 흑흑, 아이고 무서워라!"

"이 문을 당장 열어. 안 그러면 쳐들어갈 테니까."

이제 목소리가 한결 더 가까워졌다.

73이라는 은빛 숫자가 나사로 고정된 검은색 문이 보였다. 다쿠스는 손잡이를 돌렸다. 그것은 부엌 찬장이었다. 다쿠스는 선반을 사다리 난간처럼 이용하여 찬장을 올라갔다. 찬장 위에서는 마당 건너편이 보였다. 그 나무는 3미터 밖에 있었다. 다쿠스는 가구들 사이로 자신을 그 나무로 곧장 데려다줄 경로를 좌표를 찍듯 머릿속에 그려보았다. 그리고 다시 미로 속으로 들어가서 꿈틀꿈틀 앞으로 나아가다가, 플라타너스 나무 건너편의 접이식 테이블 밑에 도착했다.

나무 너머에는 얼키설키 얽혀있는 자전거들이 상점 뒷벽을 가리고 있었다. 다쿠스는 자신의 자전거를 생각했다. 그것은 템스 강 남쪽 크리스털 팰리스 공원 근처에 텅 비어있을 자신의 집 창고에, 아무도 타지 않아 방치된 채 있을 것이다. 그곳에서 행복했던 시절이 아득하게 느껴졌다. 익숙한 슬픔의 파도가 가슴속에서 솟구치며, 아빠가 실종된 이후 처음으로 향수에 젖어들었다. 반갑지 않은 눈물이 왈칵 솟아올랐다.

다쿠스는 거의 신경질적으로 그런 감정을 밀어내고, 공터로 나가서 나무를 향해 전력 질주했다. 그리고 드디어 나무 앞에 이르자 펄쩍 뛰어올라 가장 낮은 나뭇가지를 붙잡고 힘차게 두 다리를 차올려 재빨리 나무를 기어올랐다. 창문 바로 맞은편 나뭇가지에 이르렀을 때 가슴이 미친 듯 쿵쾅거렸다.

처음에는 자신이 보고 있는 장면을 이해하지 못했다.

나무 창틀에는 유리가 끼워져 있지 않았다. 그래서 두 남자의 말다툼 소리가 다 들렸던 것이었다. 그리고 지면에서는 잘 보이지 않았던 나무 창틀과 그 주변의 벽돌들 곳곳에 수백 마리의 빨간 무당벌레가 있었다. 창틀 주변을 총총거리며 돌아다니는 무당벌레가 워낙 많아서 마치 창틀이 움직이는 것처럼 보였다.

다쿠스는 미소 지었다. 이 무당벌레들은 그날 아침 보았던 그 커다랗고 석연치 않은 노란 무당벌레와는 다른 느낌을 주었다. 다쿠스는 창문 안을 들여다보았다. 안에서 달랑 트렁크 팬티와 망사조끼만을 몸에 걸친 채 문에 거대한 등판을 기대고 앉아 있는 쪽은 뚱보 험프리였다. 그는 흰색 들통을 옆에 끼고 분홍색의 뭔가를 한 움큼씩 떠 올려 입안에 넣은 뒤 손가락을 쪽쪽 빨았다.

하지만 다쿠스의 입을 떡 벌어지게 한 것은 험프리가 아니었다.

언뜻 보면 마치 천장에 닿을 만큼 높이 솟은 산이 꽃무늬 카펫을 깔고 앉아 있는 것처럼 보였다. 다쿠스는 그것이 일종의 모형일 거라고 생각했지만, 그 이끼 낀 비탈을 좀 더 자세히 들여다보니 그것은 사실 곰팡이 슨 컵 더미였다. 컵 사이의 틈새들은 풀과 버섯, 그리고 흔히 담벼락 틈에서 자라나는 작은 식물들이 채워져 있었다. 창문을 면한 쪽에서는 민들레가 돋아나 있었고, 정상 부근에는 포도송이처럼 보라색 꽃이 달린 부들레아가 자라고 있었다.

다쿠스는 불가능한 장면을 보고 있었다. 다쿠스의 눈이 컵 테두리와 손잡이 사이를 정신없이 오가는 동안, 컵과 컵 사이, 그리고 컵 안에서 실룩이는 더듬이와 톱니 모양 다리가 언뜻언뜻 보였다. 문득 수조 안에 머그잔을 넣어줬을 때 박스터가 기뻐한 것이 떠올랐고, 이 컵들은 딱정벌레들로 가득하다는 것을 깨달았다.

이가 나간 컵에서 밖을 내다보고 있는 사슴벌레 두 마리가 눈에
띄더니, 곧이어 박스터보다 덩치가 작고 구릿빛 겉날개를 가진 장수
풍뎅이 한 마리가 커피 머그잔으로 들어가는 것도 보였다. 번쩍이는
비췻빛에 다쿠스의 시선은 매혹적인 비단벌레 무리에게 이끌렸다.
아빠의 빨간 책 속 사진에서 보았던 것이었다. 마치 빨간색, 검은색
복장의 광대 무리처럼 기린목바구미의 행렬이 머그잔 사이로 난 비
탈길을 서툴게 기어오르는 것을 보았을 때, 다쿠스는 기쁨의 탄성을

억누르기 위해 손으로 입을 막아야 했고, 그러다가 하마터면 나무에서 떨어질 뻔했다.

그토록 많은 종들을 보고 있으니 다쿠스의 가슴이 부풀어 올랐다. 딱정벌레의 산은 지금까지 본 그 무엇보다 생경하고도 아름다웠다.

문 두드리는 소리가 났다. "이건 경고야, 험프리." 문 저쪽에서 피커링의 목소리가 났다. "이게 마지막 기회라고."

다쿠스는 험프리가 입술을 핥으며 씩 웃는 것을 보았다. 그는 분명 사촌을 열 받게 하는 것을 즐기고 있었다.

"자, 셋까지 세고 들어갈 거야. 하나..." 피커링이 악을 썼다.

험프리가 퉁퉁한 손가락에 얼굴을 박고 킬킬거렸다.

"둘..."

험프리가 다시 뒤로 몸을 기댔다. "절대 못 할 걸." 그가 까르르 웃었다.

"세에에엣!"

'쿵' 하는 굉음과 함께 도끼날이 험프리의 머리 바로 위 나무문을 꿰뚫었다.

"이 후레자식!" 험프리가 잽싸게 사지를 바닥에 대고 엎드려 뱃살을 좌우로 흔들며 기어서 달아났다.

문이 활짝 열리자 다쿠스는 화들짝 놀라서 또 한 번 균형을 잃을 뻔했다가 겨우 나뭇가지를 붙잡아 떨어지는 것을 모면했다.

피커링은 도끼를 머리 위로 쳐들고 문가에 서 있었다. 그는 위협적으로 사촌을 향해 다가갔다. "내가 경고했지, 험프리." 그가 섬뜩한 미소를 지으며 말했다. "하지만 네가 듣지 않았어."

"피커링, 이렇게 폭력적으로 나올 건 없잖아, 어?" 험프리는 무릎을 꿇은 상태였다.

"네가 내 말을 들으려 하지 않잖아." 피커링은 눈을 크게 뜨고 깜빡거리지도 않았다.

"피커링, 장난이야, 장난... 설마 장난쯤은 받아들일 줄 알겠지?" 험프리가 힘없이 웃었다.

"장난이라고? 장난?" 피커링이 산더미를 가리키며 말했다. "넌 저게 장난으로 보여?"

"그...그건 그냥 더러운 컵들일 뿐이잖아." 험프리가 더듬더듬 말했다. "내가 씻으려고 그랬어. 정말이야."

"너 때문에 구역질이 나, 험프리 갬블." 피커링이 고개를 저었다. "우리가 친척이라는 게 믿기지가 않아. 저 벽에 튄 차 얼룩을 보라고. 저게 뭐야?" 그가 손가락으로 벽을 가리키며 말했다. "곰팡이 포자잖아!" 그의 가슴이 오르락내리락했다. 다쿠스는 그가 당장에라도 토할지 모른다고 생각했다. "바닥에 온갖 것들이 기어 다니잖아."

다쿠스는 아래쪽을 보고 자신이 꽃무늬 카펫이라고 생각한 것이 사실은 딱정벌레들이 뒤덮고 있는 양탄자였다는 것을 깨달았다.

"이 방은 발암 덩어리야!" 피커링이 목소리가 점점 더 높아졌다.

"내가 왜 구청에 편지를 보내야 했는지 이제 알겠냐?"

"날 내쫓으려 했겠지." 험프리가 사무적으로 말했다.

"음, 그래." 피커링이 인정했다. "하지만 그렇다고 날 비난할 수 있냐? 넌 방을 이렇게 만든 돼지야. 대체 언제부터 더러운 컵을 구석에 던지기 시작한 거야?"

험프리가 어깨를 으쓱하고 중얼거렸다. "우리가 이사 온 다음부터."

피커링이 산더미 같은 컵들을 향해 고개를 돌렸다. "게다가 넌 창문 유리까지 깨버렸어…"

험프리의 눈이 피커링을 쫓았다.

그 순간 다쿠스는 갑자기 두 남자가 자신을 노려보고 있는 것을 알아차리고 등골이 오싹해졌다.

피커링이 번개처럼 창가로 튀어와 손을 뻗어 다쿠스의 멱살을 잡았다. 다음 순간 다쿠스는 자신이 허공에 대롱대롱 매달려 있음을 깨달았고, 오싹함은 공포로 바뀌었다. 다쿠스는 목이 졸린 상태에서 손가락 끝으로 창틀을 필사적으로 붙잡고 비명을 내질렀다. 무당벌레들이 빨간색, 검은색 구름처럼 날아올랐다. 다쿠스를 도와줄 사람은 아무도 없었다. 맥스 삼촌은 외출 중이었다.

피커링이 다쿠스를 창문 안으로 끌어당겨 방바닥에 내동댕이쳤고 그 바람에 딱정벌레들이 사방으로 흩어졌다. 그 순간 다쿠스는 절박하게 외쳤다. "박스터!"

제**6**장

다쿠스와 골리앗

"**자,** 그래. 내가 뭘 발견한 건지 볼까?" 피커링이 다쿠스 앞에 서서 말했다. "꼬맹이 염탐꾼이군." 그는 일그러진 얼굴로 다쿠스를 뜯어보았다. "전에 한 번 본 적이 있지?" 그가 고개를 천천히 끄덕였다. "어제 길가에서 날 쳐다보고 있었어. 왜 그랬지?"

"무슨 꼬맹이?" 험프리가 여전히 무릎을 꿇은 채 말했다. "무슨 길가 말이야?"

다쿠스는 항의하려 했지만, 조금 전 바닥에 부딪치면서 몸에서 바람이 죄다 빠져나갔는지 온몸이 애타게 산소를 갈구하고 있었다.

폐가 터져버릴 것 같았다.

"대체 우리 창문으로 뭘 염탐하고 있었던 거지?"

"저... 저는..." 다쿠스가 헐떡이다 마침내 숨을 쉬었다.

"왜 말을 못해? 꿀 먹은 벙어리야?" 피커링이 비웃었다.

다쿠스는 머리가 욱신거렸다. 그리고 폐의 화끈거림이 잦아들면서, 대신 끊어질 듯한 허리 통증이 찾아왔다. 이제 바닥에 있던 딱정벌레들은 모두 자신들의 컵으로 돌아가고 있었다. 다쿠스는 혹시라도 자신에게 깔린 딱정벌레가 없기를 바라며 두리번거렸다.

피커링의 분노가 더 이상 자신을 향해있지 않음을 깨달은 험프리가 천천히 일어나 해골처럼 말라빠진 사촌 옆으로 걸어왔다. "어서 말해. 안 그러면 널 잡아먹어버릴 테니까."

피커링이 다쿠스의 턱 끝을 잡았다. "난 네가 무슨 짓을 하고 있었는지 알아, 이 성가신 빡빡이 꼬맹아. 내가 모를 거라 생각하지 마." 그의 손가락이 이제 다쿠스의 턱 전체를 단단히 잡았다. "지난 밤에도 여기서 킁킁거리고 다녔지? 넌 도둑이야!"

"뭐라고요? 아니에요!" 다쿠스가 고개를 저으려 애썼다. "창문으로 훔쳐본 건 죄송해요. 전 그냥..."

"미리 탐색하러 온 거겠지." 피커링이 턱을 잡은 손에 더욱 힘을 주었다.

"뭐... 뭐라고?" 험프리가 더듬거렸다.

"내가 너한테 말은 안 했는데, 지난주에 네가 외출했을 때 여기서 이상한 소리를 들었어. 내가 들어오니까 침입자들이 혼비백산해서 줄행랑을 쳤지."

"정말?" 험프리는 의아한 듯 주변을 두리번거렸다. 방에는 산더미 같은 컵들과 훔쳐갈 가치도 없는 소형 소파 크기의 더러운 분홍색 안락의자를 제외하면 거의 아무것도 없었다.

"두 명이었어. 까만 옷을 입은 덩치가 크고 흉측한 남자 둘이서 썩어가는 쓰레기 더미에서 뭔가를 쑤석이고 있더라고." 피커링이 혐오감으로 콧구멍을 벌렁거리며 컵들의 산을 노려보았다. "여기가 얼마나 더러웠으면, 마스크에 고무장갑까지 끼고 있더라!" 피커링이 다쿠스를 놔주고는 도끼를 더욱 단단히 쥐고 사촌에게 다가갔다. "난 너랑 사는 게 싫어, 험프리. 그거 알아? 난 매일 아침 네가 간밤에 죽었기를 바라며 깨어난다고."

"그래서 얘가 도둑들과 있는 걸 본 거야?" 험프리가 피커링의 주의를 돌리려고 다쿠스를 가리키며 황급히 말했다. "얘가 강도들 중 하나야?"

"얼굴은 못 봤어." 피커링이 생각을 하기 위해 잠시 말을 멈췄다. "하지만 내가 쫓아버린 둘은 어른이었어. 얘는 어딘가에 숨어있었겠지."

"그리고 지금 그때 시작한 일을 마무리하려고 돌아온 거군." 험프리가 말했다.

"저는 도둑이 아니에요!" 다쿠스가 외쳤다.

"그래?" 피커링이 돌아보며 말했다. "그럼 왜 우리 땅에 들어 왔는지, 왜 나무에 올라와서 그 작고 까만 눈으로 쥐새끼처럼 창문으로 들여다봤는지 설명해봐." 그는 성큼성큼 걸어와서 다시 다쿠스 앞에 섰다. "네가 찾는 건 내 골동품들이지? 넌 내 골동품들을 훔칠 계획인 거야."

"아저씨의 골동품은 본 적도 없어요!" 다쿠스가 항의하며 어깨가 벽에 닿을 때까지 버둥버둥 뒤로 물러났다.

"방금 골동품이 가득한 마당을 몰래 누비고 다녀놓고 나더러 그 말을 믿으라고?" 그가 다쿠스의 얼굴을 잡았다. "거짓말 마, 이 거지새끼야."

피커링의 손톱이 뺨을 파고들자, 다쿠스는 몸을 꼼지락거렸다.

"자, 이제 널 어떻게 할까?" 피커링이 말했다.

"좋은 수가 있어." 험프리가 말했다. "내가 이 녀석을 구워서 파이로 만들게. 따끔한 맛을 보여줘야지."

"웃기는 소리 좀 하지 마." 피커링이 다쿠스를 바닥에 내팽개치며 말했다. "우린 이 녀석을 꽁꽁 묶어야 해."

험프리는 웅크리고 앉아 마치 흥분한 개처럼 다쿠스에게 코를 킁킁거렸다. "파이를 만들려면 우선 껍질부터 벗겨야겠는걸." 그가 음흉하게 웃었다. "인간의 껍질은 너무 질기거든."

다쿠스는 얼어붙었다. 이 뚱뚱한 남자가 그저 겁을 주려고 하는 소리이길 바랐다.

　피커링은 도끼를 내려놓고 방에서 나가더니 긴 밧줄과 식탁 의자
를 들고 돌아왔다. "여기 앉아." 그가 명령했다.

　"저를 어떻게 하시게요?" 다쿠스가 초조하게 물었다.

　피커링이 다쿠스를 의자에 밀어 앉히고 밧줄로 묶었다.

　"납치는 불법이에요. 아시잖아요?"

　"도둑질도 불법이지." 피커링이 험프리를 돌아보며 말했다. "네

가 먹는 크랜베리 소스 좀 줘."

험프리가 문 뒤에 있는 흰색 들통으로 뒤뚱뒤뚱 걸어갔다. "얘를 먹어버리게?"

"우선, 불게 만들어야지." 피커링이 험프리에게 말했다. "그런 다음에, 네가 저걸 없애버리면..." 방의 대부분을 차지하고 있는 살아 있는 지저분한 곤충들의 덩어리를 바라보는 피커링의 눈가에 경련이 일었다. "그러고 나면, 얘는 너 좋을 대로 해."

험프리가 좋다고 박수를 쳤다.

"자." 피커링이 팔짱을 끼고 다쿠스 앞에 섰다. "이제 너희 일당에 대해 말해. 언제 여길 털 계획인지도."

"야, 그런데 말도 안 된다." 험프리가 비웃으며 말했다. "제정신인 사람이라면 아무도 저 쓰레기들을 훔치려 들지 않을걸."

피커링이 손을 뻗어 바닥에서 도끼를 집어 들었다.

"내 말은..." 험프리가 황급히 말했다. "얘는 우리를 퇴거시키기 위해 증거를 모으려고 보낸 스파이일 가능성이 높다는 얘기야."

피커링은 순간적으로 눈이 휘둥그레지더니, 이내 눈을 가늘게 뜨고 그런 가능성을 생각했다. "그럼 얘를 절대 돌려보내선 안 되겠군."

"그러니까 파이를 만들자는 얘기야." 험프리가 의기양양 말했다.

"이 벌레들을 치우면 얘를 너한테 맡길게." 피커링이 한 손을 사촌에게 내밀며 말했다.

"좋아, 거래 성사야."

"저는 구청에서 나오지도 않았고, 강도도 도둑도 아니에요." 다쿠스가 외쳤다. "저는 그냥 애예요. 그냥 두 분이 싸우는 걸 들었고 딱정벌레를 봐서 — "

"너야 그렇게 말하겠지." 피커링이 다쿠스의 말을 잘랐다. "우린 바보가 아니야." 그가 험프리를 힐끔 보았다. "적어도 나는 아니야." 그가 커다란 티셔츠를 바닥에서 집어 든 뒤 쭉 찢어서 긴 천 쪼가리를 만들었다.

"이봐, 그건 내 셔츠야!" 험프리가 항의했다.

"그래? 낡고 더러운 걸레처럼 생겼는데." 피커링이 도끼를 안락의자에 기대놓고 천 쪼가리로 다쿠스에게 재갈을 물렸다.

다쿠스는 머리를 뒤로 빼며 저항하려 했지만, 곧 퀴퀴한 죽은 짐승 냄새를 풍기는 천 쪼가리에 입이 막혀버렸다. 구더기가 떠올라서 헛구역질이 났다.

"이제 그 통 내놔."

험프리가 피커링의 지시에 따라 뚜껑을 비틀어 열고 들통을 건넸다.

다쿠스는 몸을 움찔거리며 단단하게 묶인 밧줄에서 빠져나가려 애썼다. 손목의 살갗이 불에 덴 듯 뜨거웠다. 어떻게든 빠져나가야 했다. 맥스 삼촌이 옳았다. 이 남자들은 위험한 인물들이었다.

피커링이 두 손을 컵처럼 오므려 크랜베리 소스를 듬뿍 떠 올리더니 다쿠스의 머리에 뿌렸다. 그 차갑고 끈적끈적한 액체가 천천히 등 뒤로 흘러내릴 때 다쿠스는 몸을 떨었다.

"이봐, 낭비하지 마." 험프리가 항의했다. "좋은 식재료라고."

"나중에 더 가져다줄게." 피커링이 손을 내려 또 두 손 가득 소스를 퍼 올렸다. "잘 들어, 꼬마야. 이건 크랜베리 소스야." 그가 두 손을 다쿠스 코 밑에 대고 말했다. "바로 네 뒤에 깨물고 쏘고 긁고 파고드는 징글징글한 벌레들 수백만 마리가 우글거리는 저 벌통 같은 흉물을 못 봤을 리 없겠지. 그런데 저것들이 세상에서 제일 좋아하는 게 뭔 줄 알아?" 피커링이 다쿠스의 얼굴에 소스를 뿌리며 말했다. "바로 크랜베리 소스야."

차가운 소스가 목과 가슴으로 흘러내리자 다쿠스는 몸을 떨었다. 피커링이 다쿠스의 초록색 스웨터 소매를 걷어 올리고 소스를 팔에 문질렀다.

"만일 누가 우리를 염탐하러 보냈는지 말하지 않으면 ─ " 그가 다쿠스의 코앞으로 얼굴을 갖다 댔다. "이 징그러운 벌레들이 널 산 채로 먹게 만들 거야."

다쿠스는 피커링을 쳐다보았다. 이 벌레들이 크랜베리 소스를 좋아한다는 건 말이 되는 얘기였다. 특히 험프리가 방에 크랜베리 통을 두고 있는 것을 보면 더욱 수긍이 갔다. 박스터도 달콤한 과일을 좋아했다. 하지만 딱정벌레 핸드북 덕분에, 다쿠스는 피커링이 모르는 것을 알았다. 많은 딱정벌레가 초식 동물이라는 사실이었다.

"처음에는 녀석들이 크랜베리 소스를 우적우적 먹겠지. 그런 다음에는 네 살을 파고들 거야." 피커링이 질척한 분홍색 액체를 또 한 손 가득 떠 올렸다. "그다음에는 네 피를 마시고 뼈만 남을 때까지 네 근육을 먹어치울 거야." 그가 다쿠스의 바짓가랑이를 걷어 올리고 소스를 정강이에 뿌렸다. "게다가 뼈까지 먹는 끔찍한 놈들도 저기 있다고." 피커링은 즐기고 있는 것이 분명했다. "그러니까 이건 네게 마지막 기회야." 그가 다쿠스의 입에 물린 재갈을 끌어내렸다. "자, 너 자신을 위해 뭘 얘기해야 할까?"

"저는 옆집에서 왔어요." 다쿠스가 주장했다. "저는 옆집에 산다고요!"

"거짓말!" 피커링이 신경질적으로 다시 재갈을 물렸다. "옆집에 사는 교수는 애가 없어."

다쿠스는 밧줄에서 벗어나려 몸부림쳤지만 부질없는 짓이었다.

"딱정벌레에게 살갗이 홀딱 벗겨져 봐야 얘기할 마음이 생길 모양이로군." 피커링은 소름 끼치게 히죽히죽 웃었다.

"그건 내가 하고 싶었는데."

"봐라! 커다란 뿔이 달린 까맣고 흉측한 놈이 온다. 오, 맙소사. 무척 배가 고파 보이는걸."

다쿠스는 아래를 내려다보고 안도감에 거의 울 뻔했다. 박스터가 그를 향해 기어오고 있었다. 딱정벌레가, 다쿠스의 딱정벌레가 자신을 부르는 소리를 들은 것이다. 이제 박스터가 자신의 말을 알아듣는지 확인하기 위한 대조군 시험 따위는 필요 없어졌다. 박스터를 보자 용기가 솟고 가슴을 팔딱거리게 했던 두려움이 가라앉았다.

"난 배가 고프다고." 험프리가 다쿠스를 보며 투덜댔다.

그때 아래층 현관문에서 커다란 노크 소리가 났다.

"대체 누구지?" 피커링이 똑바로 일어서서 마치 놀란 미어캣처럼 고개를 돌려 어깨너머를 보았다.

"글쎄." 험프리가 어깨를 으쓱했다.

피커링이 사촌의 물컹한 팔을 잡고 복도로 끌고 나갔다. "너랑은 아직 용무가 안 끝났어." 그가 문을 '쿵' 닫으며 다쿠스에게 으르렁거리듯 말했다.

다쿠스는 곧바로 손목을 묶고 있는 매듭을 풀어보려 했지만 손이 닿지 않았다. 그때 어깨에서 익숙한 무게감이 느껴졌다. 박스터가 내려앉았다가 재갈이 묶여 있는 뒷덜미를 향해 기어가고 있었다. 그리고 곧 박스터가 재갈과 자신의 피부 사이로 뿔을 밀어 넣더니 천을 당기는 것이 느껴졌다. 박스터가 톱질을 하고 있군!

몇 초 뒤 재갈이 미끄러져 내려갔고 다쿠스는 그것을 뱉어내며 기쁘게 신선한 공기를 폐에 가득 들이마셨다. "박스터! 널 다시 보게 되어 정말 다행이야!" 그가 속삭였다. "밧줄도 좀 도와주겠니?"

박스터가 컵들의 산을 향해 돌아서서 뒷다리를 겉날개에 대고 문질러 이상한 찌륵거리는 소리를 연속적으로 냈다. 다쿠스는 박스터가 그런 소리를 내는 것을 한 번도 들은 적이 없었다. 다쿠스는 그것이 그 책에서 말한 '마찰음'임을 깨달았다.

잠시 후에 한숨 소리 같기도 하고, 설탕을 단지에 부을 때 나는 소리 같기도 한 소리가 방 안을 채우는가 싶더니, 딱정벌레들이 그 산에서 우르르 나와서 종종거리며 다쿠스를 향해 다가왔다. 피커링과 험프리는 아직 문밖에서 입씨름을 벌이고 있었다.

"아무도 들여보내선 안 돼. 만일 저 애를 찾으면 어떻게 해?"

피커링이 동요된 목소리로 말했다.

"하지만 경찰이면 어쩌지?" 험프리가 물었다.

"경찰이라고?" 피커링이 신경질적으로 소리 질렀다. "경찰이 왜?"

"어어… 쟤가 그랬잖아. 납치는 불법이라고."

"하지만 그건 방금 일어난 일인데, 애가 여기 있는 걸 사람들이 어떻게 알겠어?"

"글쎄."

"네가 내려가서 현관에 나가 봐."

"왜 나야? 뭐라고 말하라고?"

"또 뭔가 멍청한 소리를 하겠지." 피커링이 볼멘소리로 말했다.

끈질긴 노크 소리가 다시 시작되었다.

"좋아, 둘이 같이 가." 피커링이 선언하듯 말하더니, 두 사람이 쿵쾅거리며 계단을 내려가는 소리가 들렸다.

딱정벌레들이 다리 위로 기어 올라오기 시작하자 간질간질한 감각이 느껴졌다. 다쿠스는 온몸이 딱정벌레들에게 뒤덮이는 것이 어떤 기분일지 몰라 숨을 들이쉬었지만, 딱정벌레들은 곧 등을 타고 기어올라 총총거리며 목과 머리를 헤집고 다녔다. 조그만 발톱 달린 발들이 피부 위를 활보하니 등줄기를 따라 전율이 흘렀다. 그러나 딱정벌레들이 자신의 몸 위로 올라와도 아무렇지 않다는 것을 깨닫고, 다쿠스는 안도의 한숨을 내쉬었다. 녀석들이 제법 무거워서 마치 모래에 묻히는 느낌이었다. 그러나 그렇게 많은 딱정벌레가 있는데도 느낌은 제법 괜찮았다. 몸이 간질간질했지만 웃음을 참고 가만히 있으려 했다. 잘못 움직였다가 괜히 한 마리라도 깔아뭉개고 싶지 않았다.

머리끝에서 발끝까지 딱정벌레들에 뒤덮인 채, 가만히 눈을 감고 아빠를 생각했다. '아빠, 이 말을 하면 믿지 않으시겠죠?' 다쿠스는 속으로 말했다.

몇 초 후에 왼팔이 움직여졌다. 다쿠스는 손목의 밧줄을 시험해 봤다. 옳다구나! 이제 양손이 자유로워졌다. 다쿠스는 다리 밧줄도 시험해봤다. 밧줄이 떨어졌다. 딱정벌레들이 전부 씹고 파내고 잘라낸 것이다.

다쿠스는 크랜베리 소스 방울을 바닥에 튀기며 의자에서 조심스럽게 일어났다가 쭈그리고 앉아 자신을 구조해준 딱정벌레들에게 감사 인사를 했다. 그 무리들 가운데 붉은색 기린목바구미 떼와 반짝이는 비단벌레를 보게 된 것이 기뻤다. 그러나 바닥에 있는 딱정벌레 중에 무엇보다 인상적인 것은 단연 커다란 골리앗풍뎅이였다. 얼룩말처럼 검은색과 흰색 줄무늬로 쉽게 알아볼 수 있었다. 녀석은 더듬이도 거의 움직이지 않고 가만히 서 있었다. 다쿠스는 녀석이 아주 늙은 편인지 궁금했다.

어떤 책에 인쇄된 어떤 삽화도 이 딱정벌레들이 얼마나 인상적인지를 제대로 포착해내지 못했다.

다쿠스는 얼굴을 만져보았다. 신기하게 끈적이는 느낌조차 없었다. 딱정벌레들이 자신을 풀어주고 게다가 씻겨주기까지 한 것이다! "정말 고마워!" 그가 속삭였다. "너희 모두 놀라워!"

밖에서는 가로등이 껌뻑껌뻑하고 켜지며 방 안에 노란 불빛을 드리웠다. 저녁 여섯 시쯤 된 것이 분명했다. 맥스 삼촌이 곧 집에 올 시간이다.

아래층에서 목소리가 들렸다. 피커링과 험프리가 현관문을 연 모양이었다.

그리고 갑자기 딱정벌레들이 어디론가 떠나는 그림자처럼 후다닥 물러나서 컵들의 산속으로 돌아갔다. 뭔가에 겁을 먹은 것처럼 보였다. 골리앗풍뎅이만이 천천히 움직였다.

다쿠스는 조용히 창문으로 뛰어가 밖을 내려다보았다. 박물관 밖에서 본 매끈한 검은 차가 도로에 주차되어 있었다.

일순간 두려움이 복부를 휘감았다. 루크레시아 커터가 이곳에 온 것이다! 그런데 왜?

다쿠스는 어깨너머로 딱정벌레 산이 눈에 들어왔고 뇌리를 스치는 것이 있었다. 그것은 바로 장관을 이룬 딱정벌레 무리들이었다. 루크레시아 커터는 분명 딱정벌레에 흥미가 있을 것이다. 그렇지 않다면 자연사박물관 소장실을 후원할 이유가 없을 것이다. 그리고 아침에 본 그 불길한 노란색 무당벌레는 그녀와 관련이 있었다. 맥스 삼촌은 분명 그렇게 생각했다.

루크레시아 커터가 여기에 올 만한 이유는 한 가지뿐이다. 바로 딱정벌레들 때문이다. 그런데 딱정벌레들이 여기 있다는 걸 그녀가 어떻게 알았을까? 그때 문득 검은 복면과 고무장갑 차림의 두 명의 남자에 대한 피커링의 말이 떠올랐다. 그들이 루크레시아 커터의 하수인일까?

다쿠스는 커다란 분홍색 안락의자에 등을 대고 쭈그리고 앉아 발꿈치에 힘을 주며 온 힘을 다해 그것을 밀었다. 그것은 아주 무거운 가구였고 문틀보다 폭이 넓었다. 다쿠스는 그것으로 닫힌 문을 막고 윗부분을 손잡이 밑에 끼워 고정시킨 다음, 다시 딱정벌레 산으로 돌아왔다.

"잘 들어." 다쿠스가 황급히 말했다. "너희 모두 끔찍한 위험에 처해있어. 루크레시아 커터가 여기 왔어. 그 여자는 불길한 징조야. 그 여자가 뭘 원하는지 모르지만..." 문득 서랍 속에서 핀에 꽂혀 있던 딱정벌레들이 떠올랐다. "아마 그 여자가 너희를 본다면, 죽이려 할 거야. 내 말이 무슨 말인지 알아들어? 그 여자를 여기 들여보내선 안 돼!" 다쿠스가 박스터를 집어 들었다. "우린 지금 가야하지만, 다시 돌아올게. 약속해."

다쿠스는 창문으로 달려가서 박스터를 공중에 날리고 플라타너스 나무를 향해 뛰었다. 그는 첫 번째 나뭇가지를 붙잡고 그 아래 나뭇가지로 내려가서 땅으로 몸을 날려 쪼그린 자세로 착지했고, 그와 동시에 박스터가 어깨에 내려앉았다.

제 *7* 장

방문

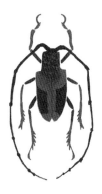

험프리는 피커링을 등 뒤에 세우고 머뭇머뭇 계단을 내려가 현
관문을 열었다. "어이쿠, 맙소사! 당신한테 끔찍한 냄새가
나요!" 웬 여자가 경멸 어린 목소리로 말했다. "옷도 안 입었군요!"

험프리는 한 대 얻어맞은 것처럼 콧김을 내뿜더니, 문간에 서 있
는 세련된 여자를 얼빠진 듯 바라보았다. 그녀는 입술이 황금색이었
고 피부가 광을 낸 대리석처럼 반짝였다. 얼굴 전체를 거의 다 가린
커다란 선글라스 주위로 검은 단발머리가 덮여 있었다. 험프리는 그
녀가 혹시 영화배우가 아닌가 싶었다.

등 뒤에서 피커링이 문간에 있는 사람이 누구인지 보려고 등을

툭툭 건드리는 것이 느껴졌다.

"피커링 리스크 씨와 험프리 갬블 씨라고 부르면 될까요?" 여자가 코웃음 치며 물었다.

"그럼요!" 피커링이 틈새를 비집고 나와서 머리를 숙여 정중히 인사했다. "원하신다면 피커링 알로이시오 리스크라고 부르셔도 좋습니다, 마담. 무엇을 도와드릴까요?"

흰색 가운 차림으로 검은 지팡이 두 개에 몸을 지탱하고 서 있던 그 여자는 주머니에 한 손을 넣었다가 이내 다이아몬드 반지를 현란하게 반짝이며 주먹 쥔 손을 다시 뺐다. 그녀가 손을 내리며 다섯 개의 까만 손톱을 마치 잭나이프처럼 쫙 펼쳐 손바닥 위의 죽은 딱정벌레 세 마리를 보여줄 때, 두 사촌은 뭔가에 홀린 듯 그 모습을 멍하니 바라보았다. 하나는 빨간색이고, 하나는 초록색, 하나는 금색이었다.

"이거 알아보시겠어요?" 선글라스 위로 펜슬로 그린 한쪽 눈썹이 아치형으로 올라갔다.

험프리는 영문을 모르겠다는 표정으로 그녀의 손을 멍하니 쳐다봤다. "그 애 때문에 온 건가요?" 그가 멍청하게 물었다.

"무슨 애 말이에요?"

그때 피커링이 고함치며 험프리를 옆으로 밀치고 문을 쾅 닫았다.

"대체 왜 그래?" 험프리가 물었다.

"왜 그러냐고? 내가 묻고 싶은 얘기야. 너야말로 대체 왜 그래?" 피커링이 문에 등을 대고 숨을 헐떡였다. "감옥에 가고 싶어? 그 여자한테 아무 말도 하지 마. 특히 그 애에 대해서는." 그가 눈알을 희번덕거렸다. "저 여자는 구청에서 나온 게 분명해."

"구청에서 온 사람처럼 보이지 않던데. 길 건너에 세워둔 그 여자 차 봤어?" 험프리가 휘파람을 불었다. "히야, 저게 바로 연예인 차라는 거 아니겠어?"

"저 여자는 구청에서 나온 게 분명해."

"내 생각엔 그 여자가 뭔가를 마음에 들어 하는 것 같았어." 험프리가 고릴라처럼 주먹으로 가슴을 두드렸다.

"... 구청에서 나온 게 아니라면 그 딱정벌레는 어떻게 설명할래?"

"무슨 딱정벌레?"

"그 여자 손에 있던 거 말이야."

"사탕 말이야?"

"그건 딱정벌레였어. 사탕이 아니라. 게다가 그건 그냥 아무 딱정벌레가 아니었어." 피커링이 한 손으로 이마를 탁 쳤다. "그건 내가 3주 전에 네가 얼마나 불결한지 보여주려고 머릿속에서 잡아 구청에 우편으로 보낸 것과 똑같은 딱정벌레 세 마리였어. 빨간색, 초록색, 금색."

"문을 열고 알아보자." 험프리가 겨드랑이에 코를 대고 킁킁거려 냄새를 확인하며 제안했다.

"안 돼!" 피커링이 격렬하게 고개를 저었다. "우린 저 여자를 쫓아내야 해."

"두 사람 얘기 다 들려요." 그 여자의 목소리가 칼날처럼 문을 뚫고 들어왔다.

피커링이 비명을 지르며 앞으로 튀어나왔다.

험프리는 결단을 내렸다. 예쁜 여자가 문을 두드리는 일이 날이면 날마다 오는 기회는 아닐 테니까, 그녀와 계속 얘기를 하고 싶었다. 그래서 피커링을 들어서 옆으로 치우고 다시 문을 열었다.

"뭐라고 사과의 말씀을 드려야 할지 모르겠습니다." 그가 머리를 숙이며 말했다. "제 사촌은 무시하십시오. 제정신이 아니거든요." 그가 피커링이 돌았다는 것을 입증한답시고 사팔눈을 뜨고 혀를 쭉 내밀었다. "원하신다면 험프리 윈스턴 갬블이라고 부르십시오." 그가 축축한 손을 내밀었다.

"그런데 뉘시죠?" 피커링이 도전적으로 물었다. "뭘 원하는 겁니까?"

"제 이름은 루크레시아 커터예요." 여자는 마치 두 사람이 자신의 이름을 들어봤을 거라고 기대하는 것처럼 턱을 한껏 쳐들었다. 험프리는 다시 멍하니 그녀를 보다가 피커링을 쳐다보았다. 피커링 역시 그녀의 이름을 들어본 적이 없는 것이 분명해 보였다.

"이봐요. 당신들은 제가 원하는 걸 가지고 있어요." 그녀가 말했다.

"틀림없이 그런 것 같네요." 험프리가 숨을 한껏 들이쉬어 가슴을 부풀렸다.

"제가 돈을 지불할 용의가 있어요." 루크레시아 커터가 말했다. "두둑하게요."

"계속 말해 봐요." 피커링이 말했다.

"이 지역에 이국적인 딱정벌레들이 있다는 보고가 있었어요."

피커링이 눈을 가늘게 떴다. "딱정벌레는 본 적이 없는데."

그녀는 딱정벌레 세 마리를 다시 내밀었다. "정말이요? 당신이 이것들을 구청 보건위생과로 보낸 거 아닌가요?"

"여긴 딱정벌레 따위는 없소." 피커링이 우겼다.

"리스크 씨, 저는 구청에서 나온 사람이 아니에요. 초시류 연구가 죠."

"여기서 초식이 대체 무슨 상관이 있나요?" 험프리가 물었다.

"초식이 아니라, 초시류요." 그녀가 낮게 말했다. "딱정벌레를 수집해서 연구하는 사람이죠. 저는 몇 년 전에 실험실에서 탈출한 희귀 절지동물을 추적해왔어요." 그녀는 맥없는 몸을 다시 지팡이에 기댔다. "그리고 이 딱정벌레들의 DNA가 사라진 것들과 일치했어요. 내가 그것들이 사는 곳을 찾은 것 같은데, 그게 바로 여기예요." 그녀가 먹이를 찾듯 몸을 앞으로 기울였다. "아닌가요?"

험프리는 고개를 끄덕이며 싱긋 웃었다. "제 방을 보고 싶은가요?"

피커링이 그를 복도로 잡아끌었다. "바보처럼 고개 좀 그만 끄덕거리시지. 이건 함정일 수 있어."

"리스크 씨, 제발. 이건 함정이 아니에요. 그냥 단순한 사업상의 거래라고요." 그녀가 번쩍이는 까만 직사각형 물건을 꺼냈다. "제 명함이에요."

험프리와 피커링이 동시에 앞으로 나갔지만, 험프리가 먼저 잡았고 피커링은 루크레시아 커터와 부딪치지 않기 위해 문틀을 붙잡아야 했다. 그의 코끝이 그녀의 흰 가운 옷깃에 붙인, 가느다란 백금 체인이 매달린 반짝반짝한 까만색 브로치에서 불과 1밀리미터 앞에 정지했다.

"살아있네!" 브로치가 루크레시아 커터의 가운에서 천천히 움직이는 것을 보며 피커링이 소리쳤다.

"이건 검정 다이아몬드로 장식한 사슴벌레예요. 검정 다이아몬드는 아주 희귀하지만, 이제 사슴벌레가 더 희귀하죠." 루크레시아 커터가 번쩍이는 검은 돌들 위로 손가락을 가져가자, 사슴벌레는 움직임을 멈추었다. "이게 제가 마케츠를 다루는 방식이에요. 정말 귀한 거죠."

"마케... 뭐요?"

"마케츠요. 보석을 박은 풍뎅이죠. 멕시코산 생물 브로치예요. 정말 아름답지 않나요?"

"음... 사랑스럽군요." 피커링이 코에 주름을 잡으며 말했다.

"이국적인 딱정벌레들이 당신들 집에 없다니 안타깝군요." 그녀가 머리를 한쪽으로 기울이며 금색 윗입술을 비쭉거렸다. "있었으면 내가 돈을 지불하려 했는데 말이에요."

"그럼 딱정벌레를 사고 싶다는 말이요?" 피커링이 어안이 벙벙해서 물었다.

"그래요."

"전부요?" 험프리는 자신이 듣고 있는 말을 믿을 수가 없었다.

"그래요, 전부 다."

"하지만 수천 마리나 되는데..." 험프리가 놀라서 말했다.

"그래요? 정말 흥미롭군요." 루크레시아 커터가 머리를 뒤로 젖혀 완벽한 목선을 내보이며 말했다. "그럼 사육을 했겠군요." 그녀가 한숨을 쉬더니 기습적으로 험프리에게 다가갔다. "걔네가 특이한 행동을 보이던가요?"

"음, 어..." 그가 말을 더듬거렸다.

그녀는 지팡이를 문틈 안으로 밀어 넣고 휘청거리며 앞으로 나갔다. "좀 보여주시겠어요?"

"안 됩니다!" 피커링이 새된 소리를 지르며 그녀를 막아섰다. "여기에 당신이 보려는 건 없어요."

그때 크랜베리 소스에 범벅이 된 채 의자에 묶여 있는 소년의 모습이 불현듯 험프리의 뇌리에 스쳤고, 이제 그 역시 피커링과 함께 복도를 막아섰다.

루크레시아 커터가 위협적으로 몸을 꼿꼿이 세웠다. 갑자기 키가 말도 안 되게 커 보였다.

"들여보내 줘요!"

"미안하지만, 이제 가줘야겠어요. 안녕히 가세요." 피커링이 겁에 질린 목소리로 소리쳤다. "찾아줘서 고마워요."

"좋으실 대로!" 루크레시아 커터가 신경질적으로 말하고는 문간에서 물러났다. "제 명함 가지고 있죠? 일주일 정도 생각할 시간을 드리죠."

그녀가 자동차로 돌아가려고 뒤로 돌자, 검은색 옷차림의 남자 두 명이 밖으로 나왔다. 한 남자는 길을 건너 그녀를 에스코트했고, 다른 한 명은 열린 자동차 문을 붙잡은 채 기다리고 있었다.

피커링은 그들을 빤히 쳐다보았다. "지난주에 네 방에서 내가 쫓아낸 남자들 같은데."

다쿠스는 최대한 빨리 가구들의 숲을 부랴부랴 빠져나갔다. 다쿠스가 담 너머로 뛰어내려 맥스 삼촌의 아파트 계단을 후다닥 뛰어올라 거실 창문 앞에 무릎을 꿇고 쓰러질 때까지 박스터는 내내 다쿠스의 어깨에 꼭 달라붙어 있었다.

자동차는 여전히 거기 있었다.

다쿠스는 빗장을 올려 창문을 열었다. 나지막하게 딸깍 소리가 났다. 오전에 박물관에서 보았던 운전사가 자동차 뒷문을 열고 있었다. 소매 없는 검은 원피스 차림의 인형 같은 소녀가 밖으로 나왔다. 원피스에 달린 빳빳한 후드가 머리 위로 한껏 말아 올린 은발 곱슬머리를 테두리처럼 감싸고 있었다. 소녀가 입은 원피스는 허리 부분이 꽉 조이고 무릎 위로 치맛자락이 낙하산처럼 퍼져 있는 형태였다. 소녀는 흰색 가죽 장갑과 벨트, 플랫 슈즈를 착용하고 있었다. 그녀가 길을 건너 신문 가판대로 걸어가자 팔꿈치에서 흰색 삼각형 핸드백이 달랑거렸다. 그녀는 흡사 찻주전자 주둥이처럼 왼팔을 높이 들고 엉덩이를 좌우로 흔들며 걸었다.

창문이 활짝 열려 있는 것을 깜빡 잊고, 다쿠스는 그만 실소를 터뜨렸다. 소녀가 위를 올려다보았다. 만면에 웃음을 띤 상태로, 다쿠스는 그대로 얼어붙었다. 소녀가 장갑 낀 손을 입술로 가져가 다쿠스에게 키스를 날려 보내더니 페이틀 씨의 상점 안으로 보란 듯이 걸어 들어갔다. 다쿠스는 얼굴이 화끈거렸다. '도대체 무슨 짓을 한 거야?' 그는 묘한 궁금증에 창밖으로 최대한 몸을 빼고 내다보았지만 소녀는 이미 상점 안에 들어간 뒤였다.

험프리와 피커링의 문간에서 웅얼거리는 소리가 들렸지만, 무슨 말을 하는지는 알아들을 수 없었다. 다쿠스는 최대한 몸을 밖으로 빼고 무슨 변화가 있는지 보려 했다.

은쟁반에 옥구슬이 굴러가는 듯 낭랑한 웃음소리에 다쿠스는 깜짝 놀랐다. 그 소녀가 돌아와 다시 길 한복판에서 막대사탕을 빨며

서 있었다. 다쿠스를 올려다보며, 소녀는 핸드백에서 조그만 흰색 명함을 꺼내서 흔들어 보이더니 그것을 바닥에 떨어뜨리고는 한 번도 돌아보지 않고 자동차로 돌아갔다.

"잠깐만요!" 험프리의 목소리가 우렁우렁 울렸다. "딱정벌레들로 뭘 하려는 건가요?"

다쿠스가 아래를 내려다보았다. 루크레시아 커터가 잔인한 미소

134

로 입술을 일그러뜨린 채 고개를 돌려 어깨너머로 두 사촌 형제를 쳐다보았다. "죽일 거예요, 갬블 씨. 전부 다. 그리고 나서 내가 특별한 것들에 핀을 꽂아서 개인 소장품에 추가할 거예요."

그녀는 지팡이를 짚은 채 상체를 내밀고 경호원의 내민 손을 무시한 채 휘청거리며 가버렸다. 그녀의 팔꿈치가 마치 사마귀처럼 직각으로 솟았고, 검은색 치맛자락이 마치 지네의 몸처럼 그녀의 뒤에서 꿈틀꿈틀 움직였다. '저 여자 다리는 대체 어떻게 된 거지?' 다쿠스는 그녀의 움직임을 보며 자기도 모르게 몸을 떨었다. 두려운 느낌이 마치 차가운 안개처럼 뱃속을 뒤덮었다.

"저 여자가 여기서 뭘 하고 있는 걸까, 박스터?" 다쿠스가 고개를 돌려 어깨너머를 보며 말했다. 박스터는 커피 테이블에서 겉날개를 펄럭이고 있었다.

"너 뭐하는 거야? 숨으려고?" 다쿠스가 박스터를 집어 들어 가슴으로 가져가서 겉날개를 쓰다듬었다. "저 여자가 널 해치게 놔두지 않을 거야."

다쿠스는 거리를 내려다보았다. 아빠가 사라졌던 방의 문 위에는 그 여자의 이름이 붙어 있었다. 맥스 삼촌은 그녀를 악당이라고 불렀고 지금 그녀는 딱정벌레를 찾아 여기에 왔다. 하지만 그녀는 딱정벌레들을 손에 넣을 수 없을 것이다. 다쿠스는 어떻게든 그녀와 옆집 남자들이 그 놀라운 곤충들을 해치지 못하게 막겠다고 조용히 다짐했다. 그리고 아빠라면 분명 그렇게 했을 것이라고 확신했다.

내일은 학교에 가서 버지니아와 베르톨트에게 박물관과 딱정벌레에 대해 이야기하고 도움을 청할 것이다.

엔진 소리가 났다. 다쿠스는 루크레시아 커터의 차가 기계 풍뎅이처럼 길 저편으로 기어가는 모습을 지켜보았다.

맹세

"**지**금 어디 가는 거야?" 다쿠스가 헛간 지붕 위로 올라가자 베르톨트가 물었다. "곧 알게 될 거야." 다쿠스가 말했다. "버지니아, 베르톨트 좀 받쳐줘."

베르톨트가 버둥거리며 헛간 지붕으로 기어 올라갔다. 그러다가 신발이 홈통에 걸려서 끽끽 소리가 났다.

"이리로 와." 다쿠스가 담장으로 가볍게 넘어가 몸을 펴며 말했다. 그리고 담장 위에 앉아 다리를 달랑거리며 베르톨트에게 손을 내밀었다.

그날은 학교에서 아픈 척을 했다. 맥스 삼촌은 학교에서 정말 아프다고 믿도록 하루 더 결석을 해도 좋다고 말했지만, 다쿠스는 학교에 가고 싶었다. 베르톨트와 버지니아가 절실히 보고 싶었던 것이다. 유일한 걱정거리는 학교에 가는 길에 피커링이나 험프리의 눈에 띄지 않을까 하는 것이었다. 그래서 복도 코트 걸이에 걸려있는 맥스 삼촌의 방울 달린 털모자와 긴 목도리를 잠시 빌리기로 했다. 일단 들킬 위험이 없는지 확인한 뒤 밖으로 나가서 최대한 '붕어빵들'을 흉내 내며 어깨를 웅크린 채 종종걸음으로 학교로 갔다.

학교를 마치고 버지니아와 베르톨트에게 맥스 삼촌의 집에 가자고 초대했지만 이유는 말하지 않았다. 괜히 사실대로 말했다가 비웃음을 살 것이 두려웠기 때문이다. 더 심한 경우, 그런 미치광이 같은 얘기를 꾸며냈다며 자신을 불쌍하게 여길지도 모를 일이었다. 그 애들이 직접 눈으로 보게 해야 한다. 그러면 아마 도와줄 것이다.

"네 말을 듣고 이런 짓을 하다니, 내가 미쳤지." 베르톨트가 헛간 지붕에서 아래를 내려다보지 않으려고 애쓰면서 엉덩이로 기어가며 투덜거렸다.

다쿠스가 베르톨트의 손을 잡아당겨 담장 위로 끌어올렸다. 그러고는 옆집 마당을 손가락으로 가리켰다. "저거 봐."

베르톨트의 입이 떡 벌어졌다.

"저게 뭐지?" 버지니아가 다른 쪽으로 올라오며 물었다. "세상에 맙소사! 저거 봐!"

"가구 숲이야. 내가 이름을 붙였지." 다쿠스가 의기양양하게 말했다.

"너 뭐니? 시인이니?" 버지니아가 깔깔 웃으며 담장 너머로 다리를 넘겼다. "자, 어서. 보고만 있을 거야?"

"버지니아!" 베르톨트가 말했다. "그건 무단침입이잖아!"

"뭐래?" 버지니아가 베르톨트에게 미소 지으며 말하고는 마당에 세워진 옷장 상판 위로 뛰어내렸다.

"따라와." 다쿠스가 수직으로 세워진 소파로 풀떡 뛰어내린 뒤 쿠션을 타고 미끄러져 미로 속으로 사라졌다.

그는 테이블 밑에서 버지니아와 베르톨트를 기다렸다. 이들도 곧 낑낑거리며 들어와 다쿠스의 옆에 옹기종기 앉았다. "이게 잘하는 짓인지 모르겠어." 베르톨트가 불안하게 두리번거리며 속삭였다. "여기 누가 사는지도 모르잖아."

"내가 알아." 다쿠스가 말했다.

"좋은 사람들이니?" 베르톨트가 희망을 품고 말했다.

"별로." 다쿠스가 화제를 바꿨다.

"너희를 이리로 데려온 건 도움이 필요해서야."

"너희 아빠와 관련된 거니?" 버지니아가 물었다.

다쿠스가 고개를 끄덕였다.

"그럴 줄 알았어!"

"뭔가 일이 생겼어. 아직 그게 무슨 의미인지는 모르지만, 내 생각엔 아빠의 실종이 이것과 관련이 있는 것 같아." 다쿠스가 등에서 배낭을 벗어서 박스터의 잼 단지를 꺼냈다.

"이게 뭐야?" 베르톨트가 가까이 몸을 숙이며 탄성을 질렀다.

"와! 이렇게 큰 장수풍뎅이를 어디서 난 거니?" 버지니아가 무릎을 꿇고 다쿠스에게 단지를 빼앗아 눈앞으로 가져갔다. "굉장하다!"

"그걸 어떻게 알았니?"

"뭘 말이야?" 버지니아가 유리 단지를 손가락으로 톡톡 두드리며 물었다.

"박스터가 장수풍뎅이라는 거 말이야." 다쿠스는 진심으로 감명을 받았다.

"난 아는 게 많아." 버지니아가 미소 지었다. "게다가 우리 집에 있는 남자 형제들 중에 숀 오빠가 곤충광이거든. 대벌레 두 마리랑 타란툴라 한 마리를 키우는 데다, 곤충에 관한 DVD도 선반을 가득 채울 만큼 갖고 있지. 이렇게 큰 딱정벌레를 얻을 수 있다면 아마 레몬 한 양동이를 먹는 것도 마다치 않을 걸."

다쿠스는 버지니아에게서 단지를 찾아와 뚜껑을 비틀어 열고는 단지를 살며시 기울이며 말했다. "그게 얘를 발견했어." "얘들아, 박스터야." 장수풍뎅이가 단지에서 기어 나와 손으로 올라오자, 다쿠스가 말했다. "박스터, 이쪽은 베르톨트야, 이쪽은 버지니아."

"깨무니?" 베르톨트가 얼어붙어서 말했다.

"바보처럼 굴지 마." 버지니아가 베르톨트를 밀치면서 말했다. "장수풍뎅이는 과일과 나무 수액을 먹어."

"흥, 내가 그걸 모를까 봐?" 베르톨트가 씩씩거리며 말하고는 다쿠스를 쳐다봤다. "난 이해가 잘 안 돼. 딱정벌레랑 네 아빠의 실종이랑 무슨 관계가 있다는 거니?"

"어제 박물관에 가서 아빠가 사라진 방을 봤어."

"맙소사!" 버지니아의 눈이 커졌다. "무슨 단서라도 찾았니?"

"경찰이 이미 철저히 수색했어." 베르톨트가 안경 너머로 버지니아를 못마땅한 듯 쳐다보며 말했다.

"그런데 내가 찾았어." 다쿠스가 손가락으로 박스터의 흉부를 쓰다듬으며 말했다. "정확하게 말하면, 박스터가 찾은 거지."

"딱정벌레가 단서를 찾았다고?" 버지니아가 의심스러운 말투로 물었다.

다쿠스는 자신이 어떻게 박스터를 발견하게 되었는지에 대해 말하고, 박물관 방문에 대해서도 말해주었다.

"어제 난 아파서 결석한 게 아니야." 다쿠스가 말했다. "맥스 삼촌이 그렇게 꾸민 거지." 다쿠스는 딱정벌레가 가득한 소장실이며 빈 서랍의 미스터리, 아버지의 안경을 찾은 얘기, 루크레시아 커터가 온 얘기까지 모두 늘어놓았다.

"알고 보니 아빠가 사라진 방은 커터 초시류 소장실이었어."

"그 여자를 봤니?" 베르톨트가 깜짝 놀라 물었다. "진짜 루크레시아 커터를?"

다쿠스가 고개를 끄덕였다. "두 번 봤어. 하지만 그 얘기는 조금

이따 해줄게.”

“두 번이나!” 베르톨트가 흥분해서 꽥꽥거렸다.

“루크레시아 커터가 누군데?” 버지니아가 물었다.

“나도 몰라.” 다쿠스는 어깨를 으쓱하며 말했다. “그 여자는 부자야. 그건 알아. 굉장한 차를 타고 다니거든. 그리고 딱정벌레광이야. 맥스 삼촌은 그 여자가 아빠의 실종과 관련이 있다고 생각해.”

“너희는 루크레시아 커터에 대해 들어본 적이 없다는 거야?” 베르톨트가 놀라며 물었다.

다쿠스와 버지니아는 고개를 저었다.

“커터 하우스는 세계에서 제일 큰 패션 브랜드 중 하나야. 루크레시아 커터는 패션에 미친 과학자로 알려져 있지.” 베르톨트가 말했다. “그 여자는 천재야, 그리고 대단한 사업가지.”

두 사람은 멍하니 베르톨트를 쳐다보았다.

“너희도 핸드백이나 그 밖의 물건에 날개 달린 풍뎅이 로고를 본 적이 있지 않니?” 베르톨트가 손가락으로 허공에 원을 그렸다.

“네가 어떻게 패션에 대해서 아는 거니?” 다쿠스가 의아해서 물었다.

“우리 엄마가 잡지를 읽거든.” 베르톨트의 얼굴이 빨개졌다.

“그러니까 이 패션 디자이너가 딱정벌레와 무슨 상관이 있는데?” 버지니아가 궁금한 듯 말했다. “그리고 너희 아빠랑은 또 무슨 상관이고?”

"지난 시즌에 그 여자가 거미줄로 잔 다르크에게 바치는 갑옷을 만들었어." 베르톨트가 말했다. "그러니까 아마 이번에는 딱정벌레로 드레스를 만들고 싶어 하는 게 아닐까?"

"소름 끼쳐!" 버지니아가 얼굴을 찌푸렸다. "곤충으로 옷을 만든다고?"

"네가 그 여자를 봤다는 게 믿기지가 않는데." 베르톨트가 다쿠스에게 말했다. "그 여자는 웬만하면 외출하지 않거든. 사고가 난 다음부터는 말이야. 자기 패션쇼에도 나타나지 않을 정도야."

"사고?"

"몇 년 전에 끔찍한 교통사고를 당했어." 베르톨트의 높은 목소리가 갑자기 낮아지며 극적인 속삭임으로 바뀌었다. "신문에서 그러는데, 아마 다시는 걸을 수 없을 거래."

"내가 봤을 때는 지팡이를 짚고 있었어. 움직임이 이상하긴 했지만, 어쨌든 걸을 수 있었어."

"거의 죽을 뻔했다던데." 베르톨트가 말을 이었다.

"그래, 신문이 항상 믿을만한 건 아니지." 다쿠스가 씁쓸하게 말했다. "어쨌든 맥스 삼촌은 그 여자가 불길한 징조라고 했어."

베르톨트는 영문을 모르겠는 표정으로 물었다. "아니, 왜?"

"잘은 몰라. 아마 그 여자가 아빠를 알고 있는 것 같아. 맥스 삼촌이 아빠가 한때 딱정벌레 전문가였다고 했거든. 하지만 할 얘기가 더 있으니까 마저 들어봐."

다쿠스는 이어서 이웃들이 다툰 이야기며, 가구 숲을 발견한 얘기, 나무로 올라가서 산처럼 쌓인 딱정벌레가 든 머그잔들에 대한 얘기, 그리고 그들에게 붙잡힌 얘기까지 쉬지 않고 말했다. 베르톨트는 다쿠스의 탈출과 루크레시아 커터의 방문에 대한 이야기와 차에서 나와서 명함을 떨어뜨리고 간 소녀의 얘기를 들을 때 긴장한 것처럼 보였다. 다쿠스는 소녀가 키스를 날려 보낸 얘기는 빼고 말했다. 너무 민망했고, 버지니아가 놀려댈 게 뻔했기 때문이다.

"내 말을 믿지 못하겠다면," 다쿠스가 주머니에서 흰색 직사각형 카드를 꺼내서 보여주며 말했다. "이게 그거야."

베르톨트는 카드를 가져가서 읽었다. "노박 커터. 주소, 런던, 리젠트 파크, 타워링 하이츠." 그리고 눈을 들고 말했다. "주소 멋진데!"

"아니, 잠깐만." 버지니아가 양손을 들어 올리며 말했다. "얘기가 점점 이상해지는데. 박스터가 마치 초능력 딱정벌레처럼 날아와서 널 도와줬다는 거니? 게다가 다른 딱정벌레들에게 밧줄을 갉아내게 해서 널 탈출시켰다고?"

"그래." 다쿠스가 인상을 찌푸렸다. 버지니아가 믿지 않는다는 것을 알 수 있었다. "얘들아, 난 너희의 도움이 필요해. 난 지금 점 퍼즐을 풀고 있는 기분이야. 그런데 점들이 어떻게 연결되는지 도무지 모르겠어."

"이봐, 많은 일들이 일어나고 있는 건 이해하겠어. 하지만 초능력

144

을 가진 딱정벌레라고?" 버지니아가 입을 오므리고 눈썹을 치켜세웠다. "장난하니?"

"내가 꾸며낸 얘기처럼 들린다는 거 알아. 하지만 이건 농담이 아니야." 다쿠스가 고개를 저었다. "이 얘기를 아무한테도 할 수가 없어. 맥스 삼촌은 안 그래도 박스터를 이상하게 생각하고 있는데 간밤에 무슨 일이 있었는지 알면 날 가만두지 않을 거야." 다쿠스가 버지니아에게서 베르톨트에게로 시선을 옮겼다. "너희들이 날 믿어줘야 해. 그래서 여기로 데려온 거야. 보여주려고."

"뭘 보여준다는 말이야?" 버지니아가 물었다.

"박스터." 다쿠스가 한 손을 최대한 내밀었다. "네 개인기를 보여줄 때야. 어깨로 날아가."

딱정벌레가 날개를 올리더니 연약한 속날개를 펼치고 부르르 떨면서 공중으로 날아올랐다가 다쿠스의 어깨에 사뿐히 착지한 다음, 뒤로 돌아 자신의 주특기를 화려하게 마무리했다.

베르톨트와 버지니아의 얼굴에는 충격이 고스란히 반영되어 있었다.

"어떻게 그렇게 한 거지?" 베르톨트가 깜짝 놀라 꽥꽥거렸다.

다쿠스가 어깨를 으쓱했다. "난 아무것도 안 했어."

"다시 해봐." 버지니아가 낮고 집요한 목소리로 말했다. "아니, 박스터에게 다른 걸 시켜봐. 더 어려운 걸로."

"박스터," 다쿠스가 속삭였다. "날아서 이렇게 공중제비를 돌고,"

다쿠스는 손가락으로 원을 그리며 말했다. "그런 다음에 버지니아의 손에 앉는 거야." 이렇게 말하면서 이번에는 버지니아의 손을 끌어와 손바닥이 위로 향하도록 했다. "알았지? 시작해!"

박스터가 허공으로 뛰어올라 원을 그리며 한 바퀴 돈 뒤 다시 내려와서 버지니아의 손바닥 위에 착지했다.

"어머머머머! 말도 안 돼!" 버지니아가 흥분한 나머지 새된 소리를 질렀다.

"쉬이이잇!" 다쿠스가 주의를 주었다.

"그리고 저 안에 이런 딱정벌레들이 더 있다는 거니?" 베르톨트가 '백화점'을 가리키며 말했다.

"전부 박스터 같진 않지만, 그래, 수백 마리가 있어." 다쿠스가 말했다. "어쩌면 수천 마리일지도 몰라."

"이거 놀라운데!" 버지니아가 손 위의 장수풍뎅이를 내려다보며 말했다.

"이제 내 말 믿겠니?" 다쿠스가 내심 즐거워하며 물었다.

"당연하지!" 버지니아가 흥분으로 눈을 반짝이며 다쿠스를 보았다. 그녀는 다쿠스의 어깨 앞으로 손을 뻗어 박스터를 돌려보냈다.

"그러면 날 도와줄 거야?"

버지니아가 고개를 끄덕였다.

다쿠스가 베르톨트를 쳐다봤다. "너는?"

베르톨트가 안경을 콧잔등 위로 밀어 올리며 긴장한 듯 침을 삼켰다. "최선을 다해볼게."

"그래, 네 계획은 뭐야?" 버지니아가 물었다.

"루크레시아 커터가 저 방에 있는 딱정벌레들을 노리고 있어." 다쿠스가 말했다. "그리고 손에 넣으면 전부 죽일 거야. 그렇게 말하는 걸 내 귀로 들었어." 박스터의 겉날개가 활짝 펼쳐졌다가 다시 접혔다. "괜찮아, 박스터. 우리가 그렇게 되도록 놔두지 않을 테니까." 다쿠스가 버지니아를 보며 말했다. "난 저 딱정벌레들에 대해 잘 모르지만, 만일 박스터와 같은 것들이 있다면 분명 특별한 딱정벌레들일 테고, 죽이지 않고 연구해야 마땅해." 다쿠스는 화가 치미는 것을 느꼈다. "저 딱정벌레들에 대해 좀 더 알아볼 필요가 있어. 어디에서 온 딱정벌레들이고, 루크레시아 커터가 왜 그것들을 노리는지. 그리고 제일 중요한 건, 그 여자가 우리 아빠를 어떻게 아는지, 그리고 이 딱정벌레와 아빠가 하는 일 사이에 어떤 연관이 있는지 알아내는 거야." 갑자기 삼촌이 겨드랑이에 끼고 있던 서류철의 모습이 뇌리에 스쳤다. "내 생각엔 '파브르 프로젝트'라고 하는 거랑 관련이 있는 것 같아."

"지금 네 말이 얼마나 미친 소리로 들리는지 모르지?" 버지니아가 키득거렸다.

"하나도 재미없거든!" 다쿠스는 자기도 모르게 소리쳤다.

"쉬이이이잇!" 베르톨트는 당황한 것처럼 보였다.

"워워, 진정해. 알았으니까." 버지니아가 두 손을 들었다. "우리는 딱정벌레 보호의 임무를 띠고 패션 산업의 사악한 거물과 싸우고 있어. 그 여자가 딱정벌레와 관련된 우리가 알지 못하는 어떤 이유로 네 아빠를 납치했건 하지 않았건 말이야." 버지니아가 미소 지었다. "나도 낄게! 난 그냥 미친 소리로 들린다는 얘기였어." 버지니아가 상체를 뒤로 젖히고 싱긋 웃었다. "하지만 미친 게 멋진 거지."

베르톨트가 다쿠스의 팔에 손을 올렸다. "네 아빠를 찾는 것을 돕

기 위해 할 수 있는 일은 전부 할게, 다쿠스." 그가 진지하게 말했다.

"고마워." 다쿠스는 갑자기 풀이 죽었다. 박물관에 다녀온 뒤로 이런저런 생각들로 머리가 쉴 새 없이 돌아갔다. 그리고 이제 마침내 그 내용물을 버지니아와 베르톨트에게 쏟아냈는데 그 말이 얼마나 이상하게 들리는지 스스로도 알 것 같았다. "소리 질러서 미안해."

"어, 괜찮아." 버지니아가 다쿠스의 팔을 주먹으로 툭 치며 말했다.

"사실 딱히 계획 같은 건 없어." 그가 인정했다. "하지만 루크레시아 커터가 저기 들어가서 딱정벌레들을 전부 죽이게 놔둘 순 없어."

"우리 맹세하자." 버지니아가 손을 내밀며 말했다.

"맹세?"

"나, 버지니아 월리스는 다쿠스 커틀이 아빠를 찾고 딱정벌레를 구하도록 충실히 도울 것을 엄숙히 맹세합니다."

베르톨트가 버지니아의 손등에 손바닥을 올렸다.

"나, 베르톨트는 다쿠스 커틀이 아빠를 찾고 딱정벌레를 구하도록 충실히 도울 것을 엄숙히 맹세합니다."

다쿠스도 똑같이 했다.

"나, 다쿠스 커틀은 아빠를 찾고 딱정벌레가 안전해질 때까지 쉬지 않고 노력할 것을 엄숙히 맹세합니다."

박스터가 아래로 내려와 다쿠스의 손등 위에 앉았다.

그들은 서로를 쳐다보고는 그 장수풍뎅이를 쳐다봤다.

"자, 우린 맹세를 했어." 버지니아가 말했다. "이제 맹세를 지켜야 해."

제 9 장

베이스캠프

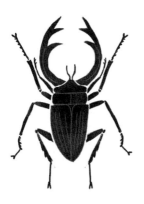

그들은 가장 급선무는 '백화점'을 보다 긴밀하게 감시하기 위해 가구 숲에 베이스캠프를 구축하는 것이라고 판단했다. 버지니아는 당장 플라타너스 나무에 올라가서 딱정벌레를 보고 싶어 했지만, 험프리와 피커링이 외출할 때까지 기다려야 한다는 것이 다쿠스의 생각이었고 베르톨트는 거기에 전적으로 동의했다.

"이 모험에 우리 셋이 참가한다면, 우리도 이름이 있어야 하지 않을까?" 베르톨트가 제안했다. "기막힌 4인조나 용감한 다섯 여걸처럼 말이야."

"아니!" 버지니아가 얼굴을 찌푸렸다. "이름 따윈 안 지을 거야."

"하지만 삼총사에 딱정벌레를 붙여서 딱정벌레 삼총사라고 할 수도 있잖아." 베르톨트가 말했다.

"너 뭐야? 아재니? 이름이 하나같이 구려."

베르톨트는 듣고 있지 않았다. "아니면 딱정벌레 소년들도 괜찮은데," 잠시 말을 멈추더니 곧 정정했다. "딱정벌레 소년 소녀."

"테이프로 이 입을 막아버릴까?" 버지니아가 말했다. "영 신경 거슬리네."

다쿠스가 웃었다.

"곤충 탐정은 어때?" 베르톨트가 눈치를 보며 고개를 갸우뚱했다. 버지니아는 단호하게 고개를 젓고는 화제를 돌렸다. "어디에 캠프를 구축하지?"

"우리가 소리를 웬만큼 내도 들키지 않을 만큼 '백화점'에서 떨어져 있으면서도 모든 창문을 들여다볼 수 있을 만큼 시야가 확보된 곳이 필요해." 다쿠스가 논리적으로 말했다.

"그럼 뒤쪽의 왼쪽 구석이 되겠네." 베르톨트가 말했다. "오른쪽은 플라타너스가 시야를 가리니까."

"가구들 사이로 적당한 길을 낼 필요가 있어." 다쿠스가 말했다. "그래야 필요할 때 빨리 움직이고 빨리 사라지지."

"덫을 만들 수 있을까?" 베르톨트가 물었다. "누가 우리를 쫓아 이리로 들어올 경우에 대비해서 말이야."

"좋은 생각 같아." 다쿠스가 열심히 고개를 끄덕였다.

"폭발물은 어때?" 베르톨트가 콧구멍을 벌렁거리며 말했다. "덫 안에 넣어두는 거야."

"어어, 내 생각엔 이 가구들이 대부분 인화성일 것 같은데." 다쿠스가 눈살을 찌푸리며 말했다.

"당연하지." 베르톨트가 머리를 긁적였다. "그냥 폭죽 몇 개 정도만."

"자, 그럼 어서 움직이자." 버지니아가 말하고는 양손과 무릎으로 기어서 뒤판이 없는 찬장을 통과했다.

세 명은 벌레처럼 꿈틀꿈틀 가구 숲을 헤치고 다니며 조용히 물건들을 옮겨 길을 내고 골목과 막다른 길을 면밀하게 배치하여 자신들만 아는 미로를 만들어나갔다. 조용히 서로에게 신호를 보내며 의자를 치우고 상자를 들어 올리고 선반을 끌어다 숨겨진 문간과 넓은 터널과 막다른 길들을 만들었다.

'백화점'에서 최대한 멀리 떨어진 마당 남쪽 구석에서 키가 큰 가구들로 정원 담장 주변을 막아 작은 방을 만들고 방수포로 지붕을 만들었다. 그리고 생쥐가 살고 있는 괘종시계를 끌고 오고, 73이라는 은빛 숫자가 붙어 있는 검은색 찬장 문으로 입구를 만들었다.

"이곳을 베이스캠프라고 불러야 할 것 같아." 베르톨트가 둥그런 커피 테이블을 바닥 한가운데로 밀며 제안했다. "산에서 정상에 오르기 직전에 있는 캠프를 그렇게 부르거든."

벽을 만들려고 철제 선반들을 재배열하고 있던 다쿠스가 그 이름을 소리 내어 불러보았다. "베이스캠프. 좋은데."

"내가 얼마나 놀라운 걸 찾았는지 봐." 버지니아가 한 아름 가져온 물건을 소파에 내려놓으며 말했다. "염탐용 망원경, 석유램프, 끈 몇 개, 이건 항상 유용하지. 그리고 거울이랑 자동차 배터리."

"이게 괜찮다." 베르톨트가 놋쇠 망원경을 집어서 내려다보며 말했다. "이걸로 '백화점'을 살펴볼 수 있겠어."

"괜히 아인슈타인이라고 부르는 게 아니라니까." 버지니아가 놀렸다.

"피커링과 험프리가 간밤에 저 방에 들어갔는지 궁금해." 온종일 딱정벌레 걱정에 전전긍긍했던 다쿠스가 말했다. "안락의자가 진짜 무거운데, 문을 못 열게 하려고 내가 그걸 손잡이 밑에 박아뒀거든."

"망원경으로 보면 알 수 있지 않을까?" 버지니아가 베르톨트의 손에서 망원경을 가져갔다.

다쿠스가 고개를 끄덕이며 주변을 두리번거렸다. "이제 얼추 캠프를 다 지었네."

베르톨트가 어깨를 으쓱했다. "그래."

그들은 새로 지은 터널을 통해 험프리와 피커링의 부엌으로 보이는 건물 2층과 비슷한 위치의 감시 초소로 갔다.

"와, 저것 좀 봐!" 베르톨트가 여행 가방 밖으로 튀어나와 있는 축 늘어진 크리스털 샹들리에를 가리키며 말했다. "돌아가는 길에 저걸 베이스캠프로 가져갈까?"

버지니아가 높은 서랍장 위로 기어올라 방수포 구멍으로 망원경을 찔러 넣더니 조그맣게 속삭였다. "부엌에 누가 있는 게 보여. 코트를 입고 있어." 버지니아가 돌아보며 말했다. "외출하려는 걸까?"

"앞으로 가서 확인해 보자." 다쿠스가 제안했다.

버지니아가 흔들흔들하며 서랍장에서 내려왔다. "어서 가자, 어서 가. 이러다가 놓치겠어."

세 사람은 조금 전에 담장에 묶어둔 사다리로 부랴부랴 올라갔다. 그런 뒤 사다리를 타고 담장 건너편으로 내려가서는 맥스 삼촌의 아파트를 지나쳐 도로로 달려 나갔다. 상하좌우를 훑어보았지만 옆집 남자들의 흔적은 보이지 않았다. 그래서 도로를 건너 텅 빈 빨래방으로 뛰어들어가서는 창가에 나란히 서 있는 세탁기 뒤에 엎드렸다.

"저기 있다!" 다쿠스가 손가락으로 길 건너편을 가리키며 헐떡이며 말했다. "깡마른 쪽이야. 이름이 피커링이지."

버지니아와 베르톨트는 세탁기 상판 너머로 닳아빠진 방수 외투 차림의 키가 크고 비쩍 마른 남자가 판자를 댄 상점 옆문으로 나와서 길을 따라 총총거리며 걸어가는 것을 지켜보았다. 다쿠스는 끔찍한 위기의 순간에 자신이 피커링에게 옆집에 산다고 말했던 것이 불현듯 떠올랐다. 피커링이 아직도 그 말이 거짓이라고 믿거나, 자신이 말한 것을 아예 잊어버렸으면 좋겠다는 생각이 들었다. 다쿠스가 버지니아와 베르톨트에게 말을 걸려는 순간 회색 문이 다시 열렸다.

다쿠스는 재빨리 두 사람을 세탁기 뒤에 눌러 앉혔다.

"저게 나머지 하나야." 다쿠스가 속삭였다. "험프리지."

"덩치가 어마어마한걸!" 베르톨트가 세탁기들 사이의 빈틈으로 밖을 내다보며 '헉' 소리를 냈다.

험프리는 피커링의 반대쪽으로 터벅터벅 걸어갔다.

"그렇지?" 다쿠스가 동의했다. "나를 파이로 만들겠다고 위협했던 인간이야."

"잠깐만!" 버지니아가 다쿠스를 보며 말했다. "두 사람 모두 외출했다면, 지금이 딱정벌레들을 만나고 머그잔 산을 볼 수 있는 절호의 기회잖아?"

베르톨트가 침을 꿀꺽 삼켰다. "그건 가택 침입이 아닐까?"

"우리가 뭘 깨부순다면 그렇겠지." 다쿠스가 이렇게 말하며 버지니아를 보며 싱긋 웃었다.

"우린 아무것도 훔치지 않을 거야. 그리고 빨리 서두르면 저들이 돌아오기 전에 빠져나올 수 있어." 버지니아가 베르톨트를 안심시키려 했다.

"그건 위험해." 베르톨트가 지적했다.

"위험이라면 또 나 아니겠어?"

"아무리 그래도." 베르톨트가 콤비 상의 소매에 매달린 실밥을 초조하게 만지작거리며 말했다.

"제발, 베르톨트." 다쿠스가 꼬드겼다. "내가 장담해. 넌 지금까

156

지 한 번도 본 적이 없는 굉장한 장면을 보게 될 거야. 그리고 그게 우리 아빠에게 도움이 될 거야."

베르톨트는 영 내키지 않는 얼굴로 힘없이 고개를 끄덕였다.

제 *10* 장

딱정벌레 산

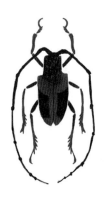

"**저** 게 창문이야." 다쿠스가 플라타너스 나뭇가지 사이로 위를 가리키며 말했다. "맞은편 나뭇가지로 올라가서 안으로 뛰 어들어가야 해." 다쿠스가 어깨를 보았다. "박스터, 위로 날아가."

"난 아직도 확신을 못 하겠어." 베르톨트가 버지니아를 꼭 붙잡았 다. "높은 데 올라가는 건 자신 없는데."

"너도 보고 싶잖아?"

베르톨트가 마지못해 끄덕이며 말했다. "그래, 하지만…"

"일어날 수 있는 최악의 상황이라고 해봤자, 막상 저기 올라가 보니 찻잔 하나에 그저 평범한 바퀴벌레 몇 마리뿐이더라, 이거 아니니?"

"아니." 베르톨트는 심각해 보였다. "올라가다가 떨어져서 목이 부러지거나, 붙잡혀서 감옥에 갈 수도 있어."

"우리가 잡히면 경찰에게 우린 다쿠스를 구조하려고 했다고 말하면 돼. 그자들은 다쿠스를 납치했었어. 기억 안 나? 우리는 영웅이 될 거야."

"하지만 우리가 납치되면 어떻게 해?"

"이봐, 그자들은 밖에 나갔어. 만일 돌아와도 우린 몇 초 안에 창밖으로 나와서 이리로 내려올 수 있어." 다쿠스가 나무로 올라가 버지니아에게 손을 내밀며 베르톨트를 안심시켰다. 버지니아는 그 손을 무시하고 양손으로 가장 낮은 나뭇가지를 붙잡고 발로 줄기를 밟으며 올라가서 다쿠스의 옆에 앉았다.

두 사람은 나뭇가지를 잡으려고 여러 차례 깡충깡충 뛰고 있는 베르톨트를 내려다보았다. 버지니아와 다쿠스가 상체를 아래로 뻗어 각자 베르톨트의 손을 하나씩 붙잡고 끌어올렸다.

"고마워." 베르톨트는 안경을 콧잔등 위로 밀어 올리며 겸연쩍은 미소를 보냈다.

다쿠스가 먼저 험프리의 방 맞은편 나뭇가지로 기어 올라가 창문으로 몸을 들이밀었다. 딱정벌레들은 재빨리 그들의 산속으로 숨었고, 군데군데 이상하게 생긴 뒷다리와 더듬이만 보였다. 다쿠스는 분홍색 안락의자가 여전히 받쳐져 있는 것을 보고 안심했다.

"얘들아, 안녕." 다쿠스가 바닥에서 일어나며 속삭였다. "내가 돌아왔어."

박스터가 살며시 어깨에 착지했다. 조용한 부스럭 소리와 찌륵거리는 소리가 들리더니, 딱정벌레들이 산에서 나타나기 시작했다.

"이리로 건너와." 버지니아가 창문 선반에 쭈그리고 앉으며 말했다. "이 창문에는 무당벌레들이 우글거려."

"난 그냥 여기 있을까 봐." 베르톨트는 여전히 나뭇가지를 꼭 붙들고 있었다.

"자, 어서." 버지니아가 손을 내밀자 베르톨트가 버지니아의 품속으로 몸을 날렸고, 이 과정에서 두 사람이 서로 부딪치며 창문을 통해 함께 바닥으로 떨어졌다.

"미안." 베르톨트가 속삭였다. "난 작은 키 때문에 나무에 오를 때 불리해."

"여긴 어둡네." 버지니아가 두리번거렸다.

"불이 없어." 다쿠스가 천장에 매달린 전구 없는 조명등을 가리키며 대답했다. "손전등을 가져왔으면 좋았을 텐데."

그러자 부드러운 윙윙 소리가 대답하더니, 수천 개의 깜빡이는 노란색 작은 불빛이 천장 위에 떠다녔다.

"와!" 다쿠스가 위를 올려다봤다.

"반딧불이다!" 버지니아가 '헉' 하고 숨을 쉬며 말했다.

"반딧 뭐라고?" 다쿠스가 물었다.

"개똥벌레 말이야." 버지니아가 눈을 반짝이며 말했다. "우리만의 별빛이네."

"개똥벌레!" 베르톨트가 되뇌었다. "이렇게 보니 참 예쁘다!"

"딱정벌레 산에 온 걸 환영해." 다쿠스가 높이 솟은 봉우리를 향해 걸어가며 자랑스럽게 말했다. 수백 마리의 딱정벌레가 컵에서 머리를 쏙쏙 내밀 때 버지니아와 베르톨트의 얼굴 표정을 보니 내심 흐뭇했다. 박스터가 날아올라 부들레아 위에 앉았다.

"저건 큰 딱정벌레들이네!" 버지니아가 자세히 보려고 다가갔다.

"잠깐!" 다쿠스가 손가락으로 바닥을 가리키며 말했다. "아래를 봐."

버지니아의 발 바로 앞에 있는 것은 언뜻 평범한 카펫처럼 보이지만 사실 딱정벌레들이 서로 얼기설기 얽혀 있는 살아 있는 카펫이었다.

"어떡하지?" 버지니아가 물었다.

다쿠스가 무릎을 꿇고 정중하게 부탁했다. "내 친구를 통과시켜 줄래?"

버지니아의 발 앞에서 딱정벌레들이 물러나며 길을 내주었다.

"굉장한데!" 버지니아가 신이 나서 활짝 웃으며 조심조심 발을 디뎌 다쿠스의 옆으로 왔다.

다쿠스는 컵 속의 딱정벌레들을 보여주다가 어떤 컵에는 애벌레도 들어 있는 것을 발견했다. 또 어떤 컵에서는 크랜베리 소스의 흔적도 발견했고, 각양각색의 도자기 그릇 사이로 솟아나 있는 청록색과 연갈색 곰팡이에 매혹되기도 했다. 한번 찔러보고 싶은 마음이 굴뚝같았지만 참았다. 그러는 동안 딱정벌레들이 종류별로 컵에 다른 물건들을 채워놓았음을 알아차렸다. 잔가지나 물, 게다가 낡은 양말까지 있었다.

"숀 오빠한테 이 얘기를 하면 아주 안달이 날 거야." 버지니아가 컵들을 들여다보며 말하더니, 곧이어 긴 더듬이와 겉날개에 밝은 금빛 테두리가 그려진 까만 딱정벌레를 가리키며 말했다. "이것 봐! 엘더베리하늘소잖아. 이건 심각한 멸종위기 종이야. 여기 사슴벌레와 먹가뢰도 있네. 이 방은 말하자면 곤충 보호구역이네."

"음, 얘들아..." 베르톨트의 목소리가 한 옥타브 올라가더니 꽥 소리쳤다. "도와줘!"

"진정해. 그자들이 돌아오면 현관문 열리는 소리가 들릴 거야."

"아니, 저걸 봐!" 베르톨트의 눈이 천장을 향해 있었다. "딱정벌레야!"

"그래, 알아." 버지니아가 개똥벌레를 올려다보며 미소 지었다. "저게 뭐가 무섭다고 그러니?"

"그게 아냐!" 베르톨트가 흐느끼듯 말했다. "내 머리에."

"와! 저게 뭐지?" 버지니아가 탄성을 질렀다. "어마어마한데!"

"괜찮아." 다쿠스가 미소 지었다. "이건 골리앗풍뎅이야. 어제 봤어. 널 해치지 않을 거야."

"어서 떼어줘." 베르톨트가 애원했다.

다쿠스가 손을 베르톨트의 이마에 가만히 대자, 골리앗풍뎅이가 손 위로 기어왔다. 베르톨트는 눈을 꼭 감고 벽에 기댄 채 주저앉아 안도의 한숨을 내쉬었다. 그러나 곧 다시 눈을 떴을 때 바로 코앞에서 민트그린색 등얼룩풍뎅이들이 바닥에 튄 소스를 먹어치우는 모습을 보고는 기겁을 하고 날카로운 비명과 함께 펄쩍 뛰어올랐다.

버지니아가 쯧쯧거렸다. "고만 좀 뛰어. 그러다 밟아 죽이겠다. 자, 넌 얘들이 얼마나 놀라운지 알만큼 똑똑하잖아."

베르톨트가 부끄러운 얼굴로 눈을 내리깔았다. "미안."

"어머, 이거 봐! 쇠똥구리야!" 버지니아가 가리켰다.

"이런, 안 돼! 웩!" 베르톨트가 얼굴을 찌푸렸다. "쟤들이 뭘 밀고 있는지 봐!"

다쿠스는 굽도리 널의 구멍에서 갈색 크리켓 공처럼 생긴 것이 굴러 나오는 것을 보았다. 공은 구릿빛 딱정벌레 두 마리가 조종하고 있었는데, 한 마리는 말하자면 남편의 역할을 하며 늠름하게 열심히 뒷다리로 공을 미는 반면, 다른 한 마리는 돕는 척하지만 사실은 꼭대기에 앉아서 무임승차를 했다.

"이게 인간의 똥일까?" 베르톨트가 물었다.

"그럼 이 근처에 무슨 똥이 있겠니?" 버지니아가 겁에 질린 베르톨트를 보고 킬킬거렸다. "뭘 그래. 우리 모두 똥을 싸잖아. 그리고 만일 얘들이 치워주지 않으면 아마 우린 모두 똥 밭을 걷고 있을지도 몰라." 버지니아는 방안을 두리번거리며, 더러운 안락의자와 도 끼, 다리 둘레에 밧줄이 감겨 있는 나무 의자를 눈여겨보았다. 그리 고 다쿠스에게 말했다. "네가 말한 건 전부 사실이었어!"

"넌 나를 믿는다고 하지 않았니?"

"믿긴 믿었지. 어느 정도는." 버지니아는 어이가 없는 듯 고개를 절레절레 저었다. "하지만 이건 미친 얘기야."

"나도 알아." 다쿠스가 고개를 끄덕였다. "이 딱정벌레들은 내가 그동안 본 것들과는 전혀 달라." 다쿠스는 골리앗풍뎅이를 산 위에 살며시 올려놓았다. "그리고 애들은 지금 위험에 빠져 있고, 우리 도 움이 필요해."

박스터가 부들레아에서 내려와 골리앗풍뎅이에게 기어가서는 더 듬이를 움직여 조용히 대화를 했다.

"하지만..." 버지니아가 고개를 저었다. "딱정벌레는 집단의식이 없어. 네가 말한 것처럼 행동하지 않지. 함께 일하는 거 말이야."

"하지만 애들은 그렇게 하는 것 같아." 다쿠스가 친구들을 보며 말했다. "이 방에서 뭔가 중요한 일이 일어나고 있어. 그게 뭔지 정 확히는 모르지만, 우리가 이 딱정벌레들을 보호해야 한다는 건 알 아. 아빠라면 그렇게 했을 거야."

"이곳에 대해 맥스 삼촌에게 말할 거니?" 베르톨트가 물었다.

"모르겠어." 다쿠스가 인상을 찌푸렸다. "아직은."

"난 말해야 한다고 생각해." 베르톨트가 조용히 말했다.

아래층에서 '쿵' 소리가 났다. 세 친구는 깜짝 놀라 서로를 쳐다봤다.

계단에서 소름 끼치는 웃음이 울려 퍼졌다. "네가 지금 뭐처럼 보이는지 알아?" 험프리가 웅웅거리며 말했다.

"나 말이야?" 피커링이 날카롭게 말했다. "거울이나 보시지. 넌 새틴 옷을 입으니까 땀을 뻘뻘 흘리는 혹멧돼지의 면모가 한결 더 두드러진다, 야."

"네 넥타이는 바나나를 토하는 원숭이 같다고!" 험프리가 코웃음을 치며 말했다.

사촌들이 돌아온 것이다.

다쿠스는 전신에 닭살이 돋았다. "이제 여기서 나갈 때야." 다쿠스가 다급하게 말했다. "잡히면 곤란하니까." 그러면서 박스터에게 손을 뻗자 박스터가 곧바로 날아왔다.

그들은 창문으로 달려갔다. 버지니아가 창문 선반으로 넘어가서 상체를 앞으로 뻗어 나뭇가지를 붙잡았다. 그런 뒤 몸을 날려 땅에 착지했다.

"손이 안 닿으면 어쩌지?" 베르톨트가 두려움에 창틀을 꼭 붙들고 말했다.

"잘할 거야." 다쿠스가 말했다. "그냥 힘껏 몸을 앞으로 뻗기만 해."

베르톨트가 용기를 내서 눈을 감고 마치 날다람쥐처럼 두 팔을 활짝 펴고 몸을 날렸다. 그런데 그만 조준에 실패해 첫 번째 나뭇가지를 잡는 데 실패하고 비명을 지르며 간신히 두 번째 나뭇가지를 붙잡았다.

그것을 본 버지니아가 한 번에 나무 위로 올라가, 베르톨트를 붙잡고 그가 내려가도록 도와줬다.

"베이스캠프로 돌아가." 버지니아가 베르톨트를 밀면서 말했다. "빨리!"

"왜 그래!"

"네가 방금 공습 사이렌 같은 소리를 냈잖아. 그러니까 눈에 띄기 전에 빨리 테이블 밑으로 기어가야 해."

베르톨트가 터널 속으로 기어 들어갔다. 어디선가 반딧불이가 나타나 가는 길에 빛을 밝혀주었다.

다쿠스가 박스터를 어깨에 앉힌 채 나무를 타고 내려오고 있는데 갑자기 딱정벌레 산 아래층에서 창문이 열렸다. 사촌 형제들은 부엌에 있었다. 다쿠스는 얼어붙었다.

피커링이 창문으로 머리를 빼고 말했다. "분명 무슨 소리를 들었는데."

"아무 소리도 안 들리던데, 뭘." 험프리의 목소리가 들렸다.

"아니, 들렸어." 피커링이 마당을 훑어보았다. "저기 뭔가 있어."

다쿠스는 숨을 멈추었다. '제발 위를 보지 마…'

"아마 여우겠지." 험프리가 피커링 옆에서 머리를 빼고 말했다. "아무것도 안 보이는구먼. 마당에 가득한 허섭스레기만 빼고 말이야."

"이건 허섭스레기가 아니야!" 피커링이 소리치며 창문을 '쿵' 닫았다.

다쿠스는 땅으로 내려와 최대한 빨리 가구 숲으로 기어들어 갔다. 베르톨트와 버지니아가 바로 안에서 기다리고 있었다.

"어서 베이스캠프로 돌아가자." 다쿠스가 말했다.

"잠깐! 그런데 저 문은 어디로 통하는 거지?" 버지니아가 플라타너스 나무 건너편에 있는, 가구 더미로 반쯤 가려진 낡은 나무문을 가리키며 물었다.

"글쎄." 다쿠스가 헐떡이며 대답했다. "전에는 있는 줄도 몰랐어."

"판자를 댄 상점으로 통하는 문일 수도 있겠다."

"그럼 우린 갈 일이 없잖아." 베르톨트가 다쿠스를 보며 동의해주기를 간절히 바라는 표정으로 말했다. "그렇잖아? 우린 저들 건물에 있고, 저들은 이제 돌아왔으니까."

"아마 잠겨 있을 거야." 다쿠스가 말했다.

"아닐지도 모르잖아." 버지니아가 머리를 기울이며 말했다. "우리가 딱정벌레를 보호하려면, 이 건물에서 모든 가능한 탈출로를 알아둘 필요가 있어. 루크레시아 커터가 나타날 경우에 대비해서 말이야."

다쿠스가 고개를 끄덕였다. "좋아, 한번 살펴보자."

누가 뭐라고 할 틈도 주지 않고, 다쿠스가 박스터를 어깨에 앉힌 채 다시 마당을 가로질러 뛰어갔다. 그리고 문에 도착하자마자 손잡이를 돌려 잡아당겼다. 덜컹 소리와 함께 부식되어 퉁퉁 부풀어 오른 나무문이 문틀에서 빠졌다. 다쿠스는 엄지손가락을 치켜세우고는 슬그머니 안으로 들어갔다.

다쿠스가 안으로 사라지자, 베르톨트는 끙 하는 소리를 냈다.

"넌 여기서 망을 봐." 버지니아가 꿈틀꿈틀 기어서 베르톨트를 지나치며 말했다.

"좋아!" 베르톨트가 안심한 듯 말했다.

"그자들이 오면 우리가 빠져나올 수 있게 주의를 딴 데로 돌려." 버지니아가 테이블 밑에서 밖을 보며 말했다.

"잠깐만." 베르톨트가 정신없이 눈을 깜빡였다. "그런데 어떻게 주의를 돌리지?"

"뭔가 소리를 내." 버지니아가 손가락으로 의자 더미를 가리키며 말했다. "저걸 밀어서 넘어뜨려." 그러고는 자신도 다쿠스를 따라 뛰어갔다.

베르톨트는 반딧불이가 머리 위에서 빙빙 돌고 있는 것을 올려다보았다. "난 망을 보는 중이야."

버지니아가 안으로 들어가 보니, 그곳은 간이 부엌으로 통하는 입구였고 자신은 더러운 검은색과 흰색 바둑판무늬 장판이 깔린 바닥 위에 서 있었다. 오른쪽에는 방치된 화장실이 있고, 그 앞의 바닥은 맨홀 뚜껑이 있었다.

'저게 과연 하수구로 통하긴 하는 걸까?' 문득 쇠똥구리가 떠오르며 이런 생각이 들었다.

버지니아는 맨홀 뚜껑을 넘어 부엌으로 갔다. 밖에 있는 가구들 때문에 햇빛이 차단되어 캄캄한 창문 밑에는 장방형 도자기 개수대가 자리 잡고 있었다. 맞은편에는 문고리에 너덜너덜한 꽃무늬 앞치마가 걸려있는 붙박이장이 있었다.

"다쿠스." 버지니아가 속삭이며 다쿠스를 불렀다. "어디 있니?"

"여기야." 다쿠스의 목소리가 왼쪽의 아치형 입구에서 들렸다. "이리 와서 이것 좀 봐."

다쿠스는 재봉틀 부품들이 어지럽게 널려 있는 상점 바닥 한가운데 서 있었다. '패니 플루터의 재봉 백화점'이라고 쓰인 연청색 간판이 거미줄 덮인 노란 털실 뭉치가 들어있는 부서진 진열장 옆에 놓여 있었다. 진열장 뒤쪽 벽에는 빨간 페인트로 '파이'라는 글자가 큼지막하게 쓰여 있었고 글씨 밑으로 군데군데 페인트가 흘러내린 자국이 보였다. 그리고 바로 밑에는 검은색 사인펜으로 휘갈겨 쓴 '뚱뚱해지세요!'라는 글귀가 있었다.

곤충이 사는 흔적은 곳곳에 있었다. 의자 다리는 갉아 먹혀 마치 불에 탄 성냥처럼 보였고, 어스름한 빛 속에 반짝이는 시커먼 형체들이 구석구석을 부지런히 들락거리며 제 볼일을 보고 다녔다.

다쿠스는 버지니아의 뒤쪽을 보았다. "베르톨트는 어디 있어?"

"망을 보고 있어. 잡히면 큰일이니까."

다쿠스가 고개를 끄덕였다. "만일 이 문을 열 수 있다면, 우린 도로로 통하는 탈출로를 확보하게 돼." 다쿠스가 문으로 가서 빗장을 열어보려 했지만 잠겨 있었다. "너 혹시 열쇠 딸 줄 아니?"

버지니아가 고개를 저었다.

다쿠스는 까치발로 서서 손으로 문틀 위를 더듬었다. 그리고 잠시 뒤 동작을 멈추고 싱긋 웃더니 먼지와 거미줄 속에서 열쇠를 꺼냈다.

"아빠가 만약에 대비해서 항상 여분의 열쇠를 문 위에 두셨거든." 다쿠스가 말하며 먼지가 덮인 열쇠를 자물쇠에 밀어 넣고 돌렸다. 자물쇠가 열렸다. "됐어!" 다쿠스가 속삭이며 문이 천장에 매달린 금빛 종에 부딪치기 직전까지 문을 살짝 열었다.

버지니아가 하이파이브를 하려고 한 손을 들었다. 잠시 어색한 순간이 흐른 뒤에, 다쿠스는 비로소 버지니아가 무엇을 하려는지 깨닫고 자신도 손을 들어 손바닥을 마주쳤다. 그런 뒤 다시 문을 닫아 걸고, 열쇠를 주머니에 넣으며 버지니아를 따라 간이 부엌으로 돌아왔다.

버지니아가 문에 앞치마가 걸린 붙박이장을 열면서 속삭였다. "이것 좀 봐." 알고 보니 안쪽은 계단이었다. 계단통으로 머리를 빼니, 피커링과 험프리의 목소리가 들렸다.

"루크레시아 커터의 명함은 내가 가지고 있고, 딱정벌레는 내 거야." 험프리가 소리쳤다. "걔들은 내 방에 있으니까, 내 소유라고."

우당탕탕 도자기 깨지는 소리가 났다.

"이게 위층 부엌으로 연결되나 봐!" 버지니아가 입 모양으로 말했다.

"그런데 네가 잊고 있는 게 있어." 피커링이 신랄함이 뚝뚝 떨어지는 목소리로 말했다. "우린 네 방문을 못 열고, 내가 착각하는 게 아니라면 거기에는 웬 사내애가 재갈이 물린 채 묶여 있어. 누군가 경찰에 그 얘길 하면 경찰이 뭐라고 할까?"

"하지만 네가 한 짓이잖아!"

"하지만 그 앤 네 방에 있고, 네가 자기를 파이로 만들겠다고 말한 걸 기억할걸. 아마 경찰은 흥미로워할 게 분명해. 그건 말하자면 살인이야."

험프리가 으르렁거리듯 말했다.

"그러니까 내가 제안하는 건 우리가 함께 일해야 한다는 거야." 피커링이 말했다. "네가 문을 부수려고 해봤지만, 문은 꿈쩍도 안 했잖아. 내 도끼는 거기 있고. 그러니까 네 방으로 들어가는 유일한 길은 창문을 통하는 것뿐이야. 그러니까 네가 계속 복도 바닥에서 자고 싶지 않으면, 거기 들어가기 위해 내 도움이 필요할 거란 얘기지." 피커링의 목소리가 의기양양하게 들렸다. "내가 들어가서 아이를 처리하면, 우리 둘이서 루크레시아 커터와 거래를 하면 돼. 어때?"

잠시 침묵이 흘렀다.

"거래 성사." 험프리가 마지못해 응했다. "내가 녀석을 파이로 만드는 조건이야."

버지니아가 찬장 문을 닫으며 말했다. "어서 여기서 나가자."

제 **11** 장

뉴턴

"**어**디 있다가 온 거냐?" 맥스 삼촌이 계단 아래로 소리쳤다. "슬슬 걱정되던 참인데."

다쿠스는 버지니아와 베르톨트에게 아파트로 들어오라고 손짓했다. "음, 별로 아무 데도요." 거실로 통하는 계단을 올라가며 대답했다.

"'아무 데도'라고 했니?" 맥스 삼촌이 문간에 나타났다. "그것참 흥미로운 곳이로구나..." 삼촌이 버지니아와 베르톨트를 보고 말을 중단했다. "어, 안녕! 나는 다쿠스의 삼촌 맥시밀리언 커틀 교수란다." 삼촌이 손을 내밀었다. "만나서 반갑구나."

"베르톨트 로버츠예요." 베르톨트가 맥스 삼촌과 악수했다.

"버지니아 월리스예요." 버지니아가 손을 흔들었다. "저희는, 음, 저희는 다쿠스의 숙제를 도와주러 왔어요. 전학생이라서 진도가 좀 뒤처졌거든요."

다쿠스가 버지니아를 힐끗 보았다.

"그래, 그것참 고마운 일이구나." 맥스 삼촌이 비켜서주며 미소 지었다.

"왜 그렇게 말했니?" 맥스 삼촌을 지나쳐 거실로 들어가면서 다쿠스가 버지니아에게 속삭였다.

"그럼 우리가 정말로 뭘 했는지 삼촌에게 말하고 싶니?"

다쿠스가 고개를 저었다.

버지니아가 알만하다는 미소를 보냈다. "그럴 줄 알았어."

"들어오너라. 들어와. 이런, 박스터도 함께였구나. 설마 딱정벌레를 학교에도 데려간 건 아니겠지?"

"물론 아니에요."

"그럼 다행이고." 맥스 삼촌이 손뼉을 쳤다. "자, 정말 멋지지 않니? 우리 집에 손님이 오다니." 맥스 삼촌의 얼굴이 빛났다. "그렇지, 다쿠스?"

다쿠스가 어색하게 웃으며 고개를 끄덕였다.

버지니아가 발사나무로 만든 배가 들어있는 유리병 앞에 무릎을 꿇더니 맥스 삼촌에게 말했다. "정말 멋진 물건을 갖고 계시네요."

"어, 고맙구나, 버지니아. 참 친절하기도 하지." 맥스 삼촌은 기뻐 보였다. "대부분 내가 여행 중에 찾은 골동품들이지." 맥스 삼촌은 거실 여기저기에 흩어져 있는 각종 진기한 물건들을 손으로 가리키며 말했다. "그냥 잡동사니들이지만, 그래도 난 이것들이 좋단다. 내가 어디에 갔었는지 상기시켜 주거든."

베르톨트는 바닥에 있는 보라색 물담뱃대 옆에 다리를 꼬고 앉았다. "이것 봐! 난 '이상한 나라의 앨리스'에 나오는 애벌레야!" 그러더니 담뱃대를 빨아 연기로 도넛을 만드는 시늉을 했다.

버지니아는 웃음을 터뜨렸고 다쿠스는 맥스 삼촌에게 미소 지었다. 그러나 삼촌은 자신을 보고 있지 않았다. 그는 얼굴을 찌푸리고 베르톨트에게 다가가 부스스한 은발 곱슬머리를 내려다보았다. "움직이지 마라, 얘야." 그가 말했다. "네 머리에 큰 벌레가 앉아 있구나."

"또야!" 베르톨트가 울부짖었다. "왜 그렇게 내 머리를 좋아하는 거니?"

"무서워하지 마." 다쿠스가 상체를 앞으로 숙이며 말했다. "이건 반딧불이야!"

"큰 거네." 버지니아가 덧붙였다. "복부가 불타는 석탄처럼 생겼어."

"반딧불이?" 베르톨트가 위를 올려다봤다. "어, 그럼 괜찮아. 그건 예뻐!"

"내가 떼어줄까?" 맥스 삼촌이 물었다.

그러나 그럴 필요가 없었다. 반딧불이는 베르톨트의 머리에서 날아올라 그의 얼굴에 환한 금색 빛을 밝혔다. 베르톨트는 머뭇머뭇 손을 내밀어 그것이 내려앉도록 했다. 반딧불이는 몸이 길고 가늘었다. 날개에는 금색 테두리가 있고 가운데 흰 줄이 수직으로 그어져 있었다. 얼굴은 작고 마치 콧수염처럼 보이는 뭉툭한 아래턱을 갖고 있었다.

"위에서 보면 반딧불이라는 걸 모를걸. 빛이 배에서 나오니까." 버지니아가 선생님처럼 말했다. "빛을 볼 수 있는 건 날고 있을 때뿐이야. 생물발광체라고 불리지."

"정말 멋지다, 베르톨트." 다쿠스가 기쁘게 말했다. "이제 우리 둘 다 딱정벌레가 생겼네!"

"내게 딱정벌레가 생겼다고?" 베르톨트의 눈이 커졌다. "어떻게 알아?"

"걔를 봐." 다쿠스가 말했다. "입을 어떻게 벌리는지 봐. 너한테 웃으려 하고 있어. 박스터가 가끔 나를 그렇게 보거든. 그럴 땐 정말 귀여워."

"안녕." 베르톨트가 반딧불이에게 속삭였다. "내 이름은 베르톨트야. 네 이름은 뭐니?"

반딧불이는 가만히 미소를 지으며 베르톨트를 올려다보았다.

"뉴턴이라고 불러도 괜찮겠니?" 베르톨트가 말했다. "내가 제일 좋아하는 과학자거든. 빛이 색으로 이루어졌다는 걸 발견한 사람이야."

반딧불이가 공중으로 뛰어올라 배를 반짝였다.

"여기 있는 사람은 모두 애완용 딱정벌레를 가진 거냐?" 맥스 삼촌이 어이없다는 듯 입김을 내뿜으며 물었다.

"전 아녜요." 버지니아가 뾰로통해서 말했다. "나도 있으면 좋을 텐데."

"강아지나 토끼를 키우는 건 어떠니?"

"그것들은 딱정벌레만큼 멋지지 않잖아요." 마치 맥스 삼촌이 어리석은 질문을 하고 있다는 듯 버지니아가 대답했다.

그러나 맥스 삼촌은 반딧불이를 보고 있었다. 다쿠스는 삼촌이 걱정스러워한다는 걸 알 수 있었다. "왜 그러세요, 삼촌?"

"아니, 아무것도 아니다. 그냥 이 딱정벌레들이 다 어디서 온 건지 도무지 이해가 안 가서 말이야." 맥스 삼촌은 머리를 긁적였다. "보통 딱정벌레보다 몸집도 크고, 음... 마치..."

"네?" 다쿠스가 상체를 앞으로 기울였다.

"음, 모르겠다. 아마 내가 그냥 상상을 하고 있는 거겠지." 맥스 삼촌이 고개를 저었다. "머리가 이상해지고 있어. 나이 탓이겠지." 그가 한숨을 쉬었다. "게다가 이거 봐라. 내가 너무 흥분한 나머지 예의범절도 잊었구나. 이런 형편없는 집주인을 봤나. 손님 대접이 말이 아니구나. 뭐 마실 것 좀 가져다줄까?" 맥스 삼촌이 버지니아와 베르톨트를 번갈아 보며 말했다. "커피? 민트 차? 혹시 감초 뿌리 좋아하니?"

"민트 차가 좋을 것 같아요, 커틀 교수님." 베르톨트가 정중하게 말했다. "감사합니다."

"오렌지 주스도 괜찮을까요?" 버지니아가 물었다.

"오렌지 주스. 어, 당연하지. 음, 집에는 없다만, 페이틀 씨 가게에 가서 이런저런 것들을 좀 사와야겠다. 오렌지 주스와 어울리는 게 뭐지?"

"비스킷이요." 버지니아가 대답했다. "커스터드 크림이나 초코 크림이 든 걸로요."

다쿠스와 베르톨트가 고개를 끄덕였다.

"좋아. 그럼 난 숙제를 방해하지 말고 이만 물러나야겠다. 장을 봐와서 곧 다과를 가져다주마." 맥스 삼촌이 뒷걸음질로 문을 나가면서 아이들을 보며 방긋 웃었다.

"너희 삼촌 참 좋으시다." 맥스 삼촌이 나간 것이 확실해진 다음 버지니아가 말했다. "애가 친구를 집에 데려왔는데 저렇게 반겨주는 어른을 본 적이 없어." 버지니아가 웃었다.

다쿠스는 얼굴이 빨개지는 것을 느끼고 화제를 바꿨다. "그런데 오렌지 주스랑 비스킷은 왜 주문한 거니?"

"음, 넌 어떤지 모르지만, 난 민트 차나 감초 뿌리는 좋아하지 않아." 버지니아가 눈썹을 치켜세웠다. "오렌지 주스랑 비스킷을 더 좋아하지. 어차피 우리끼리 할 얘기가 있기도 하고. 그러니까 삼촌이 돌아오시기 전에 빨리하자." 버지니아가 손을 입술에 대고 말했다. "내가 제일 알고 싶은 건 어떻게 베르톨트가 딱정벌레를 갖게 됐느냐는 거야." 그러고는 베르톨트를 빤히 쳐다보며 물었다. "네가 잡았니?"

"아냐!" 베르톨트가 펄쩍 뛰었다. "우리가 딱정벌레 산을 떠난 뒤부터 줄곧 반딧불이가 터널 안에 있었어. 너희들이 상점에 들어갈 때, 내가 애한테 말을 조금했어. 왜냐하면…"

베르톨트가 바닥을 보며 말했다. "… 캄캄한 곳에 혼자 있는 게 싫어서. 반딧불이에게 말을 하니까 한결 용기가 났어." 베르톨트가 다쿠스를 향해 눈을 돌리며 말했다. "그런데 너희가 돌아오니, 얘가 없어졌더라고. 다른 데로 날아갔으려니 생각했는데, 내 머릿속에 숨어 있었던 거였어."

"아마 뉴턴은 베르톨트를 찍었나 봐. 박스터가 나를 찍은 것처럼." 다쿠스가 말했다.

그 얘기에 버지니아가 코를 벌름거리며 인상을 썼다.

"다쿠스." 베르톨트가 눈을 깜빡였다. "어떻게 박스터에게 얘기를 하는 거니?"

"나도 몰라. 그냥 하는 거야."

"네가 박스터의 말을 알아듣는 것처럼 나도 뉴턴의 말을 알아듣는 방법 좀 가르쳐줄래?"

"글쎄, 확실하진 않은데." 다쿠스가 커피 테이블을 기어가고 있는 자신의 딱정벌레를 내려다보며 인상을 찌푸렸다. "사실은 내가 어떻게 하는 건지 생각해본 적이 없어."

"넌 뭘 보고 박스터가 하려는 말을 알아차리는 건데?"

"내가 뉴턴을 안아 봐도 될까?" 다쿠스가 물었다.

"당연하지." 베르톨트가 컵처럼 오므린 손을 다쿠스에게 내밀었다.

다쿠스가 살며시 뉴턴을 잡아서 손바닥에 놓은 뒤 눈높이까지 들어 올렸다. "안녕, 뉴턴. 만나서 반가워."

반딧불이는 푸드덕하고 뛰어올라 다쿠스에게 배를 휙 내보였다.

"와, 고마워." 다쿠스가 뉴턴에게 고개를 끄덕이며 얼굴과 가슴을 자세히 살펴보았다. "베르톨트, 내 생각에 뉴턴은 배를 이용해 의사소통을 하는 것 같아. 배를 어떻게 하는지 지켜보자." 다쿠스가 그 딱정벌레에게 다시 고개를 돌렸다. "내 말이 맞으면 한 번, 틀리면 두 번 배를 보여줄래?"

반딧불이가 한 번 배를 보여주었다.

버지니아와 베르톨트는 숨을 훅 들이쉬었다.

"우와, 정말 놀라워!" 베르톨트가 흥분을 감추지 못하고 꽥꽥거렸다.

"박스터는 내게 몸으로 얘기해." 다쿠스가 말했다. "몸을 떨거나 뿔을 위아래로 움직이거나, 더듬이를 휙휙 움직이거나 다리를 흔들지. 딱정벌레가 하는 동작을 정말로 집중해서 주의 깊게 살펴보면 무슨 말을 하려는 건지 이해할 수가 있어."

베르톨트는 깊은 감명을 받았고, 손을 내밀어 뉴턴을 다시 가져왔다.

"아까 내가 백화점에서 계단을 발견했어." 뭔가 다른 화제를 얘기하고 싶어진 버지니아가 말했다. "상점에서 위층 아파트로 통하는 건데, 다쿠스가 백화점 문 열쇠를 찾았어."

"우린 두 사람이 얘기하는 걸 들었어." 다쿠스가 덧붙였다. "저들은 내가 아직 험프리의 방에 묶여 있다고 생각해. 그래서 창문으로 올라가서 나를 제거한 다음 딱정벌레를 루크레시아 커터에게 팔 생각을 하고 있지. 그런데 내가 거기 없다는 걸 알면 저들이 어떻게 할까?" 다쿠스가 미소 지었다.

"너무 멍청해서, 아마 딱정벌레가 널 먹어버렸다고 생각할지도 몰라." 버지니아가 웃더니, 문득 맥스 삼촌의 아파트와 이웃의 아파트 사이의 벽에 설치된, 책들이 빼곡하게 채워진 선반들을 바라보며 말했다. "저 벽 반대편에 그 많은 딱정벌레가 있다는 게 참 이상하게 느껴져. 내 말은, 애초에 그 곤충들이 어떻게 거기에 가게 된 거지?" 버지니아가 다쿠스를 향해 고개를 돌려 생각에 잠긴 얼굴로 쳐다보았다. "만일 루크레시아 커터가 너희 아빠의 실종과 관련이 있다면, 그리고 만일 그 여자와 네 아빠의 관계가 딱정벌레와 관련이 있다면, 너희 바로 옆집에 초능력 딱정벌레들의 산이 있다는 게 참 희한하다고 생각하지 않니?"

다쿠스가 인상을 찌푸렸다. 전에는 그런 생각을 해본 적이 없었지만, 생각해보니 그건 믿기 어려운 우연의 일치였다. "하지만 내가 여기 살기 시작한 건 2주밖에 되지 않는걸." 다쿠스가 지적했다. "딱정벌레들은 분명 몇 년 동안 옆집에 살았을 거야. 그 산의 크기를 좀 보라고."

"너희 삼촌은 여기에 얼마나 사셨는데?" 베르톨트가 물었다.

"어, 오래됐지. 내가 태어나기 전부터니까."

"딱정벌레가 네 삼촌과 관련이 있을까?" 베르톨트가 물었다.

"글쎄." 다쿠스가 어깨를 으쓱했다. "내가 박스터와 있을 때 삼촌이 좀 이상하게 행동하긴 하셔."

"삼촌에게 물어봐야겠다." 버지니아가 말했다.

"우리가 옆집에 침입한 사실을 말하지 않고 물어볼 방법이 있을까?"

"그건 모르겠지만, 아무튼 루크레시아 커터에 대해 좀 더 물어봐야 하는 건 분명해. 네 삼촌이 그 여자가 네 아빠의 납치와 관련이 있다고 생각한다면, 그건 두 사람이 서로를 알고 있다는 뜻이잖아."

"삼촌은 그 여자에 대한 질문을 피하셔. 아마 내게 말하지 않은 중요한 뭔가가 있는 것 같아. 예를 들어 지난번에 박물관에 갔을 때 마가렛 아줌마에게 거기 사람들이 아빠의 일자리를 다른 누군가에게 넘기려 한다는 얘기를 나한테 하지 말라고 한 것처럼. 아마 삼촌은 나에게 진실을 말하면, 내가 감당하지 못할 거라고 생각하시나 봐."

"멍청하군." 버지니아가 콧방귀를 뀌었다. "모르면 상황이 훨씬 더 안 좋아질 텐데."

"내 말이 그 말이야." 다쿠스가 한숨을 쉬었다.

"그럼 다시 한 번 시도해보자. 우리가 다 함께 말이야. 삼촌이 오렌지 주스를 가져오실 때 말하는 거야."

마치 기다렸다는 듯 맥스 삼촌이 아래층에서 현관문을 여는 소리가 들렸다. 그로부터 5분 뒤 삼촌은 오렌지 주스와 비스킷, 그리고 베르톨트를 위한 민트 차가 담긴 쟁반을 들고 들어왔다.

"감사합니다, 커틀 교수님." 버지니아가 주스 컵을 들고 천진한 미소를 지어 보이며 말했다. "다쿠스가 방금 아빠의 실종에 대해 이야기하고 있었어요. 그리고 교수님과 함께 그 수수께끼를 어떻게 풀 계획인지에 대해서도요. 정말 흥미진진한 것 같아요!"

"음, 난 말이다 — "

"베르톨트와 저도 도움이 되고 싶어요. 그렇지, 베르톨트?"

"어, 그럼!" 베르톨트가 비스킷으로 손을 뻗으며 힘차게 고개를 끄덕였다.

"정말 고마운 얘기긴 하지만 — "

"박물관에 갔었던 얘기를 들었어요." 버지니아가 맥스 삼촌의 말을 끊고 말했다. "다쿠스가 안경을 찾은 것과 지팡이를 짚은 여자가 나타난 얘기도요. 그런데 베르톨트가 그 여자에 대해 알고 있더라고요. 안 그래, 베르톨트?"

"루크레시아 커터." 베르톨트가 또 고개를 끄덕였다. "알고 보니 잡지에 많이 나오는 여자더라고요. 사람들이 패션에 미친 과학자라고 부르죠."

"그래?" 맥스 삼촌은 방에서 나쁜 냄새라도 나는 듯한 표정으로 물었다. "뭐, 그렇게들 생각한다면야..."

"그런데 궁금한 게 있어요... 어떻게 교수님이 그 여자를 아시는 거예요?" 버지니아가 물었다.

"지금 뭐라고 그랬니?"

"무례하게 굴려는 건 아니에요, 커틀 교수님. 하지만 교수님은 패션쇼나 패션 잡지에 관심이 있는 분처럼 보이지 않거든요."

"버지니아!" 베르톨트가 나무랐다.

"그래서, 궁금한 생각이 들었어요." 버지니아는 굴하지 않고 계속 말했다. "박물관에서 루크레시아 커터를 봤을 때, 어떻게 그 여자를 알아봤는지 말이에요."

맥스 삼촌은 입을 벌렸다가 다시 다물었다.

"네, 저도 궁금해요." 다쿠스도 끼었다. "어떻게 알아보셨어요?"

맥스 삼촌은 세 아이를 쳐다보더니, 크게 한숨을 쉰 뒤 소파에 앉았다. "음, 사실, 그래. 난 한때 그 여자를 알았단다."

"그 여자가 유명해지기 전에요?" 버지니아가 의기양양한 얼굴로 다쿠스를 슬쩍 쳐다보며 물었다.

"그래, 그래." 맥스 삼촌이 귓불을 당기며 먼 곳을 응시했다.

"어떻게 그 여자를 만나셨는데요?" 다쿠스가 물었다.

"바솔로뮤를 통해서." 맥스 삼촌이 인정했다. "네 아빠가 소개시켜줬지."

"하지만 아빠는 루크레시아 커터를 어떻게 알아요?" 다쿠스가 또 물었다.

"두 사람은 대학에서 만났어."

"아빠가 루크레시아 커터와 함께 대학에 다녔나요?"

"어떤 면에서는 그렇지." 맥스 삼촌이 고개를 저었다. "오래전 일이다, 다쿠스. 네 아빠는 15년 동안 그 여자와 연락도 하지 않고 지냈어."

"그럼 왜 그 여자가 박물관에 나타난 걸까요?" 다쿠스가 물었다.
"그리고 왜 그 여자 이름이 아빠가 사라진 방 위에 걸려있었던 거
죠?"

"다쿠스, 내가 만일 그 질문들에 대한 답을 알았다면... 벌써 네
게 말했을 거다."

"다쿠스의 아빠와 루크레시아 커터가 대학에 다닐 때 딱정벌레와
무슨 관련이 있었을까요?" 버지니아가 물었다.

맥스 삼촌은 눈을 껌뻑이며 뭐라고 대답해야 할지 생각했다. "바
솔로뮤의 전공 분야는 딱정벌레였지만, 루크레시아 커터는 다른 종
류의 과학자였지. 유전학자였어. 내 생각엔 바솔로뮤를 알게 되면서
딱정벌레에 흥미를 갖게 된 것 같아. 바솔로뮤의 딱정벌레에 대한
열정은 전염성이 있어서 일단 바솔로뮤가 딱정벌레 얘기를 시작하
면, 듣는 사람도 매료되지 않고는 못 배겼지."

"교수님은요?" 버지니아가 상체를 숙여 비스킷을 하나 더 집으며
물었다. "교수님도 딱정벌레와 관련이 있었나요?"

"아니." 맥스 삼촌이 고개를 저었다.

"그럼 혹시 이곳에 딱정벌레가 산 적이 있나요?" 다쿠스가 물었
다.

"난 말이다... 어, 음... " 맥스 삼촌은 무척이나 불편해 보였다.
"어, 이런! 비스킷이 좀 더 필요하겠구나." 그는 벌떡 일어나 황급히

방에서 나갔다.

"네 말이 맞아, 다쿠스. 우리에게 말하지 않는 뭔가가 있어." 버지니아가 속삭였다. "비스킷이 여기 이렇게 많이 남아 있잖아."

"교수님은 네 아빠와 루크레시아 커터의 관계에 대해 자세히 설명하지 않으셨어." 베르톨트가 말했다. "그냥 대학에서 만나서 딱정벌레에 대해 얘기를 나눈 정도가 전부는 아닐 거야."

"우리가 좀 더 알아볼 필요가 있어." 버지니아가 고개를 끄덕였다.

"어떻게 알아낼지는 내가 정확히 알고 있어." 다쿠스가 일어나서 바지 주머니에 손을 넣어 직사각형 명함을 꺼냈다. "노박 커터에게 물어볼 거야."

"타워링 하이츠에 가겠다고?" 버지니아의 눈썹이 올라갔다.

다쿠스가 고개를 끄덕였다. "토요일 아침에."

"다쿠스!" 베르톨트는 놀라서 숨이 턱 막혔다. "그건 위험할 수 있어. 게다가 그 애가 안다는 보장도 없고."

"맞아." 버지니아가 고개를 옆으로 기울였다. "하지만 또 모른다는 보장도 없잖아. 게다가 어쩌면 딱정벌레에게 도움이 될 만한 다른 뭔가를 말해줄 수도 있고. 말하자면 자기 엄마가 딱정벌레를 정말로 원한다든가." 버지니아가 다쿠스를 보았다. "하지만 그 애를 믿어서는 안 돼. 그 앤 적의 딸이니까. 어쩌면 거짓말을 할 수도 있어. 심지어 너를 자기 엄마에게 넘겨줄지도 모르지."

"난 그 여자가 무섭지 않아." 다쿠스가 발끈해서 말했다. "아빠의 실종 배후에 루크레시아 커터가 있다면, 내가 꼭 알아내고 말 거야."

목요일과 금요일 방과 후에 다쿠스와 베르톨트, 버지니아는 베이스캠프에서 작업을 했다. 그들은 가구 숲의 지도를 그려 옷장 뒷면에 테이프로 붙인 뒤 혹시 적대적 세력이 접근하면 경고하기 위해 주변에 설치한 덫들을 표시하고, 누군가 덫에 걸리면 소리가 나도록 병뚜껑을 끈에 꿰어 만든 경보 시스템을 연결했다.

정신없이 뒤지고 짓고 계획하다 보니 시간이 순식간에 지나갔다. 뉴턴은 베르톨트의 머리에 아예 눌러살았고, 반딧불이들의 행렬 ─ 뉴턴의 가족과 친구들 ─ 이 뉴턴을 따라 '백화점'에서 나와서 베이스캠프로 들어왔다.

토요일 아침이 돌아왔을 때, 베르톨트와 버지니아는 '백화점' 밖에서 만났다.

"나비넥타이를 한 거니?"

"마음에 안 들어?" 베르톨트가 자신의 목 부근을 내려다보며 말했다. "스마트해보이지 않니?"

"내 탱크톱하고 잘 어울리겠어."

베르톨트가 안경 너머로 버지니아의 복장을 탐탁지 않은 눈으로 쳐다봤다.

버지니아는 자신의 운동복을 내려다보았다. 언니인 세레나에게 물려받아 무릎이 튀어나오고 색이 바래있었다. 버지니아는 백화점 문간을 향해 베르톨트를 밀었다. "자, 서둘러. 누가 우리를 보기 전에 어서 문을 열어야지."

그들은 열쇠로 문을 열고 들어가 상점을 통과해 반대편의 가구 숲으로 나갔다. 그리고 일단 터널로 접어든 이후에는 이미 익숙해진 길을 따라 베이스캠프로 갔다. 얼기설기 벽들이 환하게 빛나며 반짝였다. 수많은 반딧불이들이 베르톨트가 방수포 천장에 꿰매어 매달아 놓은 크리스털 샹들리에를 밝게 비추며 그들을 맞이한 것이다.

버지니아는 선반에서 석유램프를 들어 테이블 위에 내려놓고 심지에 불을 붙였다. 베르톨트는 상자 위에 다리미판을 얹어 만든 작업대 위에 앉았고 버지니아는 딱정벌레에 관한 다쿠스의 책을 들고 소파에 앉았다.

"이 책은 정말 재미있어. 하지만 다쿠스가 이걸 전부 다 읽었을까?"

"글쎄. 그건 왜?" 베르톨트는 새로운 덫을 만들고 있었다. 괘종시계의 추를 터널 안 접이식 테이블 뒤에 설치해서, 누군가 따라올 경우 덫을 작동하면 추가 휙 내려가서 뒤따라오는 사람을 치도록 되어 있었다.

"음, 여기에 뭔가 있어..." 버지니아가 잠시 말을 멈추었다.

"뭐가?" 베르톨트가 드라이버를 내려놓았다.

"딱정벌레의 평균 수명에 관한 얘기야." 버지니아가 인상을 찌푸렸다. "별로 길지가 않네."

베르톨트가 뉴턴과 자신의 머리 위에서 구름처럼 모여 깜빡이고 있는 반딧불이들을 올려보았다. "알고 싶지 않아." 그리고 다시 드라이버를 집어 들었다.

버지니아는 한숨을 내쉬며 다시 책을 내려놓고, 신문과 잡지에서 오려낸 기사들을 지도 위 천장에 붙여놓은 곳으로 갔다. 기사는 모두 루크레시아 커터에 관한 내용이었다. 버지니아는 루크레시아와 그녀의 딸 노박이 레드카펫 위에 서 있는 사진을 응시했다. "다쿠스

가 어떻게 하고 있는지 궁금하네. 지금쯤 타워링 하이츠에 도착했을 텐데."

"난 아직도 우리가 함께 갔어야 한다고 생각해." 베르톨트가 말했다.

"나도 그래." 버지니아가 동의했다. "하지만 다쿠스가 원치 않았잖아."

리젠트 파크에서 다쿠스는 버스에서 내려 울타리를 따라 걸었다. 왼쪽으로는 나무들과 녹지가 런던 동물원 입구 쪽으로 펼쳐졌다. 도로 건너편에는 하얀 저택들이 서로 충분히 거리를 두고 떨어져 있었는데, 어떤 것들은 문패에 이름이 적혀 있고, 어떤 것들은 번지수가 표시되어 있었다. 다쿠스는 대문에 '타워링 하이츠'라고 적힌 높고 위압적인 타운하우스가 나타날 때까지 걸었다. 그런데 막상 그 집이 눈에 보이자, 노박 커터에게 뭐라고 말해야 할지 갑자기 막막해졌다.

집 앞에는 다쿠스의 키 높이 정도의 담장이 있고 그 너머로 높이가 2.5미터를 훌쩍 넘는 구릿빛 잎사귀의 너도밤나무 울타리가 건물을 둘러싸고 있었다. 대문 기둥에는 방문자를 확인하고 안으로 들이기 위한 인터폰이 있었다. 대문을 지나면 흰색 자갈이 깔린 진입로가 집 건물 왼쪽으로 휘어져 있었다. 오른쪽에 있는 정원은 마치 대형 체스판처럼 검은색과 흰색의 돌이 놓여 있고, 광택이 있는 검은색 현관문 좌우로 붉은 나리꽃이 가득한 대형 화분이 자리 잡고 있었다.

다쿠스는 대문 앞에서 계속 서성이면서 노박 커터에게 그녀의 엄마가 자신의 아빠를 납치했는지 물어볼 좋은 방법을 생각해내려 혼잣말을 했다. 온갖 우스꽝스러운 문장들이 입에서 튀어나왔다. 버지니아와 베르톨트 앞에서 연습하지 않고 그냥 온 것이 후회스러웠다.

다쿠스는 도로를 건너가 대문 문살을 통해 안을 들여다봤다. 인터폰에 대고 뭐라고 말해야 할지조차 떠오르지 않았다.

이건 아니다 싶었다. 일단 베이스캠프로 돌아가서 버지니아와 베르톨트에게 어떻게 할지 물어봐야겠다고 생각했다. 그런데 버스 정거장을 향해 발길을 돌리려는 순간, 다쿠스는 그 자리에서 얼어붙고 말았다. 눈앞에서 우스꽝스러운 노란색, 자주색 정장을 차려입은 피커링과 험프리가 자신을 향해 걸어오고 있었다. 다쿠스는 본능적으로 담을 넘어 타워링 하이츠를 둘러싼 너도밤나무 울타리 속으로 몸을 숨겼다. 사촌 형제들이 또 입씨름을 벌이는 소리가 들렸다.

"험프리, 너 나를 생각해서라도 일을 망치지 않는 게 좋을 거야."

"입 닥쳐! 안 그러면 마음을 바꿔서 널 데려가지 않을 테니까."

"우린 거래를 했고, 난 네 방문을 열었어. 안 그래?"

목소리가 다가오자 다쿠스는 숨을 참았다. 나뭇가지에 목이 긁혔지만, 감히 움직일 엄두가 나지 않았다. 인터폰 버저 소리가 들리더니 두 남자가 이름을 말했다. 검은색 현관문이 조용히 열리고 검은 머리를 뒤로 빗어 넘긴 음울한 얼굴의 집사가 나왔다. 그는 절도 있고 꾸준한 걸음으로 대문까지 걸어왔다.

"우린 루크레시아 커터 씨와 약속이 있어요." 험프리가 소리쳤다.

"무슈 갬블, 무슈 리스크. 알고 있습니다." 집사는 불어 악센트로 대답했다. 이제 그는 많이 가까워져서, 다쿠스는 그의 회색 눈 밑에 다크써클이 있는 것까지 볼 수 있었다.

"맞습니다." 험프리가 가슴을 부풀리며 말했고, 피커링이 열심히 고개를 끄덕였다. 집사가 숫자를 입력해 문을 열었고, 사촌 형제가 그를 따라 들어가자 뒤에서 문이 잠겼다.

다쿠스는 몸을 비틀어 너도밤나무 울타리를 빠져나왔다. 그 과정에서 몸 여기저기가 긁혔다. 그는 집을 정면으로 보며 섰다. 여기에 혼자 온 게 실수였다. 어서 베이스캠프로 돌아가야 한다.

다쿠스는 대문으로 뛰어갔지만, 문은 닫혀 있었다. 안타까운 마음에 문살을 잡아당겨 보았지만 허사였다. 이제 문살을 타고 넘어가던가 아니면 울타리로 돌아가서 몸을 더 긁히는 수밖에 없었다. 대문을 반쯤 타고 올라갔는데 뒤에서 문 여는 소리가 들리더니 목소리가 들렸다. "이봐, 학생!" 다쿠스는 얼어붙었다. 불어 악센트였다. 집사가 다시 나온 것이다. "내려오지." 다쿠스는 시키는 대로 했지만 돌아서지는 않았다. "아가씨가 지금 보시겠단다."

다쿠스가 어깨너머로 집사를 보며 말했다. "저를요?"

"그래, 너."

"하지만 저는 약속이 없는데요." 다쿠스가 말을 더듬었다.

"약속 따윈 필요 없어. 지금 초대를 받았으니까." 집사의 얼굴은 아무 표정이 없었다. 슬퍼 보이는 눈을 깜빡이지도 않았다. "어서. 숙녀를 기다리게 하면 안 된다는 거 모르나?"

다쿠스가 루크레시아 커터의 집 현관문을 향해 발을 질질 끌며 걸어갔다. 마치 심장이 흉곽을 두들기는 것처럼 가슴이 쿵쾅거렸다.

제 **12** 장

타워링 하이츠

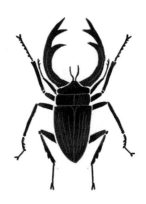

집 사는 다쿠스를 타워링 하이츠 안으로 안내했다. 타워링 하이츠는 전체적으로 하얀색 바탕에 광을 낸 강철과 광택 있는 검정 가구, 빨간 직물이 간간이 끼어있는 마치 대성당처럼 보이는 건물이었다. 그것은 현대미술관을 연상시켰다. 다쿠스는 집사의 안내에 따라 피처럼 붉은 카펫과 까만 흑단 난간이 만곡을 이루며 위로 뻗어있는 계단으로 가서 두 층계를 올라 유리와 알루미늄 조각물들이 전시된 층계참을 지나 3층으로 올라갔다.

집사는 3층 층계참에 있는 어떤 문을 가리켰고, 다쿠스가 그곳까지 올라가자 뒷걸음질로 천천히 사라졌다. 다쿠스는 겁을 잔뜩 집어

먹고 문을 노크했다. 대답이 없었다. 그래서 살짝 밀었더니 문이 열렸다.

"안녕하세요?" 방은 어두웠다.

"네가 올 줄 알았어." 어둠 속에서 어떤 목소리가 말했다.

"그래요?" 다쿠스가 말하는 사람이 누군지 보려고 집중했다. 스포트라이트가 깜빡이며 켜지더니 방 중앙에 깔린 페르시아 양탄자를 비추었다.

"처음 너와 눈이 마주치는 순간, 네가 이 세상 끝까지 나를 따라올 걸 한눈에 알았지."

노박 커터가 스포트라이트 안으로 걸어 들어왔다.

그녀는 바닥까지 끌리는 하얀 드레스에 어깨에 타조 깃털 목도리를 두르고 있었고, 은발 곱슬머리가 얼굴 윤곽을 따라 덮여있었다. 그녀는 섬세한 손등을 이마에 댔고, 그 과정에서 깃털 목도리가 바닥에 스르르 떨어졌다.

다쿠스는 안도의 한숨을 내쉬며 앞으로 걸어가서 목도리를 집어 들었다. 그리고 말을 꺼내려고 입을 열었다.

"아니." 그녀가 손으로 다쿠스의 입을 막고 속삭였다. "말하지 마. 우리 사이엔 아무 일도 있어선 안 돼. 난 이미 다른 사람과 정혼한 몸이야."

"뭐?"

"날 사랑하지 않는 척할 필요 없어." 노박이 마치 심장이 날아갈

195

까 봐 붙잡으려는 듯 손을 가슴으로 가져갔다.

"미안하지만…" 다쿠스가 목도리를 떨어뜨리며 뒷걸음질 쳤다. "뭐… 뭔가 오해가 있는 것 같은데 — "

"일부러 차갑게 굴어도 소용없어." 그녀가 다쿠스를 똑바로 쳐다보더니 두 손을 뻗으며 말했다. "네 눈이 내게 말하고 있으니까."

"그래?" 다쿠스가 발을 질질 끌며 문을 향해 뒷걸음질 쳤다. "의도적인 건 아니야."

"가지 마." 노박이 털썩 무릎을 꿇고 흐느끼기 시작했다.

"어어, 제발 울지 마." 다쿠스가 초조하게 두리번거렸다. "네가 아주 좋은 사람일 거라고 생각하지만… 어, 난 널 몰라."

"난 노박 커터야." 노박이 훌쩍이며 말했다.

"이름은 알아."

"내 명함을 주웠니?"

다쿠스가 고개를 끄덕이며 과연 지금이 딱정벌레 얘기를 꺼내기에 적절한 때인지 생각했다.

"그리고 넌 여기에 왔어." 노박의 눈이 눈물로 반짝였다. "왜 그랬지?" 그녀가 속삭였다.

"이상하게 들릴지 모르지만…"

"설명할 필요 없어." 그녀가 가까이 다가오며 말했다. "이 감옥에서 나를 해방시켜주려고 온 거겠지."

"너 죄수니?" 다쿠스가 깜짝 놀라 두리번거렸다. 방이 어둡고 커

틈이 내려져 있어서 창문에 창살이 있는지 어떤지는 보이지 않았다.

"함께 아프리카로 도망가자. 거기서 사자를 사냥하고 별빛 아래서 잠을 자는 거야." 노박이 꿈꾸는 목소리로 말하며 여전히 무릎을 꿇은 채 좀 더 가까이 다가왔다.

"왜 자꾸 그런 미친 소리를 하는 거니?"

"오, 내 사랑!" 그녀가 두 팔로 다쿠스의 다리를 끌어안았다. "넌 날 사랑해. 난 알아!"

다쿠스는 허둥지둥 그녀의 품에서 벗어나려다가 그만 균형을 잃고 바닥에 쓰러졌다.

"놔줘! 무슨 짓이야?"

"날 사랑한다고 말해!" 그녀가 다쿠스의 발목을 꼭 붙잡고 외쳤다.

"아니. 싫어. 그만해!" 다쿠스가 퉁명스럽게 소리쳤다. "난 널 사랑하지 않아." 그리고 기어서 달아나려 했다. "난 너에게 도움을 청하러 여기 온 건데, 넌 완전히 제정신이 아니구나."

"그렇게 무례하게 굴 필요는 없잖아." 노박이 갑자기 다쿠스를 놓아주며 날카롭게 말했다. 그녀는 일어나서 바닥에 드레스 자락을 끌며 저쪽으로 걸어갔다. "적어도 예의상 나를 사랑한 척이라도 해줄 수 있잖아."

"하지만 난 널 사랑하지 않는걸."

"이미 들었으니까, 자꾸 들먹일 것 없어." 그녀가 고개를 돌렸다.

다쿠스는 이렇게 혼란스러운 경우는 처음이었다.

"내가 길 건너에서 널 봤을 때, 넌 꼭 상사병에 걸린 사람처럼 보여서..."

"난 상사병에 걸린 게 아니라..."

"... 난 내가 키스를 보냈기 때문에 네가 날 보러 왔다고 생각했어. 그래서 제일 아끼는 옷까지 입었는데." 그녀는 새틴 드레스를 매만졌다. "그 이상한 남자들이 왔을 때, 네가 울타리에 숨는 걸 봤어. 그게 너무 낭만적으로 보이더라. 그래서 제라르에게 널 들여보내라고 한 거야."

"제라르?"

"우리 집사 말이야." 노박이 말했다. "난 네가 사랑 고백을 하려고 날 찾아온 줄 알았어." 그녀가 깃털 목도리를 집어 들었다.

"그래서 온 게 아니라..."

"그럴 테지."

"네 엄마 때문이야. 네 엄마가 우리 옆집 사람들에게 딱정벌레를 사려고 하는데 —"

"그녀는 애들은 안 만나. 좋아하지도 않고." 노박이 문을 향해 걸어갔다. "하지만 제라르에게 네가 보러온 사람은 그녀라고 알려줄게."

"아니, 잠깐." 다쿠스가 노박의 뒤에 대고 소리쳤다. "내가 보러온 사람은 너야."

노박은 짜증스러운 한숨을 내뱉고는 휙 돌아섰다. "오락가락하지 말고 똑바로 말해."

다쿠스가 일어섰다. "난 네 도움이 필요해."

"그래?" 노박이 비꼬듯 말했다.

"그래." 다쿠스가 노박을 향해 걸어갔다. "제발 들어줘. 우리 아빠가…" 다쿠스는 어휘를 신중하게 골랐다. "…실종되셨는데, 나는 그 이유가 내가 옆집에서 발견한 딱정벌레들과 관련이 있을 거라고 생각해. 그런데 네 엄마가 그걸 사려고 해서 — "

"딱정벌레라고? 웩!" 노박이 작은 코에 주름을 잡았다. "성가시고 불결하고 징그럽게 기어 다니는 그것들 말이니?"

"그 딱정벌레들은 특별해. 그리고 걔들이 우리 아빠의 실종과 관련이 있다면, 난 걔들을 보호해야 해." 다쿠스는 노박의 관심이 떨어지고 있음을 느낄 수 있었다. "난 네가 딱정벌레에 대해 좀 더 알아봐 주거나, 아니면 엄마에게 걔들을 그냥 놔두도록 설득할 수 있기를 바라고 있어."

노박이 심술궂은 웃음을 터뜨렸다. "눈을 떠, 꼬마야."

"나도 이름이 있어."

"뭔데?"

"다쿠스."

"그럼, 다쿠스." 노박이 당당한 걸음으로 불을 켜기 위해 걸어갔다. "주위를 둘러봐." 어둠 속에 가려졌던 벽들이 갑자기 환하게 밝혀졌다.

다쿠스는 제자리에서 한 바퀴 돌았다. 그곳은 원목 가구와 가죽 장정을 두른 책들이 가득한, 참나무판 벽널을 댄 서재였다. 벽난로 위에는 인상적인 초상화가 걸려있고, 그 옆에는 장식용 금속이 박힌 가죽 안락의자가 있었다. 벽난로 위 선반에는 호박琥珀 한 덩이가 있고 그 한가운데 뿔이 달린 딱정벌레가 있었다. 그것은 마치 미니어처 황소처럼 보였다.

노박은 다쿠스의 눈을 쫓았다. "온토파구스 타우루스야."

"뭐?"

"쇠똥구리의 일종이야. 제 몸무게의 수천 배를 끌고 갈 수 있지." 노박은 지루해 보였다. "네가 런던 버스 여섯 대를 끄는 것과 같아. 세상에서 제일 강한 곤충이야."

"굉장하다." 다쿠스가 대답했다. "이게 죽다니 안타깝다."

"메이터가 아프리카에 딱정벌레 사파리 여행을 갔다가 잡은 거야. 그리고 송진에 담가서 트로피로 만들었지."

"메이터가 누군데?"

"넌 학교도 안 다니니?" 노박이 코웃음을 쳤다. "메이터는 엄마를 뜻하는 라틴어야. 루크레시아 커터는 엄마라고 부르는 걸 싫어해. 라틴어로 부르면 모를까."

"넌 그럼 엄마를 엄마라고 부르지 않니?"

"안 불러." 노박이 단호하게 대답하며 대화를 끝내려는 의도를 분명히 했다.

다쿠스는 화제를 전환했다. "네 엄마가 딱정벌레 사파리에 가시니?" 딱정벌레 사파리가 곤충 사냥과 같은 것인지 궁금했다.

"1년에 한 번." 노박이 말했다. "그때마다 개인 소장품에 추가할 새로운 종들을 가지고 돌아오지."

"자연사 박물관에 있는 거 말이니?" 다쿠스가 물었다.

"아하! 아니. 엄마는 그곳을 후원하지만 그곳의 소유자는 아니야. 하지만 후원자로서 그곳의 출입을 통제하고 그곳 사람들이 뭘 연구하는지 알 수 있지. 엄마가 개인 소장품을 보관하는 곳은 여기야."

"저 사람은 누구니?" 다쿠스가 초상화를 가리켰다.

"찰스 다윈 경이야. 애기뿔소똥구리의 흉곽과 겉날개로 만들었지." 노박은 마치 교과서를 읽는 것처럼 말했다. "저 서랍에 있는 건 — " 그녀가 책이 없는 유일한 벽면을 따라 길게 뻗어있는 속이 깊은 캐비닛을 가리켰다. "1903년부터 시작된 카슨 초시류 소장품 모음이야. 동아시아에서 가져온 딱정벌레들을 담고 있지."

다쿠스는 얇은 나무 서랍 하나를 열었다. 안에는 수백 마리의 밝은색 딱정벌레들이 나란히 줄지어 있었다. 딱정벌레들은 박물관에 있던 것과 마찬가지로 하나같이 오른쪽 날개에 핀이 꽂혀 있었다.

노박은 TV에 목소리만 등장하는 다큐멘터리 해설자 같은 목소리를 한껏 음미하며 과장되게 노래하듯 말했다. "카펫과 커튼은 누에고치에서 뽑은 실크로 만들었고 빨간 얼룩무늬는 벌레의 선홍색 피로 색을 낸 거야. 그 벌레가 딱정벌레는 아니지만, 많은 사람들이 딱정벌레일 거라고 생각하지."

다쿠스는 주변을 둘러보았다. 두꺼운 빨간 커튼과 갈색 가죽 안락의자가 있는 이 방은 박물관의 방보다 훨씬 웅장했지만, 본질적으로 똑같았다. 결국, 둘 다 죽은 딱정벌레로 가득한 방이었다.

"여기 루크레시아 커터 개인 서가에 있는 가죽 장정 책들은 딱정벌레의 진화 역사를 담은 희귀 과학 서적 소장품의 일부야." 노박은

이제 거의 춤을 추다시피 하며 방안을 돌아다녔다.

"죽은 딱정벌레가 이렇게 많구나." 다쿠스가 조용히 말했다.

"그래, 그래서 소름 끼쳐." 노박이 평소 목소리로 말했다. "하지만 살아있는 것보다야 죽은 편이 낫지."

"어떻게 그런 말을 할 수 있니?" 다쿠스가 깜짝 놀라 물었다. "딱정벌레는 정말 놀라워."

노박이 얼굴을 찌푸렸다. "아니, 그것들은 하나같이 징그럽고 소름끼치고 역겨워."

"넌 딱정벌레를 제대로 보지 않고 있어."

"고맙지만 됐거든. 난 매일 딱정벌레를 충분히 보고 있어."

"죽은 거겠지?"

"물론 죽은 거야, 멍청하긴." 노박이 짜증스러운 듯 한숨을 쉬었다.

"하지만 난 이해가 안 가. 딱정벌레를 좋아하지도 않으면서 왜 하필 이 방으로 날 데려온 거니?"

"여기보다 위층에 있는 모든 방은 외부인의 출입이 금지되었고, 메이터는 손님들과 아래층에 있으니까. 그러니까 내가 메이터 모르게 쓸 수 있는 방은 이 방뿐이었어."

"너희 엄마는 이미 이렇게나 딱정벌레를 많이 가지고 있으면서, 왜 더 가지려는 거지?"

"나도 몰라." 노박은 어깨를 으쓱했다. "메이터는 열성적인 수집가야. 아주 집착적이지. 나는 매일 곤충에 대한 수업을 들어. 내가 모든 곤충에 대해 아는 게 나의 미래를 위해 중요하다고 말하곤 하지. 그래서 내가 딱정벌레의 라틴어 학명을 아는 거야."

"네 엄마는 내 딱정벌레로 뭘 하려는 거니? 핀을 꽂아서 서랍에 넣어둘까?"

"글쎄. 아마도." 노박은 퉁명스럽게 고개를 끄덕였다. "일 때문에 필요한 게 아니라면."

"네 엄마는 딱정벌레 킬러니?"

"너 정말 멍청하구나." 노박이 킬킬거렸다.

다쿠스가 미소 지으며 농담으로 받아쳤다. "고마워."

"메이터는 커터 쿠튀르 소유주야. 너도 알지? 풍뎅이 로고 말이야."

다쿠스가 고개를 끄덕였다. "베르톨트가 말해줬어. 하지만 대체 패션과 딱정벌레와 무슨 관계가 있지?"

"베르톨트가 누군데?"

"내 친구."

"아, 난 또." 노박이 콧방귀를 뀌며 말했다. "커터 쿠튀르는 세계에서 가장 큰 패션 브랜드야. 디자이너 의상과 소품을 만들지. 그리고 메이터가 만드는 모든 제품의 비밀 원료는 곤충에게서 나와. 하지만 그건 따분해. 그래도 다행인 건 메이터가 돈을 영화에 투자하기 시작했다는 거야. 메이터는 지금 영화 프로듀서고, 난 대단한 영화배우가 될 거야. 이미 첫 번째 영화도 찍었고, 수상 후보에도 올랐어."

"정말?"

"내가 배우처럼 보이지 않니?" 노박이 몸을 돌려 어깨너머로 다쿠스를 보며 할리우드 영화에 나옴직한 유혹적인 미소를 지었다. 그녀는 평소에 연습한 그 포즈를 놀랍도록 오랫동안 유지했다.

"그런 것도 같네." 다쿠스가 머리를 긁적이고는 방안을 둘러보았다. "하지만 난 이게 내 딱정벌레랑 무슨 상관인지 모르겠어."

"알게 뭐야? 딱정벌레는 따분해." 노박이 창가로 걸어갔다. "다쿠스라, 연인에게 좋은 이름이야. 넌 마구간지기가 아닌가 보지? 마구간지기는 항상 저택에서 어여쁜 하녀를 구출하고, 나중에 왕자로 밝혀지는데."

"아니. 난 학교에 다녀. 다른 애들처럼." 다쿠스가 콧방귀를 뀌며 말했다.

"나한테 키스하고 싶지 않니?" 노박이 커튼 뒤로 얼굴을 숨긴 채 밖을 엿보며 말했다.

"아니."

"조금도?"

"넌 정말 좋은 사람이야, 하지만 ― "

"이런, 너 정말 따분한 애구나!" 노박이 좌절감에 두 손을 털썩 내렸다. "그런데 왜 아직 여기 있는 거니?"

다쿠스는 굴하지 않고 꿋꿋이 말했다. "네가 본 이상한 남자들은 딱정벌레가 있는 집에 사는 사람들이야. 딱정벌레를 네 엄마에게 팔려고 여기 온 거지."

"그럼 딱정벌레가 유난히 우글거리겠군." 노박이 놀라며 말했다. "메이터는 병충해 방제에는 관심이 없으니까."

"네 엄마가 저 사람들을 찾아갔어." 다쿠스가 말했다. "네가 창문에서 나를 본 날..."

"안 그래도 우리가 왜 그런 끔찍한 골목에 간 건지 궁금했어."

"... 그리고 네가 나를 보며 명함을 떨어뜨렸지."

"너 꼭, 내가 너를 좋아하기라도 하는 것처럼 말한다." 노박이 발끈했다. "아니거든. 난 그냥 사랑에 빠진 연기를 연습하는 것뿐이야. 그건 차이가 있어." 노박이 주먹을 꽉 쥐었다. "그건 내 연기에서 중요하고, 넌 나와 함께 연극을 할 만큼의 수준도 안 돼!" 그녀는 쿵쾅거리며 걸어가서 커다란 안락의자에 풀썩 주저앉았다. "네가 나를 눈곱만큼도 예쁘다고 생각하지 않는 건 순전히 네 머릿속이 온통 딱정벌레에 관한 얘기들로 가득 차있어서 그런 거야."

"제발 화내지 마." 다쿠스가 그녀의 의자로 다가갔다. "난 그냥 아빠를 찾고 있는 것뿐이야."

"글쎄, 네 아빠가 어디 있는지는 나도 몰라."

"문제는, 이 딱정벌레들이야... 내 생각엔 걔들이 아빠의 실종과 어떤 식으로든 관련되어 있어. 걔들은 보통 딱정벌레들과는 달라.

말하자면 특별하지. 그래서 내가 보호하려는 거고. 그중 하나는 박스터인데, 나랑 가장 친한 친구가 됐어."

"너랑 가장 친한 친구가 딱정벌레라고?" 노박이 콧방귀를 뀌었다.

"그래. 한번 만나볼래?" 다쿠스가 노박의 발 앞에 무릎을 꿇고 배낭을 벗어 박스터의 잼 단지를 꺼냈다.

"살아 있잖아!" 노박이 깜짝 놀라 의자 깊숙이 들어앉으며 말했다. "어, 안 돼! 난 싫어. 저리 치워."

다쿠스가 뚜껑을 열고 박스터를 손바닥에 놓았다. "해치지 않아."

박스터가 겉날개를 들어 다시 잼 단지 속으로 날아갔다.

"날기도 하네." 노박이 놀라워하며 말했다. "날아다니는 딱정벌레는 본 적이 없는데." 그녀는 앞으로 상체를 숙였다.

"평소에는 그냥 내 손에 앉아 있는데." 다쿠스가 어리둥절해 하며 말했다.

"내가 싫은가 봐?" 노박이 슬픈 목소리로 말했다.

"아마 이 방이 싫은 걸 거야." 다쿠스가 주변을 둘러보았다. "여긴 죽은 딱정벌레로 가득하니까. 너라면 사람 시체가 가득한 방에 있는 게 좋겠니?"

노박이 고개를 저었다.

"괜찮아, 박스터. 노박은 친구야." 다쿠스가 단지를 옆으로 돌려놓고 손을 내밀었다. 박스터는 움직이지 않았다. "나와서 인사해. 그런 다음에 다시 들어가도 좋아. 그럼 내가 안전하게 배낭에 넣을게. 약속해."

다쿠스가 딱정벌레에게 말하는 것을 보고 노박이 웃었지만, 박스터가 앞으로 나와서 다쿠스의 손으로 걸어가는 것을 보고 웃음이 그쳤다.

"딱정벌레는 인간의 말을 알아듣지 못해." 노박이 깜짝 놀라 말했다.

"맞아." 다쿠스가 손을 노박의 앞으로 가져가며 말했다. "보통 딱정벌레는 그렇지. 하지만 내가 말했잖아. 보통 딱정벌레가 아니라고." 다쿠스는 박스터의 번쩍이는 겉날개 위에서 쓰다듬듯 손을 움직였다. "박스터에게 인사해봐."

"바보같이 굴지 마."

"영화를 찍는다고 생각해. 박스터가 전쟁에서 돌아온 잘생긴 군인이라고 상상해봐."

"하지만 딱정벌레잖아." 노박이 기겁을 하며 말했다. "크고 삐죽삐죽하고 구역질 나는 벌레야."

"너 배우라며?"

노박이 입을 뿌루퉁 내밀었다. "좋아, 잠깐만 시간을 줘." 그녀가 의자로 다시 주저앉아 눈을 감고 깊이 숨을 들이쉬었다. 그리고 잠시 뒤 다시 눈을 뜨더니 일어나서 고개를 숙여 파르르 떨리는 속눈썹 사이로 박스터를 보면서 이번에는 미국 악센트로 말했다. "만나 뵙

게 되어 얼마나 기쁜지 모르겠습니다, 박스터 하사님. 전쟁에서 보여주신 용감한 행동에 대해 말씀 많이 들었어요."

박스터가 뿔을 아래로 내렸다.

"절을 하네!" 노박이 놀란 눈으로 다쿠스를 쳐다봤다.

"인사에 답하는 거야." 다쿠스가 미소 지었다.

"얘가 나를 위해 날아 줄까?" 노박이 흥분해서 물었다.

"마다할 이유가 없을 것 같은데." 다쿠스가 딱정벌레에게 속삭이며 허공에 대고 검지를 흔들어 어떤 무늬를 그렸다. 박스터는 날개를 펼치고 날아올라 요란하게 방을 한 바퀴 돌았다. 날개의 진동이 마치 멀리서 들리는 엔진 소리처럼 울렸다.

노박은 좋아하며 웃었다. "좀 만져 봐도 될까?"

"싫어하지 않을 거야." 다쿠스가 손바닥 위에 착지하는 박스터를 바라보며 싱긋 웃었다.

노박은 손을 뻗어 박스터의 흉부를 부드럽게 쓰다듬고는 뿔 끝을 만졌다. "어마! 꼭 바늘 같네!" 그녀가 탄성을 지르며 손을 다쿠스에게 내밀었다. "안아 봐도 될까?"

박스터는 이미 노박의 손바닥으로 기어가고 있었다.

"널 좋아하나 봐."

"정말?" 노박이 다쿠스에게 미소 지었다. "이런, 제법 무겁네. 안 그래?"

박스터는 겉날개를 들더니 비행용 날개를 펼치고는 공중으로 날아올랐다. 그러더니 다쿠스와 노박의 주위를 돌아 숫자 8을 그린 뒤 노박이 내민 손으로 돌아왔다.

"정말 나를 좋아하나 봐!" 노박이 행복해하며 웃었다.

다쿠스가 잼 단지를 옆으로 눕혀 놓으니 박스터가 안으로 기어들어갔다. "봤지? 내 가장 친한 친구는 딱정벌레야." 다쿠스가 배낭에 잼 단지를 넣으며 말했다. "이제 네 도움이 필요하다는 말 믿겠니?"

"그래. 하지만 난 널 도울 수 없어. 내 말은, 내가 어떻게 도울 수 있겠니?"

"혹시 네 엄마가 우리 아빠를 알고 있는지 아니? 아빠 이름은 바솔로뮤 커틀이야. 자연사 박물관에서 일하시지."

노박이 어깨를 으쓱했다. "메이터는 박물관 사람들을 알지만, 누구를 아는지는 나도 몰라. 그런 이름은 들어본 적이 없어. 만일 들었다면 아마 기억했을 거야. 내 성이랑 비슷하니까." 노박이 다쿠스를 호기심 어린 눈으로 쳐다봤다. "그럼 너도 성이 커틀이니?"

다쿠스가 고개를 끄덕이고는 두 이름을 소리 내어 불러보았다. "커터, 커틀. 네 성이 더 날카롭게 들려."

"커터는 메이터의 진짜 이름이 아니야. 그거 아니?"

다쿠스가 고개를 저었다. "진짜 이름은 뭔데?"

"루시 존스턴. 정겹게 들리는 이름 아니니? 하지만 내가 태어나기도 전에 메이터는 사업을 시작하면서 이름을 루크레시아 커터로 바꿨어. 의류 업계에서는 패턴을 개발하는 재단사를 '커터'라고 불러. 패션 디자이너로는 괜찮은 이름이지. 하지만 난 루시 존스턴이 훨씬 더 예쁜 것 같아."

"음, 네 엄마가 우리 아빠를 알건 모르건, 난 여전히 네 엄마가 그 딱정벌레를 왜 원하는지, 그걸로 뭘 할 계획인지 알아낼 필요가 있어."

"메이터가 너의 적이니?" 노박이 인상을 찌푸리며 물었다.

다쿠스는 뭐라고 대답해야 할지 고민하는 동안 얼굴이 달아오르는 것을 느꼈다. "모르겠어. 혹시 네가 엄마에게 왜 그 딱정벌레들을 죽이면 안 되는지 설명할 수 있다면..."

노박은 고개를 저었다. "메이터가 원하는 게 있으면 아무도 못 말려. 박스터가 얼마나 놀라운지 봐. 메이터가 얘를 보면 분명 트로피로 만들어버릴걸. 저 불쌍한 온토파구스 타우루스처럼."

다쿠스는 자신이 박스터를 이 집에 데려옴으로써 위험에 빠뜨리고 있음을 깨닫고는 등줄기를 타고 오싹한 한기가 흐르는 것을 느꼈다.

"가봐야겠어." 다쿠스는 배낭을 메며 말했다. "네가 우릴 도울 수 없다는 거 이해하지만, 박스터와 내가 여기에서 들키지 않고 나갈 수 있게 도와준다면 평생 네 친구가 될게."

"친구?" 노박은 친구라는 단어가 낯선 것처럼, 음미하듯 천천히 소리 내어 발음해 보았다. "난 친구가 한 번도 없었어."

"학교 친구는 있을 거 아냐?"

"난 학교에 안 다녀." 노박이 고개를 저었다. "보일 선생님이라고, 가정교사에게 배우지."

"그럼 이제 내가 네 친구야. 박스터도." 다쿠스가 말했다. "그리고 네가 우리가 여기서 나가는 걸 도와준다면, 우린 비밀을 갖게 되는 거야. 비밀은 친구를 더 친하게 만들어주지."

"비밀? 어, 좋아. 마음에 들어." 노박이 벌떡 일어났다. "친구가 연인보다 좋은 것 같아."

"훨씬 더."

"메이터는 우리가 친구로 지내는 걸 틀림없이 허락하지 않을 거야." 노박의 눈이 반짝였다.

"왜?"

"메이터는 난 친구가 필요 없대. 내가 유명해지면 어차피 모두 내 친구가 되고 싶어 할 거라며."

"그건 우정이 아니야."

"넌 유명해지는 게 어리석다고 생각하니?"

"사람은 아주 좋은 일을 하거나 아주 어려운 일을 해서 유명해지는 게 마땅해. 예를 들면 에베레스트 산을 오른다든가 화성에 착륙한다든가, 그런 거 말이야." 다쿠스가 대답했다. "만일 네가 유명한 탐험가라면, 난 네가 놀랍다고 생각할 거야."

"스파이는 어때?" 노박이 짓궂은 표정으로 물었다.

"스파이?"

"메이터와 네 옆집 사람들이 무엇을 할 계획인지 알아내고 싶다며?"

다쿠스는 고개를 끄덕였다.

"음, 그럼 세계적으로 유명한 스파이만 널 도울 수 있어." 노박은 알 수 없는 묘한 눈빛으로 다쿠스를 흘긋 보더니 책꽂이로 걸어가 커다란 빨간 책을 잡아당겼다. 그러자 벽의 일부를 이루는 책꽂이의 그 부분이 갑자기 뒤로 물러났다.

"집에 비밀 통로가 있니?" 다쿠스는 입이 떡 벌어졌다.

"이런 게 있다는 걸 알면 더 이상 비밀이 아니지." 노박이 이렇게 말하며 책꽂이 사이의 틈으로 걸어 들어갔다.

제 **13**장
하얀 방

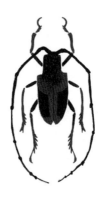

" **여** 긴 하인들을 위한 통로야." 책꽂이가 원래의 위치로 조용히 되돌아갈 때 노박이 설명했다. "타워링 하이츠는 8층으로 되어 있고, 숨겨진 문과 통로가 많아. 내 방은 5층인데, 옷장 뒤에서 나오는 통로가 있어."

다쿠스는 노박을 따라 좁은 복도를 걸어가면서 흥분으로 짜릿해지는 것을 느꼈다. 하인들의 통로는 장식보다는 기능 위주로 되어 있어서 전체가 회색이었고 별다른 조명 없이 마루 채광창을 통해 채광이 이루어졌다. 건물 앞쪽과는 확연히 대조되는 모습이었다.

그들은 손잡이가 달린 놋쇠 문 앞으로 갔다. 그것은 다쿠스가 영화에서 본 적이 있는 구식 승강기였다.

"어서 타."

다쿠스가 순순히 따르자, 노박이 다쿠스를 스치며 앞으로 몸을 숙여 문을 닫았다. 승강기가 윙 소리를 내더니 아래로 내려갔다.

"어디 가는 거야?" 다쿠스가 물었다.

"하얀 방. 메이터의 사무실이야. 거기서 사람들을 만나지. 네 친구들도 거기 있을 거야."

"그자들은 내 친구가 아니야." 다쿠스가 말했다. "내 적들이야."

"진짜 적이 있다니 넌 정말 운이 좋구나." 노박이 한숨을 쉬었다. "난 적을 만들어야 해."

"그자들이 날 보면 안 돼."

"걱정 마." 노박이 속눈썹을 파르르 떨며 말했다. "아무도 우릴 보지 못할 테니까."

"좋아." 다쿠스는 이렇게 말했지만, 여전히 마음이 꺼림칙했다.

은은한 벨소리가 울리며 그들이 2층에 왔음을 알렸다. 다쿠스는 승강기에서 내려 노박을 따라 까치발로 조용히 복도를 따라 뛰었다. 노박은 왼쪽으로 돌았다가 오른쪽으로 돌더니 갑자기 걸음을 멈추었다. 그리고 손가락으로 벽을 누르니, 숨겨진 손잡이가 튀어나왔다.

노박이 입술에 손가락을 대고 속삭였다. "아주 조용히 있어야 해. 우리 소리를 메이터가 들으면 곤란해질 거야."

다쿠스가 고개를 끄덕였고, 두 사람은 양가죽 덮개를 덮은 벤치 말고는 아무것도 없는 욕실 크기의 작은 방으로 들어갔다. 노박은 몸동작으로 다쿠스에게 앉으라는 표시를 했다. 벤치 맞은편에는 옆 방으로 통하는 창이 있었다.

"양면 거울이야." 노박이 다쿠스 옆에 앉으며 속삭였다. "우린 저기를 볼 수 있지만, 저기서는 우릴 못 봐. 메이터가 모델이나 고객이 옷을 입는 걸 지켜볼 때 이용하지. 이거 봐." 노박이 구석에 있는 스피커를 가리켰다. "저 방에서 나는 소리도 들을 수 있어."

루크레시아 커터는 실험실 가운과 지팡이 때문에 즉시 알아볼 수 있었다. 그녀는 거울 앞에 등을 보이고 서 있었다.

다쿠스는 그녀를 보면서 속에서 끓어오르는 두려움과 분노가 뒤섞인 복잡한 감정을 애써 삼켰다. 그리고 거울 너머의 방을 꼼꼼히 살피며 버지니아와 베르톨트에게 말해주기 위해 상세히 기억 속에 담았다. 가구는 많지 않았고, 모든 것이 흰색이거나 투명했다. 오른쪽에는 실험실용 작업대가 있었다. 학교에 있는 것과 비슷했지만 훨씬 더 고급스러웠다. 작업대 상판은 바닥과 똑같은 반짝이는 하얀 돌로 되어 있었는데, 거기서 은색 가스 밸브가 마치 백조의 목처럼 솟아 있었고 그 옆에는 굉장히 좋아 보이는 현미경이 있었다. 작업대 밑에는 투명 문이 달린 실험실 냉장고가 나란히 줄지어 있었다. 다쿠스는 그 안에 쌓여있는 페트리 접시와 시험관대를 볼 수 있었다.

맞은편 벽을 따라 투명한 아크릴 수지 선반이 뻗어 있었는데, 다쿠스는 그 위에 있는 세 개의 하얀 조각상을 눈여겨보았다. 사람의 형체와 딱정벌레, 그리고 DNA 이중나선 구조였다.

루크레시아 커터는 흰색 전화와 액자에 낀 사진 외에는 아무것도 없는 매끈한 유리 책상 뒤에 서 있었다. 그리고 그녀의 앞에는 노란색, 자주색 정장 차림의 피커링과 험프리가 있었다. 그들이 티끌 하나 없는 방에 있으니 우스꽝스러울 만큼 어색해 보였다. 다쿠스는 그들의 모습에 어쩔 수 없이 웃음이 나왔다.

피커링이 험프리를 가리키며 말했다. "애의 역겨운 습관 때문에 벌레가 들끓는 겁니다. 정말 구역질이 나요. 반면에 저는 하루에도 서너 번씩 씻습니다."

"닥쳐, 안 그러면 뭉개버릴 테니까." 험프리가 우람한 주먹을 피커링의 머리 위로 들어 올리며 말했다.

"조용히들 하세요." 루크레시아 커터의 목소리가 사촌 형제의 말다툼을 뚫고 나왔다. "48시간 동안 당신들의 집을 제게 넘기세요. 제가 마지막 딱정벌레 하나까지 싹 없애 드리죠."

피커링과 험프리가 무언가 갈망하는 강아지들처럼 고개를 끄덕였다. "뭐든 원하시는 대로 하세요." 험프리가 그녀의 유리 책상에 침을 튀겨가며 다급하게 지껄였다.

"역겹게!" 피커링이 꽥꽥거렸다.

"딱정벌레에 대한 대가와 불편을 끼치는 대가는 두둑하게 쳐 드릴게요. 그러니까 제가 부탁한 대로 하시겠죠?"

"불편이라뇨?" 피커링이 기도하듯 두 손을 맞잡고 말했다. "불편
이랄 건 전혀 없습니다. 오히려 기쁨이죠."

"작업하는 동안 집을 비워주셔야 해요." 그녀가 계속 말했다. 그
녀가 말을 이었다.

"뭐라고요!" 사촌 형제가 동시에 외쳤다.

"그럼 우린 어디로 가죠?" 험프리가 물었다.

"하지만 저희가 도와드릴 수 있을 텐데요." 피커링이 제안했다.

"제가 직접 할 게 아니에요, 리스크 씨. 댄키시와 크레이븐이라
고, 직원을 보내서 딱정벌레 무더기를 치우게 할 거예요. 그걸 무더
기라고 불렀죠?"

사촌 형제가 고개를 끄덕였다.

"집을 비워주는 날 일단 은행 계좌로 십만 파운드가 송금될 거고,
딱정벌레를 당신들 집에서 다 치우면 마릿수를 세서 계산을 마무리
할 거예요. 그러고 나면 다시 집으로 돌아가셔도 좋아요. 임시로 내
가 엠프레스 호텔에 있는 내 개인실을 두 분이 이용할 수 있도록 조
치해 놓겠어요. 그리고 이 거래에 대해 누구에게도 얘기해서는 안
돼요. 알았죠? 발설하는 경우 대금을 몰수하겠어요."

피커링과 험프리는 다시 고개를 끄덕였다.

루크레시아 커터가 탁자를 돌아 걸어 나와서 완벽하게 매니큐어
를 칠한 손을 내밀었다. 얼굴이 커다란 선글라스에 가려져 표정을
읽을 수 없었다. "그럼 거래가 성사된 거죠?"

험프리가 벌떡 일어섰다. "성사됐습니다." 그가 이렇게 말하고는 몸을 숙여 그녀의 손등에 입을 맞추었다.

루크레시아 커터의 황금빛 입술이 역겨움에 일그러졌다.

"자 — 자암깐!" 피커링이 벌떡 일어났다. "구청은 어쩌죠? 그들은 우리 집에 벌레가 우글거리는 걸 알고 있어요. 그래서 우리 집 마당을 치우려고 하고 있죠. 그들이 말하기를 — "

"구청에서 더 이상 귀찮게 하지 않을 거예요. 그 점에 대해서는 제가 확실히 조치해 두죠." 루크레시아 커터는 험프리에게 손을 뺐다. "애초에 내가 그 딱정벌레들이 거기 있는 걸 어떻게 알아낼 수 있었겠어요?" 그녀가 목 뒷부분에서 나오는 낮은 소리로 웃었다. "난 어디에나 내 사람을 두고 있어요."

"지당합죠. 아무렴, 그렇고말고요." 피커링이 무턱대고 수긍했다.

그녀가 앞에 있는 흰색 전화의 버튼을 눌렀다. "제라르."

집사가 두 부의 서류와 두 개의 황금색 펜이 담긴 쟁반을 들고 들어왔다.

"마지막 페이지에 서명하고 날짜 적으세요." 루크레시아 커터가 손을 내밀었고 제라르는 주머니 속의 원통에서 꺼낸 뜨거운 물수건으로 그 손을 닦았다.

다쿠스는 거울 가까이 기어갔다. 유리에 그렇게 가까이 가는 것이 불안하게 느껴져서, 저 방에 있는 누구도 자신을 볼 수 없다는 사실을 스스로에게 상기시켜야 했다. 이제 책상 위 액자 속의 사진이 분명하게 보였다.

사진은 흰 가운 차림으로 2열로 앉아 미소 짓고 있는 아홉 명의 사람들이었다. 사진 아래쪽의 흰 칸에는 '파브르 프로젝트'라는 글씨가 인쇄되어 있었다.

"무슨 일이야?" 노박이 불안한 목소리로 속삭였다. "너 아프니? 꼭 토할 것처럼 보여."

"저 사진…" 다쿠스가 가리켰다.

"그게 뭐?" 노박이 다쿠스 옆에 와서 섰다. "어, 저거. 메이터의 대학 때 사진이야. 지금과 많이 달라서 알아보기 힘들 거야. 봐, 머리 손질도 안 되어 있고, 앞머리를 뒤로 넘겼잖아. 안경을 쓰고 미소 짓고 있어." 노박이 한숨 쉬었다. "참 좋아 보이지 않니?"

다쿠스는 심장이 갈비뼈에 닿도록 쿵쾅거렸다.

"저 사진에 왜 그렇게 관심을 갖는 건데?"

"저 사람이 ─ " 다쿠스가 목청을 가다듬고 잘 나오지 않는 목소리로 말했다. "우리 아빠야."

노박이 앞으로 몸을 숙였다. "누구 말이야?"

"너희 엄마 옆에 수염 있는 사람."

노박은 다쿠스를 빤히 쳐다보았다. "너랑 전혀 안 닮았는데."

"노박." 다쿠스가 노박의 눈을 보았다. 그리고 갑자기 목소리가 돌아와 불쑥 내뱉었다. "누군가 우리 아빠를 납치했는데, 난 이유를 몰라!"

"납치라고?" 노박은 겁먹은 것처럼 보였다.

그 순간 거울에 그림자가 졌고, 두 사람은 위를 올려다봤다.

루크레시아 커터가 거울 속에 비친 자신의 모습에 감탄하고 있었다. 그녀가 머리를 왼쪽에서 오른쪽으로 돌릴 때, 마치 거울을 통해 이 방을 보고 있는 것 같았다.

다쿠스는 얼어붙었다. 그들 사이에 거울이 없었다면, 루크레시아 커터는 자신의 뺨에 닿는 다쿠스의 숨결을 느낄 수 있었을 것이다.

"우릴 못 봐." 노박이 다쿠스를 안심시키려는 것 못지않게 스스로를 안심시키려는 것처럼 속삭였다. "우리 소릴 듣지도 못하고."

저쪽 방에서 험프리가 계약서에 서명을 하고 서류를 제라르에게 건넸다. 피커링은 과시하듯 계약서 문구를 한 자 한 자 빠짐없이 읽는 척하더니 짐짓 신중한 표정을 지어 보였다. "식사라도 하면서 이야기를 나누면 어떨까요?"

"더 이상 이야기할 게 없잖아요." 루크레시아 커터가 거울에서 몸을 돌려 걸어가며 말했다. "두 분은 딱정벌레를 내게 넘길 건지 말 건지만 결정하면 돼요."

다쿠스가 크게 한숨을 내뱉으며, 그동안 자신이 숨을 참고 있었다는 것을 깨달았다.

"어서 서명 안 하고 뭐 해, 피커링? 자그마치 50만 파운드야." 험프리가 말했다. "그럼 각자 25만 파운드씩이라고."

"고맙지만, 그 정도 계산쯤은 나도 할 줄 알아, 험프리." 피커링이 루크레시아를 쳐다봤다. "딱정벌레 죽이는 걸 정말 좋아하시나보군요. 보통의 경우라면 우리가 오히려 돈을 내야 했을 텐데, 이런 거금을 내놓으시다니."

루크레시아 커터가 위협적으로 책상 위로 몸을 숙이며 말했다.

"난 수집가예요, 리스크 씨." 그녀가 낮게 말했다. "아주 부유한 수집가죠. 난 그 딱정벌레들 때문에 당신들에게 제안한 돈보다 훨씬 더 큰돈을 핸드백에 쓰는 사람이라고요. 돈을 받건 말건, 그건 전적으로 당신들에게 달려있어요." 다시 지팡이를 짚으며, 그녀는 문을 향해 걸어갔다. "대화는 끝났어요." 그녀는 다시 거울을 보았다. "저는 처리할 일이 있어서 그만."

"벤치 밑으로 들어가!" 갑자기 노박이 숨을 들이쉬며 다쿠스를 잡아끌었다. "메이터가 우리가 여기 있는 걸 알아."

"뭐? 네가 아까 말한 거랑…"

"내 말대로 해! 이리로 오고 있어!" 노박이 다쿠스의 뒷무릎을 찼고, 다쿠스는 무릎이 꺾여 엎어졌다. "빨리!"

바닥에 엎드리게 된 다쿠스는 항의하려 했지만, 그때 심장이 멎을 듯한 문손잡이가 돌아가는 소리를 들었다. 다쿠스는 벤치 밑에서 벽 쪽으로 몸을 바짝 붙였다. 박스터의 잼 단지가 배낭 속에서 눌리며 조그맣게 우두둑 소리가 났다.

노박이 양가죽 덮개를 끌어내려 다쿠스를 숨긴 뒤 벤치에서 벌떡 일어났다. "메이터!"

루크레시아 커터가 휘청거리며 방으로 들어올 때 다쿠스는 그녀의 지팡이 끝과 검은색 긴 벨벳 치마의 치맛단을 보았다.

"지금 뭐하고 있는 거니?"

꽥꽥거리는 소리가 들리더니 노박의 발이 바닥에서 들려서 허공에 대롱대롱 매달려 있는 것이 보였다.

"죄송해요, 전..." 노박이 숨 막힌 목소리로 말했다.

다쿠스는 공포로 가슴이 철렁했다. 루크레시아 커터는 충격적일 만큼 힘이 셌다.

"네가 2층에 있는 내 방에 들어오는 건 금지되어 있을 텐데."

"저 어릿광대들을 구경하고 싶었어요." 노박이 귀에 거슬리는 소리로 말했다.

루크레시아 커터는 딸을 놓아주었고, 노박은 바닥에 쓰러졌다. 노박은 헐떡이며 기침을 하고 캑캑거렸다.

"규칙을 어긴 것에 대한 벌은 알고 있겠지."

노박이 눈을 내리깔고 고개를 끄덕였다. "감방이요." 그녀가 겁먹은 얼굴로 입술을 깨물며 속삭였다. "하지만 제발 벌레들과 함께 가두지는 말아 주세요. 저는 그냥 광대들을 보고 싶었을 뿐이에요."

루크레시아 커터가 몸을 돌려 거울을 향해 걸어갔다. "저 두 바보들을 봐." 그녀가 으르렁거리듯 말했다. "구역질 나."

"정말 보기 흉해요." 노박이 동의했다.

"저런 수준의 종족들은 지금쯤 싹 몰살됐어야 하는 건데."

"정말 딱정벌레 때문에 그 돈을 전부 주실 거예요?" 노박이 물었다.

"말도 안 되는 소리."

"하지만 조금 전에 그렇게 말..." 노박이 목소리가 점점 작아지더니 인상을 찌푸렸다.

"계약서에 서명하게 하셨잖아요."

"유언장은 훈련받지 않은 눈으로 보면 꼭 계약서처럼 보이지." 루크레시아 커터가 나지막이 웃었다.

"어째서 유언장에 서명하게 만든 거예요?"

"네가 상관할 일이 아니야!"

노박이 입을 다물고 바닥에 시선을 고정시켰다.

"그것들은 내 딱정벌레들이야. 애초에 내가 만들었고, 꼭 되찾고 말 거야." 루크레시아 커터가 낮게 내뱉었다. "어떻게 내 실험실에서 탈출했는지 모르지만, 저 두 얼간이가 그 딱정벌레들에게 어떤 능력이 있는지 알게 되면 모든 걸 망칠 수 있어. 그런 일이 생기도록 내버려둘 수는 없지. 난 아직 준비가 안 됐어." 그녀는 답답한 듯 지팡이를 바닥에 쿵쿵 찧었다. "누구도 내 앞을 막지 못하게 할 거야. 저들도, 그도, 누구도!"

"그요?" 노박이 벤치 밑에 있는 다쿠스와 눈을 맞추며 물었다. "누구 말씀이세요?"

루크레시아 커터가 홱 돌아서 지팡이의 은빛 손잡이로 딸의 머리를 후려쳤다. 노박이 마치 봉제 인형처럼 뒤로 '쿵' 하고 넘어지는 모습에, 다쿠스는 소리치지 않으려고 안간힘을 썼다. "건방지게 군 대가로, 넌 감방에서 이틀 밤 동안 보내게 될 거야. 벌레와 함께."

그녀가 몸을 돌려 문을 향해 성큼성큼 걸어갔다. 그 순간 치맛자락이 휘돌아 올라가면서, 다쿠스는 발목과 구두가 있어야 할 자리에

225

서 크고 검은 갈고리발톱을 보았다. 그리고 충격에 빠져 뒤로 물러나다가 그만 벽에 머리를 박고 말았다.

루크레시아 커터가 문간에서 멈춰 섰다.

다쿠스는 눈을 감고 숨을 참았다.

한동안 쥐 죽은 듯 조용하더니, 그녀가 방에서 나가고 문이 닫혔다.

다쿠스는 아무 소리도 나지 않을 때까지 기다린 다음 배를 바닥에 대고 납작 엎드려 벤치 밑에서 꿈틀꿈틀 기어 나왔다. 노박은 눈을 감고 있었고, 움직이지 않았다.

"노박?" 다쿠스가 속삭였다. "너 괜찮니?" 다쿠스는 노박의 팔을 만졌지만 반응이 없었다. 피가 차갑게 식는 느낌이었다. "제발, 노박. 깨어나." 노박의 머리를 쓰다듬으며 말했다. "제발."

그때 신음 소리와 함께 노박이 눈을 깜빡거리며 떴다.

다쿠스는 안도의 한숨을 쉬었다. "괜찮은 거야?"

노박은 눈을 깜빡이며 다쿠스를 올려다보았다. "보지 마." 그녀는 두 손으로 얼굴을 감쌌다. 눈 밑에 자주색 멍이 퍼지고 있었다.

"병원에 가야 해."

"내 꼴이 너무 흉해." 노박이 흐느껴 울었다.

"넌 정말 용감했어." 다쿠스가 그녀의 옆에 무릎을 꿇었다. "네 엄마는 무척 화가 났었는데."

"널 발견했다면 더 화가 났을 거야." 노박이 속삭였다.

다쿠스가 고개를 저으며 말했다. "내가 오는 게 아니었는데." 갑자기 검은 발톱의 모습이 뇌리를 스치며 그를 두려움으로 가득 채웠다.

노박이 그의 손을 잡고 희미한 미소를 지어 보였다. "네가 와서 기뻐."

"우리 여기서 빠져나가야 할 것 같아." 다쿠스가 말했다. "일어날 수 있겠니?"

노박이 힘없이 고개를 끄덕였다.

"팔을 내 어깨에 둘러."

노박이 두 팔을 다쿠스에 목에 감쌌고, 다쿠스는 노박을 일으켜 세웠다. 그들이 문을 향해 돌아선 순간, 소름 끼치는 딸깍 소리와 함께 문이 쓱 열렸다.

제 **14** 장

바닷새의 울음

루 크레시아 커터가 마치 저승사자처럼 문간에 꼼짝도 하지 않고 서 있었다.

노박은 다쿠스를 꽉 붙들고 비명을 질렀다. "제가 다 설명할게요." 그녀가 정신없이 지껄였다. "저는 연기 연습을 하려고 애가 날 사랑하게 만들고 있었어요. 그런데 애가 집을 보고 싶어 해서, 거울을 보여주면 관심을 끌 수 있을 거라고 생각했어요. 메이터가 일하고 계신 줄 모르고 그만..."

루크레시아 커터는 딸의 말을 듣고 있지 않았다. 그녀는 다쿠스를 노려보았다.

"지금 당장 내보낼게요. 그럴까요?" 노박의 목소리는 한껏 높아지고 커졌다.

루크레시아 커터가 마침내 입을 열었다. "아니."

노박이 겁에 질려 꺽꺽 숨넘어가는 소리를 냈다.

다쿠스는 마치 굶주린 매의 눈에 갇혀버린 한 마리 토끼가 된 느낌이었다. 그저 땅만 쳐다보았다.

"우리 전에 본 적이 있지? 안 그래?"

다쿠스는 눈을 바닥에 계속 고정한 채 고개를 저었다.

"이름이 뭐지?"

"대니얼 도위입니다." 다쿠스가 웅얼거렸다.

노박이 다쿠스를 쳐다보더니 고개를 돌렸다.

루크레시아 커터가 고개를 좌우로 한 번씩 갸우뚱했다. "내게 선물을 가져왔구나, 대니얼. 친절하기도 하지."

다쿠스는 혼란스러워 눈을 들었고, 그녀는 기이할 만큼 입꼬리를 양옆으로 크게 벌리고 그에게 미소를 지었다. 다쿠스는 가슴 속에서 심장이 너무 격렬하게 날뛰어서 그녀에게 그 소리가 들릴 것만 같았다.

"선물이요? 없는데요, 전..."

"이런, 그렇지가 않잖아. 봐라." 그녀가 한쪽 지팡이 끝을 들어올려 어딘가를 가리켰다. "네가 나를 위해 코카서스장수풍뎅이를 가져왔잖니."

다쿠스는 지팡이 끝이 가리키는 곳을 따라 시선을 옮겼다. 그런데 아뿔싸, 박스터가 자신의 어깨에 보란 듯이 서 있었다. 깨진 잼병에서 기어 나와 배낭 위쪽으로 나온 모양이었다. 다쿠스는 루크레시아 커터에게 눈을 고정시킨 채 가만히 있었다.

다쿠스는 주먹을 움켜쥐고 다짐했다. 절대 이 여자가 박스터 근처에 얼씬거리게 놔두지 않으리라.

노박이 갑자기 엄마에게 기습적으로 달려들어 그녀를 문밖으로 밀어냈다. "도망쳐! 어서!" 그녀가 소리치며 엄마의 치마를 양손으로 감쌌고, 두 사람은 서로 엉켜서 함께 바닥에 쓰러졌다.

다쿠스는 문밖으로 튀어나왔고 박스터는 공중으로 뛰어올랐다가 다시 그의 어깨로 날아왔다. 다쿠스는 곁눈으로 루크레시아 커터의 치마에서 두 개의 까만 갈고리발톱이 버둥거리는 모습을 보았다.

다쿠스는 아직 승강기가 그 층에 있기를 기도하며 복도를 따라 뛰어 내려갔다.

그때 충격적인 쉬익 소리가 등 뒤에서 터져 나왔다. 그것은 박스터가 로비와 붕어빵들을 쫓아낼 때 냈던 소리와 비슷했지만, 크기가 훨씬 더 컸다.

다행히 승강기는 거기 있었다. 노박이 문을 열어두고 내린 것이다. 다쿠스는 몸을 던지다시피 승강기 안으로 뛰어들어 정신없이 버튼을 두드렸다.

그런데 아무 반응이 없었다.

문. 문을 닫아야 했다.

그녀가 오고 있었다.

루크레시아 커터는 믿을 수 없을 만큼 컸다. 그녀가 두 팔을 활짝 벌리고 흑단 지팡이로 다쿠스를 가리키며 무서운 속도로 뛰어올 때 천장에 머리가 스쳤다. 다쿠스는 공포로 얼어붙었다.

귀가 찢어질 것 같은 날카로운 소리가 나더니, 승강기 뒷벽에서 튀어 오른 나무 파편들이 그의 목 뒤로 날아들었다. 다쿠스가 그 충격으로 앞으로 휘청거렸다. 그녀가 다쿠스를 쏜 것이다.

박스터가 화난 듯 빙글빙글 돌더니 승강기 밖으로 튀어나가 그녀를 향해 돌진했다.

루크레시아 커터는 지팡이 하나를 박스터에게 휘두르는 동시에 다른 하나를 머리 위에서 돌렸다.

"아아악!" 박스터가 날카로운 발톱 여섯 개를 모두 동원하여 그녀의 목을 긁고 다니자 그녀는 분노하며 날카롭게 비명을 질렀다. 그녀가 피가 흐르는 긁힌 상처를 덮기 위해 왼손을 들어 올리고 오른손으로 박스터를 잡아채려다가 지팡이가 바닥에 떨어졌다. "네 외골격을 계란 껍데기처럼 산산이 부숴 버릴 거야!" 그녀가 이리저리 허우적거리며 악을 썼다.

박스터는 요리조리 피하며 뿔을 아래로 향한 채 크게 쉬익 소리를 내며 반복해서 그녀의 얼굴로 날아갔다.

다쿠스는 격자무늬 놋쇠 문을 붙들고 두들겼고, 그러자 문이 닫혔다.

"박스터!" 그가 소리쳤다.

승강기 문이 닫히기 시작했다.

"박스터!" 다시 한 번 소리쳤다.

박스터가 한 바퀴 빙 돌아 승강기를 향해 다시 날아오는 순간, 문이 닫히며 승강기가 휘청하더니 아래로 내려갔다.

승강기가 멈추고 문이 다시 열렸을 때, 다쿠스는 문을 옆으로 밀고 무릎을 꿇었다. 들리는 것은 자신의 숨소리와 심장 소리뿐이었다. 토할 것만 같았다.

노박은 어떻게 됐을까?

그리고 그 소름 끼치는 쉬익 소리에 대해 생각했다. 박스터는 여전히 위에 있었다. 그 괴물 같은 여자와 함께. 다쿠스는 몸을 떨었다. 그녀는 뭔지 모르지만, 아무튼 인간은 아니었다.

승강기가 내려왔으니, 밖으로 나가는 통로는 두어 층 위라는 얘기였다. 다쿠스는 여전히 손과 발로 기어서 승강기에서 복도로 나왔다. 복도는 그 어떤 장식도 군더더기도 없이 실용적인 회색이었고, 바닥은 어두웠으며 벽에 그보다 조금 밝은 그림자가 졌다. 머리 위로 기다란 형광등이 달려있었다.

계속 움직여야 했다.

그녀는 지팡이로 자신을 쏘았다! 어떻게 그럴 수가 있었을까?

다쿠스는 몸을 부르르 떨었다. 그리고 맥스 삼촌의 말을 떠올리며 나지막이 속삭였다. "용기와 결단력."

어디선가 덜커덩 소리가 희미하게 들려왔다. 어디서 나는 소리인지 보려고 애쓰는데, 맥박이 빠르게 뛰고 목과 관자놀이가 욱신거렸다. 머리 위에서 쿵쿵 소리가 났다. 고개를 들어보니 박스터가 승강기 천장과 문틀 사이의 틈새를 통해 기어 나오고 있었다.

"박스터!" 갑자기 따뜻한 안도감이 전신에 퍼지며 다리에도 일어날 힘이 생겼다. 다쿠스가 손을 들어 올리자, 박스터는 그 손에 앉았다. 다쿠스는 박스터를 가슴으로 가져가서 어깨를 앞으로 구부리며 속삭였다. 박스터는 뒷발로 서서 앞발을 다쿠스의 가슴에 댔다. 포옹에 답하는 것이었다.

"여기서 나가야 해." 다쿠스가 박스터를 원래의 자리인 어깨에 올리며 속삭였다. 루크레시아 커터가 승강기를 사용할 수 없도록 문을 열어두고, 복도로 걸어 내려갔다. 복도 양쪽으로 간간이 작은 정사각형 셔터가 달린, 번호가 붙은 회색 문이 나왔다. 몇 차례 열어보려 했지만, 모든 문이 잠겨 있었다. 이곳이 노박이 말한 감방일 거라고 짐작했다.

계단을 찾아 1층으로 나가야 했다. 어쩌면 창문을 통해 나갈 수도 있으리라.

모퉁이를 돌아보니 복도가 계속 이어졌다. 오른쪽에 흰색 문이 보였다. 한번 시도해보니 이번에는 문이 열렸다. 다쿠스는 조심스럽게 안을 들여다보았다. 은은한 녹색 빛을 발하는 벽이 두 개의 직사각형으로 나뉘어 있는 것이 보였다. 다쿠스는 더듬더듬 조명 스위치를 찾았고 몇 번 깜빡이며 형광등이 켜졌다. 좀 전에 녹색 벽으로 보였던 것은 벽면을 가득히 메운 수조와 수족관들이었고, 양쪽 모두에 다양한 종류의 딱정벌레들이 바글거렸다.

"박스터, 이거 봐!" 다쿠스는 앞으로 나갔고, 곧 다양한 종들을 단번에 알아봤다. 거저리며 다윈사슴벌레며 턱이 다리만큼 길어서 마치 갑옷 입은 거미처럼 보이는 희귀한 밤색 사슴벌레... 그리고 수족관 벽 한가운데, 노란 무당벌레들이 가득한 수조가 보였다. 크기가 2펜스짜리 동전만 한...

그러니까 박물관에 있던 무당벌레는 루크레시아 커터의 것이었다.

갑작스러운 불빛에 딱정벌레들이 놀랐는지 마구 휘돌며 이런 교란을 일으킨 장본인이 누구인지 보려고 잔뜩 흥분한 채로 수조 벽으로 달려와서 발톱으로 긁어댔다. 다윈사슴벌레는 다쿠스를 공격하려는 것처럼 가지처럼 뻗은 뿔을 열심히 유리에 박았고, 악의적으로 보이는 수조 한가득 거대한 길앞잡이들이 끼익끼익 유리를 긁고 마치 이를 가는 것처럼 위협적으로 위턱과 아래턱을 비벼댔다.

다쿠스는 공격적인 딱정벌레들이 자신을 공격하려는 광적인 욕망에 사로잡혀 '감옥' 벽에 몸을 던지고 서로를 타고 넘으면서 수조에서 내는 쉬익 소리와 찌르르 소리의 엄청난 불협화음에 충격을 받았다. 이 딱정벌레들은 '산'에 있던 것들과는 전혀 달랐다. 넬슨 퍼레이드에 있는 그의 딱정벌레는 평화롭고 조용했다.

다쿠스는 한 걸음 앞으로 걸어가 곤충들을 진정시키려 했지만, 박스터가 그의 어깨에서 날아올라 다리로 스웨터를 잡아당겼다.

수많은 거대한 턱들이 동시에 유리를 두드리자, 다윈사슴벌레가 있는 수조가 살짝 앞으로 움직이더니, 또 다른 수조도 움직였다. 만일 수조가 선반에서 떨어진다면 유리가 깨질 테고 딱정벌레들이 탈출할 것이다.

다쿠스는 문득 박스터가 쉬익 소리로 응하지도, 공격할 준비를 하고 있지도 않다는 것을 깨달았다. 박스터는 어서 달아나라고 말하는 것이었다.

다윈사슴벌레가 든 수조가 또 한 번 앞으로 움직였다.

다쿠스는 뒤돌아서 문밖으로 나와 복도로 돌아갔다.

멀리서 들리는 바닷새의 울음처럼 섬뜩한 울부짖음이 복도에 울려 퍼졌다. 다쿠스는 뒷목에서 털이 주뼛주뼛 솟고, 몸을 부르르 떨었다. 그러나 돌아갈 수는 없었다. 그래서 깊이 심호흡을 하고 소리의 진원지를 향해 걸어갔다. 그 소리를 내는 것을 마주치기 전에 계단을 발견하기를 간절하게 바라면서.

그러나 가까이 갈수록 구슬픈 울부짖음은 그의 가슴에서 하프의 현처럼 진동했다. 눈에서 눈물이 솟았다. 다쿠스는 뛰기 시작했다. 그것은 남자의 울음소리였고, 다쿠스의 온몸 세포 하나하나가 그 울음소리가 누구의 것인지 알아들었다.

"아빠!" 다쿠스가 소리쳤다.

울음소리가 멈추었다.

"아빠?"

"다쿠스?" 바로 앞 어딘가에서 깜짝 놀란 목소리가 대답했다.

고문과도 같은 6주 동안 그토록 갈망해온 목소리였다. 그 목소리를 듣는 꿈을 꾸곤 했다. 그런데 지금 정말로 그 목소리가 들렸고, 그 한 마디가 다쿠스의 영혼에 불을 지폈다.

"아빠!" 다쿠스가 소리치며 부르며 더 빨리 뛰어갔다.

그런데 갑자기 왼쪽에서 문이 열리더니 두 팔이 나와서 다쿠스를 잡았다. 한 손은 다쿠스의 입을 막고 한 손은 허리를 휘감아 바닥에서 들어 올렸다. 소리치며 발길질을 해봤지만, 그 손아귀를 벗어날 만큼 강하지 못했다. 다쿠스는 와인 저장실로 질질 끌려갔다.

"나하고 싸울 생각은 말아라, 꼬마야. 네가 죽기 전에 널 여기서 내보내야 하니까."

다쿠스는 갑자기 몸에서 힘이 빠졌다. 불어 악센트를 알 것 같았다. 그것은 집사였다.

제라르는 다쿠스를 놓아주었고, 다쿠스는 뒷걸음질 쳤다. "안 돼요! 난 가지 않아요. 아빠가 여기 있어요. 난..."

그때 갑자기 뭔가가 뒤통수를 후려치는 것이 느껴졌다. 목이 뜨겁게 달아올랐고 모든 것이 빙빙 돌았다.

"용서하렴." 집사의 목소리가 들리더니 눈앞의 세상이 희미해졌다. "마담이 오시는데, 널 찾게 놔둘 순 없어."

다쿠스는 얼굴에 뭔가 차가운 것을 뿌리는 것을 느꼈다. 눈을 깜빡이며 떴다. 머리가 욱신거렸다.

"잘 들어라, 얘야." 집사의 목소리가 들렸다. "일어나야 해. 지금 넌 하인들이 출입하는 타워링 하이츠 옆문 밖에 있다."

다쿠스는 혼란스러워하며 팔꿈치로 바닥을 짚고 몸을 일으켰다.

"이제 달아나야 해. 내 말 들리니? 널 두 번은 못 도와준다."

다쿠스가 미처 뭐라고 대답할 틈도 없이, 집사는 문을 닫아버렸고, 곧 자물쇠 잠기는 소리가 났다.

"안 돼!" 다쿠스는 일어나서 주먹으로 문을 두들겼다. "안 돼! 아빠!" 그러다 아픈 머리를 감싸 안고 풀썩 주저앉아 흐느꼈다. "아빠."

목에서 간질간질한 감각이 느껴졌다. 박스터가 스웨터 안에 숨어서 내려왔다가 밖으로 기어 나오는 중이었다. 다쿠스는 손을 올려 그 딱정벌레를 집어서 얼굴 앞으로 가져왔다.

"아빠가 저기 있어, 박스터. 도대체 어떻게 해야 할지 모르겠어."

박스터는 뒷다리로 일어나 뿔 옆면으로 다쿠스의 볼을 살짝 밀었다.

"쉿!"

다쿠스는 얼어붙었다.

"쉿, 여기야." 속삭이는 소리가 났다.

다쿠스가 고개를 돌려보니 아까 현관문 옆에서 본 것과 똑같은 빨간 나리꽃 화분이 나란히 늘어선 곳에 숨어있는 버지니아가 보였다.

"나야!" 버지니아가 걱정스러운 얼굴을 하고 입 모양으로 속삭였다. "괜찮아?"

다쿠스가 갑자기 따스한 온기가 밀려오는 것을 느끼며 말없이 고개를 끄덕였다. 친구를 보는 것이 이렇게 반가운 적이 없었다.

"우리가 오는 걸 반대했지만, 그래도 그냥 왔어. 그런데 그 집사가 마치 죽은 것처럼 보이는 널 바닥에 눕히는 걸 봤고, 마침 배달차가 와서 대문이 열렸어. 그래서 내가 확인하러 올 수밖에 없었어. 네가 어떤지..."

"죽진 않았어." 다쿠스가 손대면 아픈 뒤통수의 혹을 만지며 말했다. "그건 확실해."

버지니아가 종종걸음으로 다가왔다. "다행이야. 어서 여기서 나가자. 걸을 수 있겠니?"

"그 여자 손에 있어." 다쿠스가 불쑥 말했다.

"뭐?"

"아빠 말이야. 아빠가 그 여자에게 잡혀 있어." 다쿠스의 어깨가 떨리기 시작했고, 눈에서 뜨거운 눈물이 흘러내리는 것을 막을 수 없었다. "아빠가 그 여자에게 잡혀 있어."

"다쿠스." 버지니아가 고개를 저었다. "정신 똑바로 차리고, 내 말 잘 들어. 아빠를 생각해서라도 넌 강해져야 해. 그리고 나를 생각해서라도 네가 강해져야 해. 자, 제발. 정작 네가 잡혀버리면 아빠를 구할 수 없잖아." 버지니아가 다쿠스를 일으켜 세웠다. "지금은 나를 따라와."

그들은 건물 모퉁이에 이르렀다. 대문은 아직 열려 있었고, 20미터도 되지 않는 거리였다. 버지니아가 아무도 없는지 확인하기 위해 주변을 살폈다.

"좋아, 셋 하면 뛰는 거다." 버지니아가 속삭였다. "하나, 둘 — " 그러다 갑자기 숫자를 세다 말고 다쿠스를 벽으로 밀쳤다.

"나가욧!" 루크레시아 커터가 날카롭게 소리를 질렀고, 피커링과 험프리는 비틀비틀 뒷걸음질 치며 타워링 하이츠에서 나왔다.

"우린 딱정벌레를 가져오지 않았어요!" 피커링이 하소연했다.

"우린 아는 애들 따윈 없다고요!" 험프리가 고함쳤다.

루크레시아 커터가 지팡이로 물컹한 험프리의 가슴을 쿡 찔렀다. "일단 내일 내 딱정벌레들을 가지러 가겠어요."

"내일이요?" 피커링이 눈을 깜빡였다. "하지만 내 생각엔..."

"내일이에요!"

문이 쾅 닫혔다.

영문을 모르는 두 사촌은 서로를 빤히 쳐다보다가 옥신각신하며 비틀비틀 대문을 걸어 나왔다.

"세엣!" 버지니아가 닫히고 있는 대문을 향해 전력 질주했고, 다쿠스도 따라 뛰었다. 문이 철커덩 소리와 함께 닫히기 바로 직전에 그들은 쏜살같이 문을 통과했다.

제 15 장

하수구 전술

다쿠스는 발바닥으로 포장된 길을 쿵쿵 찧으며 힘차게 달렸다. 박스터는 바로 옆에서 날았다.

버지니아는 긴 다리로 쉽게 다쿠스와 속도를 맞출 수 있었지만, 결국에는 소리치고 말았다. "좀 천천히 가!"

"경찰에 신고해야 해." 다쿠스가 헐떡이며 말했다. "아빠가 그 여자에게 잡혀 있어."

"다쿠스, 그만 서!" 버지니아가 멈춰 서며 명령했다.

다쿠스는 몇 걸음 더 달린 다음 엎드려서 숨을 골랐다.

"베르톨트를 두고 갈 순 없잖아." 버지니아가 덧붙였다.

"뭐라고?"

"베르톨트가 파란색 밴 뒤에 숨어 있었어. 저거 봐. 지금 우릴 따라잡으려 애쓰고 있잖아."

"시간이 없어. 우린 지금 ― "

"우리가 지금 해야 할 건 쓸데없이 미친 짓을 하기 전에 먼저 잘 생각해보는 거야. 경찰이 우릴 도와줄 거라고 어떻게 확신하니? 지금까지 그러지 않았잖아."

"하지만 아빠가 그 여자 감방에 잡혀 있어!" 다쿠스가 성내며 말했다. "어서 아빠를 거기서 구해내야 해!"

"너한테 피가 나." 버지니아가 상체를 숙여 그의 뒷목을 보았다. "뒷목이 피투성이라고."

"상관없어." 다쿠스는 박스터가 아직 머리 위에서 날고 있는지 확인했다. "난 괜찮아. 우린 아빠를 구출해야 해."

"다쿠스 네 목에 커다란 나무 조각 같은 게 박혀있어." 버지니아가 한 손을 다쿠스의 어깨에 얹고, 경고도 없이 날카로운 나무 파편을 뽑았다.

"아악!" 다쿠스가 비명을 질렀고 목에서 피가 철철 나기 시작했다.

"너 다쳤잖아!" 마침내 그들을 따라잡은 베르톨트가 씩씩거리며 다쿠스 옆에 주저앉아 말했다.

"승강기에서 나온 나뭇조각인가 봐." 다쿠스가 손을 목에 대며 말했다. "루크레시아 커터가 뭔가를 내게 쐈어. 결국 나를 맞추지는 못했지만, 내 뒤의 나무가 박살났거든."

"널 쐈다고?" 베르톨트가 아연실색해서 말했고, 그때 뉴턴이 그의 머리에서 날아올라 성난 듯 날갯짓을 했다.

"그 여자한테 총은 없었어." 다쿠스가 타워링 하이츠에서 벌어진 일에 대해 생각했다. "그 여잔 나를 향해 지팡이를 겨눴어."

"정말이니?" 버지니아가 물었다.

다쿠스는 손에 묻은 피를 보았다. "그 여자는 괴물이야. 그런데 그 여자가 아빠를 지하 감옥에 가뒀어."

다쿠스는 그간 있었던 일들을 세세하게 얘기했다. 서재와 노박에 대한 얘기며 노박이 비밀 통로를 통해 이중 거울로 데려간 얘기, 루크레시아의 책상 위에서 아빠 사진을 본 얘기, 그들이 들켰을 때 노박이 얼마나 용감하게 행동했으며 어떻게 자신의 탈출을 도왔는지, 그리고 자신이 어떻게 노란 무당벌레와 성난 곤충들이 있는 방을 발견했으며 어떻게 아버지의 목소리를 들었는지에 대한 얘기까지.

"아빠를 봤니?" 얘기를 듣고 베르톨트는 무척 속상한 것처럼 보였다.

"보지는 못했어." 다쿠스가 조용히 말했다. "하지만 목소리를 들었어. 내가 아빠를 불렀고, 아빠도 내 목소리를 들었어." 다쿠스가 침을 꿀꺽 삼켰다. "아빠가 내 이름을 불렀는데, 그때 그 고약한 집사가 나를 끌고 가서 머리를 후려쳤어."

"그 고약한 집사가 네 목숨을 구해준 건지도 몰라." 버지니아가 지적했다.

"딱정벌레들은 어떻게 된 거야?" 베르톨트가 물었다. "왜 그 여자가 딱정벌레를 노리는 거지?"

"그건 아직 모르겠어." 다쿠스가 시인했다. "그 여자가 그 딱정벌레들은 자기 것이라며 되찾아올 거라고 말하긴 했어. 그 여자는 옆집 남자들이 그 얘길 비밀로 하길 원해. 아직 준비가 안 됐다고 했어. 하지만 그게 무슨 뜻인지 모르겠어. 그리고 그 여자는 누구든 자신을 막지 못하게 할 거라고 했어..." 다쿠스가 잠시 말을 멈췄다. "무슨 일이 벌어지고 있는 건지 모르지만, 내 생각엔 아빠가 뭔지 몰라도 루크레시아 커터가 꾸미고 있는 일을 막으려 한 것 같아."

"하지만 우린 적어도 그 여자가 내일 아침 딱정벌레를 가지러 올 거라는 건 알잖아." 버지니아가 덧붙였다.

"내일?!" 베르톨트는 숨이 거의 막힐 지경이었다. "시간이 없잖아!"

버지니아가 고개를 끄덕였다. "알아."

"상황이 안 좋은걸." 그가 눈을 껌뻑였다. "아주 안 좋아."

"뭔가 더 있어." 휘돌아 올라가는 치맛자락과 톱니 모양 발톱의 소름 끼치는 모습이 순간적으로 다쿠스의 뇌리에 스쳤다. 몸이 부르르 떨렸다.

"루크레시아 커터가..." 다쿠스는 자신이 본 것을 어떻게 말로 표현해야 할지 몰라 말을 멈칫했다. "노박을 때리고 돌아서 나갈 때, 치마가 조금 들렸는데... 거기서 내가 본 게... 음, 갈고리발톱 같은 게 있었어."

"갈고리발톱?" 베르톨트는 혼란스러워 보였다.

"치마에 달린 게 아닐까?" 버지니아가 물었다.

"아니, 내 말은, 그 여자는 마치 박스터처럼 커다란 갈고리발톱이 있었어. 발이 있어야 할 자리에 말이야. 그러니까, 그 발톱이 한쪽 다리를 대신하는 것처럼 그 여자가 그 위에 서 있었어. 마치 크기만 인간의 것처럼 큰 딱정벌레의 다리를 가진 것처럼 보였어." 다쿠스는 자신이 무슨 말을 하고 있는지, 그리고 그것이 얼마나 미친 소리로 들릴지 알고 있었다.

"확실해?" 버지니아가 물었다.

"그래, 확실해."

"네가 너무 겁을 집어먹은 나머지, 네 마음이 착각을 일으킨 게 아닐까?"

"어쩌면 그건 장화였는지도 몰라." 베르톨트가 추측했다. "이색 디자인 부츠."

다쿠스가 고개를 저었다. "내가 본 게 뭔지는 내가 알아." 그리고 타워링 하이츠를 돌아보며 다시 한 번 말했다. "그 여자는 괴물이야."

베르톨트는 버지니아를 보았다. "이제 우린 어떻게 하지?"

"다쿠스, 오늘 밤 딱정벌레를 옮겨야겠어." 버지니아가 말했다. "안 그러면 내일 전부 죽을 테니까."

"난... 난..." 자신의 이름을 부르던 아버지의 목소리가 다쿠스의 귓전에 울렸다. "아빠를 거기서 빼내야 해."

"딱정벌레를 옮긴다는 건 컵들을 옮기는 걸 의미해." 베르톨트가 말했다. "딱정벌레 알과 유충과 새끼들이 그 안에 있잖아. 컵을 두고 떠나지 않을 거야." 베르톨트의 얼굴을 보니 그 임무를 얼마나 불가능한 것으로 생각하는지 역력히 드러났다. "설령 하룻밤 사이에 딱정벌레 산을 옮길 수 있다 쳐도, 그걸 어디에다 둘 거야?"

다쿠스는 온몸에서 기운이 모조리 빠져나가는 것을 느꼈다. 피와 땀 때문에 티셔츠가 등판에 착 달라붙어 있었다. 힘이 하나도 없고 손이 떨렸다.

"어떻게 해야 할지 모르겠어." 다쿠스가 두 손으로 얼굴을 감싸며 인정했다.

박스터가 그 손끝에 내려앉아 뿔 옆면을 다쿠스의 이마에 대고 비볐다.

베르톨트가 다쿠스의 어깨를 토닥였다. "좋아. 그래도 오늘 아침보다는 상황이 낫잖아."

"뭐가?"

"음, 오늘 아침엔 네 아빠가 어디에 있는지 몰랐고, 그 여자가 딱정벌레를 언제 공격할지도 몰랐잖아."

"맞아." 버지니아가 고개를 끄덕였다. "그러니까 우리가 지금 얼마나 배부른 소리를 하고 있는 건지 알겠지?"

베르톨트가 버지니아에게 인상을 썼다. "중요한 건 네 아빠가 살아 계시다는 거야." 그가 버지니아에게 뭔가 좋은 얘기를 해보라고 몸짓을 했다.

버지니아는 뭐라고 할지 모르겠다는 동작으로 답했다.

"우린 계획이 필요해." 다쿠스는 손으로 관자놀이를 두드리며 생각에 잠겼다.

"네 삼촌이 아빠 문제를 어떻게 할지 알고 계실 거야. 우린 삼촌을 찾으러 가야 해." 버지니아가 말했다. "하지만 딱정벌레는... 걔들의 운명은 우리에게 달려 있어. 우리가 구해야 해. 우린 맹세를 했잖아."

다쿠스는 이제 손바닥 위에 있는 박스터를 내려다보았다.

"루크레시아 커터가 걔들이 자기 거라고 말했다면, 아마 특수 곤충 거래상을 통해 샀을 텐데." 베르톨트가 혼잣말을 했다.

"하지만 그랬다면 죽어서 핀이 꽂힌 채 도착했을 거야." 버지니아가 말했다. "진짜 물어야 할 건 어째서 그 여자가 걔들을 비밀로 하고 싶어 하느냐는 거야."

다쿠스가 고개를 끄덕였다. "내 생각엔 그 이유가 바로 그 여자가 걔들을 원하는 이유일 거야. 그 여자가 비밀로 하고 싶은 건 그 딱정벌레들의 능력이야."

"아직 준비가 안 되었기 때문이라니..." 버지니아가 턱을 쓰다듬으며 말했다. "미친 소리로 들리겠지만, 만일 그 딱정벌레들이 그 여자 거라면... 그 여자가 초능력을 가진 딱정벌레를 만드는 게 가능할까? 거기서 성난 딱정벌레가 가득한 방이랑 실험실을 봤다며?"

"하지만 도대체 어떻게 초능력 딱정벌레를 만들 수 있니?" 베르톨트가 콧방귀를 뀌었다.

다쿠스는 눈을 깜빡이며 박스터를 내려다보았다. 루크레시아 커터의 하얀 방에 있던 사람과 딱정벌레와 이중나선 구조의 조각상들이 생각났다. 맥스 삼촌이 말했던 뭔가가 떠올랐다. "그 여자는 DNA로 실험을 하고 있어."

"DNA?" 버지니아가 인상을 찌푸렸다.

"모든 생명체를 구성하는 유전자 코드지." 베르톨트가 설명했다.

"DNA가 뭔지는 나도 알아!" 버지니아가 되받아쳤다.

"맥스 삼촌이 루크레시아 커터를 알았을 때, 그 여자는 유전학자였다고 했어."

베르톨트는 뉴턴이 내려앉도록 손을 내밀었다. 그리고 손을 둥글게 말아 빛나는 몸을 덮어 랜턴처럼 만들었다. "넌 우리 딱정벌레들이 그 여자 실험실을 탈출할 만큼 영리할 거라고 생각하니?"

"모르겠어." 다쿠스가 어깨를 으쓱했다. "어쩌면. 하지만 루크레시아 커터는 어째서 초능력 딱정벌레를 만들고 싶어 하는 걸까?"

베르톨트가 답을 짐작할 수 없다는 듯 고개를 저었다.

"알게 뭐야. 그 여자는 네 아빠를 감금하고 있고, 만일 네 아빠가 그 여자가 꾸미는 일을 막으려는 거라면, 그 여자의 계획을 저지하기 위해 우리가 할 수 있는 모든 일은 다 할만한 가치가 있는 일일 거야. 안 그래?" 버지니아가 논리적으로 말했다. "그 여자가 하는 일을 사사건건 막아보자."

"그거야!" 다쿠스가 뭔가 좋은 생각이 떠오른 듯 눈을 반짝이며 고개를 들었다.

"어, 뭔데?" 베르톨트가 희망에 차서 미소 지었다.

"내일, 루크레시아 커터가 딱정벌레를 수거하러 올 때 ─ "그가 박스터를 들고 있는 손을 올리며 말했다. "그때 아빠를 타워링 하이츠에서 구할 거야..."

"딱정벌레들을 희생시킬 셈이니?" 버지니아는 충격을 받은 모습이었다.

"아니! 물론 아니야!" 다쿠스가 벌떡 일어나 어깨를 똑바로 폈다. "우린 딱정벌레들의 능력을 이제 막 알기 시작했어." 타워링 하이츠에 있는 화난 딱정벌레들에 대해 생각하며 박스터를 눈앞으로 가져왔다. "내 생각엔 우리가 '산'에 있는 딱정벌레들에게 물러서지 말고 맞서 싸우라고 설득해야 할 것 같아. 박스터, 네 생각은 어때?"

장수풍뎅이가 뿔을 위아래로 움직여 결의를 보였고, 다쿠스는 가슴에서 저항의 전율을 느꼈다.

"좋아. 내 생각대로 된다면, 내일 루크레시아 커터가 도착할 때 딱정벌레 부대가 기다리고 있을 거야. 그리고 그건 그 여자가 절대 예상 못 한 일이겠지." 다쿠스가 어깨에 박스터를 올려놓았다. "우린 그 여자에게 자기가 원하는 것을 가질 수 없다는 걸 보여줄 거야."

버지니아가 머리를 옆으로 기울였다. "좋아, 이제야 괜찮은 얘기를 하네."

"네가 그렇게 생각하니 기뻐. 네가 딱정벌레 군대를 이끌어야 하니까."

"내가?" 버지니아는 한결 밝아 보였다. "그래, 덤빌 테면 덤벼보라고 해!"

맥스 삼촌의 집에 돌아가서, 다쿠스는 버지니아와 베르톨트를 길에 세워두고 삼촌에게 얘기하기 위해 위층으로 올라갔다. 그러나 곧 고개를 저으며 다시 내려왔다. "이상하다. 집에 아무도 없어... 라디오는 켜져 있고 부엌 창문도 열려 있는데, 아무도 없네."

"가게에 가신 게 아닐까?" 베르톨트가 추측했다.

"일단 베이스캠프에 가보자." 버지니아가 말했다. "우린 계획을 세워야 해. 망원경으로 언제 돌아오시는지 볼 수 있잖아."

다쿠스가 고개를 끄덕였다. 피커링과 험프리가 밖에 나가 있다는 걸 알기 때문에, 그들은 백화점 문을 통해 안으로 들어갔다. 그러나 버지니아가 갑자기 멈춰서는 바람에 베르톨트와 다쿠스는 그녀의 등에 부딪쳤다.

"난 천재야!" 그녀가 흥분으로 커진 눈으로 말했다. "방금 기막힌 생각이 떠올랐어. 따라와 봐."

잠시 후 그들은 화장실 밖에서 버지니아가 상점을 처음 탐험하던 날 보았던 맨홀 뚜껑을 보고 있었다.

"딱정벌레들을 도시 아래 하수구로 옮기는 건 어떨까?" 그녀가 말했다. "누구도 그런 곳에 있을 거라고는 생각하지 못할 거야."

"이걸 들어 보자." 다쿠스가 허리를 숙여 뚜껑 손잡이를 잡았다.

세 명이 무거운 금속 원판을 한쪽으로 들어 옮겼다. 하품하듯 입을 벌린 검은 구멍에서 희미한 하수구 냄새가 피어오르자, 베르톨트가 코에 주름을 잡았다.

버지니아가 주머니에서 손전등을 꺼냈다. "이거 봐! 벽에 사다리가 있어." 그녀는 손전등을 입에 물고 붙박이 철제 사다리로 발을 옮겼다. "나 내려간다."

다쿠스는 맨홀 아래로 다리를 내려뜨려 사다리 발판에 발을 디뎠다. 위에서 비추는 빛줄기가 벽돌로 쌓아 올린 수직 터널의 어렴풋한 윤곽을 보여주었다. 코를 찌르는 암모니아 악취와 하수 찌꺼기로 공기가 음습했다. 한 칸 한 칸 내려갈 때마다 낙숫물 떨어지는 소리가 들려왔고, 바닥에 다다르자 곳곳에 얕은 물웅덩이가 보였다.

"어떨 것 같니, 박스터?" 다쿠스가 사다리에서 내려오며 물었다.

박스터가 날아서 주변을 둘러보았다.

버지니아는 벌써 반대편에 있는 사람 몸 크기의 아치형 입구를 탐험하고 있었다. 다쿠스는 뛰어가서 그녀에게 합류했다.

"기다려!" 베르톨트가 사다리 위에서 걱정스러운 듯 소리쳤다. 뉴턴이 베르톨트의 머리에서 나와서 그를 위해 사다리 난간을 밝혀주었다. "고마워, 뉴턴." 베르톨트가 떨리는 손을 진정시키며 반딧불이에게 미소 지었다.

아치형 입구를 통과하니 사람 키의 다섯 배쯤 되어 보이는 거대한 터널이 나왔다. 터널 벽돌 벽에는 이끼와 석회 자국이 잔뜩 끼어 있었다. 새어 나온 물이 바닥 가운데를 따라 연두색 물줄기를 이루었다. 다쿠스는 멀리서 천둥처럼 우르릉거리며 물 떨어지는 소리를 들을 수 있었다.

"여기 좋은데." 다쿠스가 말했다.

"완벽해." 버지니아가 자랑스럽게 말했다. "가게마다 밑에 이런 공간이 있는 걸까?" 그녀는 터널 건너편에 있는 비슷한 아치형 입구를 응시하며 말했다.

"박스터도 마음에 드나 봐." 다쿠스가 자기 어깨를 떠나 터널 벽을 기어오르고 있는 박스터를 가리키며 말했다.

"딱정벌레야 약간의 하수쯤 상관 안 하겠지, 안 그래?" 버지니아가 사다리 밑의 지하실 공간을 손전등으로 비춰보았다. 베르톨트는 조심조심 발 디딜 곳을 골라가며 걸어오고 있었다. 터널 안에 하수는 없었다.

"심지어 하수를 좋아하는 딱정벌레도 있지." 다쿠스가 쇠똥구리를 생각하며 싱긋 웃었다. 그러나 지하실에는 그저 물웅덩이 몇 개만 있을 뿐 하수는 없었다. "완벽해. 딱정벌레 산이 여기 있다는 걸, 우리 말고는 아무도 모를 거야."

"역겨워." 뉴턴이 머리 위에서 고리 모양을 그리며 날 때 베르톨트가 불평했다. "악취도 지독하고!"

"그러니까 우리가 해야 할 건 딱정벌레 산을 이리로 옮겨올 방도를 생각해내는 것뿐이야." 버지니아가 말했다.

"딱정벌레들에게 맡기자." 박스터가 머그잔을 수조 벽으로 밀고 갔던 것을 떠올리며 다쿠스가 대답했다. "걔들이 몸집은 작지만 힘은 세고 숫자도 엄청 많잖아."

"딱정벌레 산을 본 사람이면 누구라도, 그게 그냥 사라질 리 없다는 걸 알 거야." 버지니아가 지적했다. "험프리와 피커링이 보지 못하게 어떻게 막지?"

"좋은 지적이야." 다쿠스가 머리를 긁적였다. "루크레시아 커터가 큰돈을 제안했어. 그런데 딱정벌레가 갑자기 사라진 걸 알면 엄청 실망할 거야."

"어쩌면," 베르톨트가 헛기침을 한 뒤 말했다. "내게 좋은 해결책이 있는 것 같아." 버지니아와 다쿠스가 베르톨트를 쳐다보았다. "저번에 책에서 봤는데, 가구를 쏠아서 톱밥으로 만들어 버리는 딱정벌레가 있다는데…"

"또 책벌레가 납셨구먼!" 버지니아가 놀렸다.

"...하룻밤 새 커다란 나무를 쓰러뜨리거나 농작물을 다 먹어치우기도 한대." 베르톨트가 이어서 말했다.

"그래서?" 다쿠스가 물었다.

"음, 우리가 이런 능력을 이용해서 이 건물을... 음... 안전하지 않게 만들 수 있지 않을까 생각하고 있었어." 그가 눈을 깜빡였다.

"얼마나 안전하지 않게?" 다쿠스가 물었다.

"험프리와 피커링이 더 이상 거기서 살지 못할 만큼 안전하지 않게 말이야."

버지니아가 휘파람을 불었다. "더 얘기해봐."

"험프리의 침실 바닥이... 음... 무너지면, 아마 머그잔이 산산조각이 나서 딱정벌레들이 흩어졌다고 생각할 거야."

다쿠스가 웃었다. "음, 거기서부터 계획을 시작하면 될 것 같은데."

제 *16* 장

쥐덫

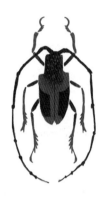

그 들은 하수구에서 기어 나와서 다시 맨홀 뚜껑을 덮고 '백화
점' 뒤쪽으로 몰래 빠져나갔다. 그들이 베이스캠프로 들어갈
때, 다쿠스는 병뚜껑을 매달아 놓은 끈 중 하나가 땡그랑거리는 것
을 보았다.

"쥐덫이야!" 뉴턴이 가족들이 있는 천장으로 날아오를 때 베르톨
트가 말했다.

버지니아가 옷장에 붙은 지도에 손가락을 대며 말했다. "담 옆에
있는 거?"

베르톨트가 고개를 끄덕였다. "어떻게 해야 하지?"

"만일 험프리나 피커링이면, 그냥 거기 있게 놔둬야지." 버지니아가 말했다. "그편이 딱정벌레 산을 옮기기에 더 수월해."

"여우일 수도 있어." 다쿠스가 베르톨트의 겁에 질린 얼굴을 보며 말했다.

"알아볼 방법은 한 가지뿐이야." 버지니아가 이렇게 말하고는, 다시 문밖으로 뛰어가서 무릎을 꿇었다.

함께 쥐덫을 향해 기어가면서 베르톨트가 속삭였다. "험프리는 가구 숲으로 들어올 수가 없어. 너무 뚱뚱하니까. 아마 피커링일 거야."

"만일 그렇다면, 피커링을 묶어서 입을 테이프로 막자." 다쿠스가 의자에 묶여 있던 때를 떠올리며 말했다. 갑자기 박스터가 어깨에서 뛰어올라 앞으로 씽 날아갔다.

"쉬이잇." 버지니아가 손가락을 입에 댔다. 낑낑거리며 욕설을 내뱉는 남자의 목소리가 들렸다.

박스터가 겉날개를 퍼덕이며 쥐덫 위에 내려앉아 기었다.

버지니아가 조용히 서랍장 위로 기어 올라가 덫 안을 내려다보았다. "맙소사!" 그녀가 손으로 자기 입을 막았다.

"누군데 그래?" 베르톨트가 속삭였다.

"여보쇼. 거기 누가 있소?"

"맥스 삼촌이야!" 다쿠스가 소리치며 버지니아 옆으로 낑낑거리며 올라갔다.

"다쿠스?" 맥스 삼촌이 그들을 보았다. "너희들이냐? 어서 날 여기서 내보내다오."

"아이고, 커틀 교수님. 정말 죄송합니다." 베르톨트가 소리쳤다.

"왜 거기 계세요?" 다쿠스가 물었다.

"널 찾으려다가 그만. 아이고! 너랑 할 얘기가 있어서... 아아악!" 그가 숨을 들이쉬었다. "빌어먹을 것들이 깨물려고 해!"

"우리가 금방 꺼내드릴게요, 커틀 교수님." 버지니아가 말했다. "이제 몸부림치지 마세요."

"몸부림치지 말라고!? 여기 이렇게 쥐들이 우글거리는데!" 맥스 삼촌이 다쿠스를 보았다. "지난번에 너희 셋이 담을 넘는 걸 보고, 아마 여기에 아지트를 만들었을지 모르겠다고 생각해서 찾아왔는데, 돌이켜 생각해보니 정말 끔찍한 생각이었어. 최소한 한 시간은 여기 이렇게 갇혀 있었을 거야!"

다쿠스는 뛰어 내려가서 베르톨트를 도와 거울 달린 판자를 옆으로 치우고 맥스 삼촌을 가두고 있는 문을 열었다.

"길들인 쥐들이에요." 베르톨트가 설명했다. "애완동물 상점에서 샀어요. 교수님 때문에 겁먹었을 거예요."

"나 때문에 쥐들이 겁먹었다고?" 맥스 삼촌이 얼굴 주변에 끈에 매달려 죽은 쥐들을 손가락으로 가리키며 말했다. "이 불쌍한 녀석들은 어떻게 된 거냐?"

"우리 아파트 단지 지하실에서 찾았어요." 베르톨트가 민망해하며 미소 지었다. "쥐약을 먹고, 이미 죽어 있었어요. 침입자에게 겁을 주려고 가져온 거예요."

"나한테 확실히 겁을 주긴 줬지." 맥스 삼촌이 씩씩거리며 덫에서 기어 나왔다. "냄새도 지독해!"

"죄송합니다, 커틀 교수님." 베르톨트가 더듬거리며 말했다. "교수님을 겨냥한 게 아닌데."

"고맙기도 하지!" 맥스 삼촌이 무릎을 꿇고 앉아 걱정하는 베르톨트에게 미소 지었다. "재미있고 좋은 덫이로구나. 뭐 이집트 무덤의 기준에는 미치지 못하지만, 그래도 제법 인상적이야." 그는 아이들의 죄책감 어린 얼굴을 쳐다봤다. "그래, 여기서 뭘 하고 있는 건지 누가 설명해주겠니? 아니면 내가 추측을 해야 할까?"

버지니아가 땅만 보고 있는 다쿠스를 쿡쿡 찔렀다.

"그런데 너, 목에서 피가 나잖니!" 맥스 삼촌이 다쿠스의 어깨를 잡았다.

"괜찮아요. 파편에 찔린 거예요." 다쿠스가 목에 난 상처를 손으로 덮으며 대답했다.

"어어, 저희 캠프에 가서 차 한잔 하시겠어요, 커틀 교수님?" 베르톨트가 정중하게 물었다. "그러면 좀 진정이 되실 거예요. 거기서 저희가 모든 걸 설명할게요."

"캠프라고?" 맥스 삼촌이 사파리 모자를 똑바로 쓰며 말했다. "그거 좋지."

그들은 터널을 기어가기 시작했고, 박스터가 앞장섰다. "이건 토끼굴이로구나!" 맥스 삼촌이 탄성을 질렀다. "고고학자들은 이런 좁은 공간에 익숙하지."

"죄송하지만, 교수님. 우린 조용히 있어야 해요." 버지니아가 속삭였다. "피커링과 험프리가 언제 돌아올지 모르거든요."

"미안하다!" 맥스 삼촌이 속삭이며 답했다. "이해한다."

그들이 모두 줄지어 베이스캠프로 들어오면서 맥스 삼촌은 천장에서 달랑거리는 크리스털 샹들리에에 비친 반딧불이들의 깜빡이는 불빛에 놀라서 휘파람을 불었다.

"제법 잘 차려놨구나." 베르톨트가 주전자를 자동차 배터리에 꽂는 것을 보며 맥스 삼촌이 말했다.

"대부분의 물건은 원래 여기 있었던 거예요." 다쿠스가 말했다.

"주전자만 빼고요." 버지니아가 덧붙였다. "이건 베르톨트 거예요."

맥스 삼촌이 경이로운 얼굴로 천장을 올려다봤다. "이 딱정벌레들은 어디서 났니?"

다쿠스는 버지니아를 쳐다볼 뿐 대답하지 않았다. 박스터가 다쿠스의 어깨에 내려앉았다.

맥스 삼촌은 옷장 뒷면에 붙은 지도를 보더니 왔다 갔다 하며 루크레시아 커터라는 이름이 있는 사진 모음을 살펴보았다. 그리고 노박의 명함 가장자리를 만졌다.

"우유나 설탕을 넣을까요?" 베르톨트가 물었다.

"블랙에 설탕 여섯 스푼. 고맙구나, 베르톨트." 맥스 삼촌이 다쿠스를 향해 고개를 돌리더니 갑자기 진지한 목소리로 말했다. "내 생각엔 네가 여기서 뭘 하고 있는지 정확히 말하는 게 좋을 것 같다. 그렇지 않니?"

다쿠스와 버지니아, 베르톨트는 서로를 쳐다봤다.

"허튼소리는 하지 말고." 맥스가 베르톨트에게 찻잔을 받아 소파에 앉았다. "난 진실을 알고 싶다."

어색한 침묵 속에 맥스 삼촌이 차를 한 모금 마셨다.

"아빠를 찾았어요." 다쿠스가 말했다.

맥스 삼촌이 입안에 있던 차를 테이블 위에 뿜었다. "뭐, 뭐라고!?" 그가 더듬거리며 말했다.

"루크레시아 커터가 아빠를 감금했어요. 자기 집 지하실 감방에요." 다쿠스가 허겁지겁 말을 이었다.

"네가 그걸 어떻게 알지?" 맥스 삼촌이 일어섰다. "맙소사! 설마 너 거기 갔었던 거니?" 그의 얼굴이 자줏빛으로 변했고, 눈이 튀어나왔다.

다쿠스는 죄스러운 얼굴로 버지니아와 베르톨트를 쳐다본 뒤, 고개를 끄덕였다.

"그 여자가 널 봤니?"

다쿠스가 혹시 맥스 삼촌이 심장마비를 일으키는 게 아닌지 걱정하며 다시 고개를 끄덕였다. "그 여자가 날 쐈지만 맞추지 못했어요. 그때 파편에 찔린 거고요."

"널 쐈다고?" 맥스 삼촌이 잠시 말을 멈추더니 다시 소파에 앉아 찻잔을 집어 들었다. "음, 다행이구나."

"네? 그게 무... 무슨..." 베르톨트가 말을 더듬었다. "뭐가 다행이라는 말씀이세요?"

"그건 그 여자가 다쿠스가 누군지 모른다는 뜻이니까." 맥스 삼촌이 설명했다. "루크레시아 커터가 다쿠스를 알아봤다면, 절대 쏘지 않았을 거야. 납치해서 바솔로뮤를 협박하는 데 이용했겠지." 맥스 삼촌은 고개를 저었다. "네가 그 고르곤의 집에 갈 정도로 멍청하다니, 믿을 수가 없구나! 하마터면 죽을 수도 있었어. 네 아빠도 그렇고."

"고르곤이 뭐니?" 버지니아가 베르톨트에게 속삭이며 물었다.

"사람들이 쳐다보면 돌로 변하게 만드는 여자 괴물이야." 베르톨트가 소곤소곤 대답했다.

다쿠스는 따귀라도 맞은 기분이었다. 타워링 하이츠에 갔을 때, 자신이나 아빠를 위험에 빠뜨릴 생각은 아니었다. 아빠가 그곳에 있는지 알지도 모르는데, 어떻게 그럴 수 있었겠는가? 그때 문득 또 한 가지 생각이 들었다.

"그럼 삼촌은 아빠가 그 여자 손에 있다는 걸 내내 아셨어요?" 다쿠스가 숨을 제대로 쉬지 못하며 말했다.

"아니! 적어도 우리가 박물관에 갔을 때까지는 아니야. 그리고 그때도 증거는 없었다." 맥스 삼촌이 고개를 저었다. "문 위에 걸린 그 여자 이름, 노란 무당벌레, 그리고 갑자기 그 여자가 나타난 것. 이런 것들은 누군가를 납치범으로 고발할 증거로 충분치 않아." 그가 한숨을 쉬었다. "난 그동안 그 여자가 네 아빠를 어디에 가뒀는지 알아내려고 작업 중이었다. 와핑에 있는 그 여자 화장품 공장에 있을 거라고 짐작했었는데." 그가 눈을 깜빡였다. "그 여자 사무실과 템스강에 늘어서 있는 창고들도 찾아봤지만, 별 소득이 없었어."

"어떻게요?" 다쿠스가 물었다. "대체 언제요?"

"사실 난 그동안 출근하지 않았어." 맥스 삼촌이 고백했다. "그리고 네가 안 믿을지 모르겠지만, 난 제법 설득력 있게 어리벙벙한 배달원 흉내를 내고 있단다." 그가 미소 지었다. "푸른 작업복 차림에 배지를 달고, 종이 박스를 든 채 건물로 들어가서 길을 잃은 척하며 이것저것 묻는 거지. 사람들이 놀라울 만큼 잘 도와준단다." 그가 귓불을 잡아당겼다. "그래, 인정하마. 그 여자가 네 아빠를 자기 집에 가뒀을 거라는 생각은 못 했다. 배짱도 참 두둑하지! 절대 들키지 않을 거라고 자신하는 게 분명하구나."

"그런데 왜 제게 말하지 않으셨어요?" 다쿠스가 볼멘소리로 물었다.

"다쿠스, 나도 루크레시아 커터가 네 아빠를 감금하고 있다는 증거가 없었단다. 그저 육감이었지."

다쿠스가 삼촌을 노려보았다.

"하지만 오늘 난 질문의 노선을 달리해야겠다고 생각했다. 루크 레시아 커터가 어디에 네 아빠를 뒀는지 찾으려는 대신, 왜 네 아빠를 납치했는지 찾기로 결심했지. 그래서 널 찾으러 온 거고. 난 이제 네 친구에 대해 얘기를 좀 해야겠다." 그가 박스터를 가리켰다. "난 너희의 딱정벌레들에 대해 좀 더 알 필요가 있어." 그는 손을 들어 반딧불이들을 가리켰다.

다쿠스는 듣고 있지 않았다. 너무 화가 나서 몸이 부르르 떨렸다. "제게 비밀로 하신 거군요."

"아니, 다쿠스. 그렇지 않아." 맥스 삼촌이 부드럽게 말했다. "너에게 말하기 전에 확인부터 하고 싶었을 뿐이야. 행여 괜한 희망을 줄까 봐서. 네 아빠는 심각한 위험에 처해 있어." 그는 다쿠스가 자신의 이야기에 힘겨워하고 있는 모습을 지켜보았다. "그래서 지금 내가 여기 온 거 아니니?"

다쿠스가 이를 악물고 고개를 끄덕였다.

"너는 어떠니?" 맥스 삼촌이 한쪽 눈썹을 치켜세웠다. "나 몰래 몇 가지 비밀을 갖고 있는 거 아니니?"

다쿠스가 눈을 깔았다. "처음에 어떻게 박스터를 발견하게 됐는지에 대해 전부 다 말씀드리지 않았어요." 다쿠스가 시인했다. "그랬다간 박스터를 돌려보내게 할까 봐요."

"그럼 지금 얘기하는 게 어떻겠니?"

베르톨트가 차를 더 만들 준비를 하는 동안, 다쿠스는 박스터가 험프리의 바짓가랑이에서 떨어진 얘기며, 딱정벌레를 발견하게 된 얘기, 이웃들에게 납치되었다가 딱정벌레들에 의해 구조된 얘기를 했다. 이어서 버지니아가 다쿠스가 자신들을 딱정벌레 산으로 데려 간 얘기와 자신들이 다쿠스가 아버지를 구출하고 이 특별한 곤충들을 보호하는 것을 돕기로 맹세한 얘기를 했다.

맥스 삼촌은 유심히 들었다.

"내 눈으로 직접 보지 않으면 절대 믿을 수 없는 얘기로구나." 그가 천장을 올려다보고 고개를 저으며 투덜댔다. "하지만 이 얘기만 들어서는 네가 왜 루크레시아 커터의 집에 갔는지 설명이 되지 않는구나."

"루크레시아 커터가 지난주에 험프리와 피커링을 찾아왔어요." 버지니아가 설명했다. "다쿠스가 납치됐던 그날 저녁에요."

"창밖을 내다보고 있는데 노박 커터가 날 보고 명함을 떨어뜨렸어요." 다쿠스가 명함을 가리켰다.

"루크레시아 커터가 여기 왔었다고?" 맥스 삼촌이 흠칫 놀랐다.

다쿠스가 고개를 끄덕였다. "딱정벌레를 사려고 했어요."

"맙소사! 죽어도 안 돼." 맥스 삼촌이 으르렁거리듯 말했다.

버지니아가 그를 놀란 눈으로 쳐다보았다.

"그래서 제가 그 집에 간 거예요. 왜 딱정벌레를 노리는지 알아보려고요. 하지만 또 — " 다쿠스가 잠시 뜸을 들이다기 말했다. "그 여자와 아빠에 대해 삼촌이 말하지 않으려는 게 뭔지 알아보고 싶기도 했고요."

맥스 삼촌의 눈썹이 올라갔다. "그랬구나."

"이제 삼촌이 진실을 말할 차례예요." 다쿠스가 루크레시아 커터의 책상 위 사진을 생각하며 말했다. "파브르 프로젝트가 뭐죠?"

맥스 삼촌이 사파리 모자를 벗고 머리를 매만진 뒤 다시 쓰면서, 눈치를 살피듯 다쿠스를 유심히 바라보며 말했다. "네가 태어났을 때, 난 네 아빠에게 파브르 프로젝트에 대해 너나 다른 누구에게도 말하지 않겠다고 약속을 했단다." 그가 턱을 긁었다. "하지만 그때 우린 일이 이렇게 될지 결코 몰랐으니까. 그렇지?"

다쿠스가 삼촌을 빤히 쳐다보았다. "전 그것도 모르고, 삼촌이 제게 뭔가를 숨기려 한다고 생각했어요. 저를 믿지 못해서 그런다고요." 그가 고개를 돌렸다. "그런데 내내 뭔가를 숨긴 쪽은 아빠였네요."

"네 아빠는 널 믿어." 맥스 삼촌이 말했다. "그저… 음, 어린아이에게 지우기 힘든 부담 같은 게 있어서 그래."

"아빠가 실종됐을 때, 사람들은 아빠에 대해 끔찍한 얘기를 했어요." 다쿠스의 목소리는 단조롭고 감정이 없었다. "하지만 전 아빠 얼굴을 여기에 간직했어요." 그가 손가락으로 양미간을 톡톡 치며 말했다. "누군가 아빠가 달아났다고 할 때마다, 아니면 자살을 했다고 할 때마다, 난 그 사람들이 틀렸다는 걸 알았어요. 왜냐하면 우리 아빠는 절대 그럴 사람이 아니니까. 우리 아빠는 그런 사람이 아니니까." 그는 눈물 때문에 흐릿해진 눈으로 삼촌을 올려다보았다. "하지만 이제 아빠가 정말 어떤 사람인지 모르겠어요. 그렇지 않나요? 전 아빠를 전혀 몰라요."

"말도 안 되는 소리. 날 봐라, 애야." 맥스 삼촌이 다쿠스의 손을 잡았다. "넌 네 아빠를 그 누구보다 잘 알고 있어. 하지만 네 아빠가 되기 전에 바솔로뮤는 야망은 있지만 가족에 대한 책임은 없는 한 사람의 젊은이였다. 그 젊은이는 많은 면에서 너와 비슷했고, 대단한 모험가였지. 네가 알면 분명 자랑스러워할 만한 점이야."

"모험가요? 삼촌처럼요?"

"아니다, 아니야. 난 비밀을 쫓고, 진실을 파헤치는 사람이야. 그리고 만일 운이 좋다면 흥미로운 얘기나 값진 물건을 찾기도 하지." 맥스 삼촌이 한숨을 쉬었다. "너희 아빠의 모험은 내 경우보다 훨씬 더 대단하고, 훨씬 더 위험했지. 네 아빠의 모험은 생각 속에 있었다. 자연의 구조 자체를 탐구하고, 가능성을 실험하는 모험이었지. 머릿속에 있는 모든 걸 말이다. 총명한 정신을 가지고 있어야만 그런 걸 할 수 있는데, 네 아빠가 그래. 내 경우는 상대적으로 평범하지. 네 아빠는 말이다, 다쿠스. 역사를 바꾸는 부류의 사람이야."

"딴 사람 얘기 같아요." 다쿠스가 얼굴을 찌푸렸다. 그의 아빠는 점잖고 창밖을 응시하는 것을 좋아하는 사람이었고, 스스로를 모험가라고 표현한 적이 없었다.

"그건 네가 태어나면서 모험을 그만뒀기 때문이야."

"하지만 왜요?"

"모험은 위험하고, 악당들은 실재하니까." 맥스 삼촌은 말을 하는 동안 점점 더 늙는 것처럼 보였다. "발상이란 건 참 위력적인 거란다. 그리고 아무리 선의의 발상이라도 권력이나 돈을 위해 이용하려는 자들이 있기 마련이지. 탐욕은 욕망을 채우기 위해 그 어떤 것에도 멈출 줄 모르고, 그로 인해 초래되는 파괴나 재앙 따위는 아랑곳하지 않지." 맥스 삼촌의 목소리는 화가 난 것처럼 들렸다. "네 아빠는 그런 세상에서 가정을 일구고 싶지 않았던 거야."

"아빠가 저 때문에 포기했다는 말인가요?"

"말하자면 그래." 맥스 삼촌이 턱을 손으로 받쳤다. "네 아빠는 곤충학자고, 절지동물 천재야. 초시류를 전공했고, 딱정벌레를 아주 좋아했어. 곤충을 관찰하고 이해하는 탁월한 능력 때문에, 애플야드 교수는 네 아빠에게 파브르 프로젝트에서 일하는 명망 높은 과학자들의 팀에 합류하도록 초대했지."

"곤충학자요?"

맥스 삼촌은 고개를 끄덕였다. "파브르 프로젝트는 대담한 목적을 갖고 있었어. 곤충들의 능력을 이용해 인간이 지구에 끼친 피해를 복구할 수 있는지 확인해보자는 것이었지."

"곤충들의 능력이요?" 베르톨트가 경외감이 깃든 얼굴로 속삭였다. "그게 가능할까요?"

"슬픈 사실은 곤충들의 개체 수가 줄어들고 있다는 거야. 우리가 곤충들의 서식지를 파괴하는 건 곤충 종들을 파괴하는 것과 마찬가지지. 하지만 우린 곤충들이 절실히 필요해. 만일 지상에서 포유류가 멸종한다 해도 지구는 멀쩡히 번성하겠지만, 곤충이 모두 사라진다면 모든 것이 곧 죽게 될 거야.

애플야드 교수가 이끄는 파브르 프로젝트는 수정을 촉진하고 자연적으로 해충을 없애서 살충제 사용을 줄이고 인간에게 식량을 공급하고 인간과 동물 폐기물을 처리하는 곤충 종들을 양식하기 위한 전 세계적 곤충농장을 세울 가능성을 모색했단다."

"똥 제거반." 버지니아가 킬킬거렸다.

"네 엄마도 팀의 일원이었단다. 거기서 네 아빠를 만난 거지."

"엄마도 과학자였다고요?" 다쿠스는 아연실색했다.

"정말 좋은 곤충학자였지." 맥스 삼촌이 대답하더니 이내 슬픈 미소를 지으며 머리를 흔들었다. "네 아빠는 딱정벌레의 유전적 구성을 조작하면 어떤 것을 달성할 수 있는지 연구하는 유전학자와 일하고 있었다."

"그게 루크레시아 커터군요." 다쿠스가 침을 튀기며 말했다.

"그때는 그냥 평범한 루시 존스턴 박사였지. 솔직히 말하면 좀 이상한 여자였지만, 아주 영리하고 야심이 대단했지. 그 여자와 네 아빠는 특정 종류의 딱정벌레에 대한 유전자 이식 실험에서 획기적인 성공을 거뒀단다."

"유전자 이식이요?" 버지니아가 얼굴을 찌푸렸다. "그게 무슨 뜻이에요?"

"다른 유기체의 유전자를 첨가해서 유기체의 유전자 구조를 바꾸는 걸 뜻해. 두 사람은 생쥐의 유전자를 추출해서 딱정벌레 유전자에 첨가하는 데 성공했지."

"딱정벌레-생쥐요?" 버지니아가 웃었다. "이해를 잘 못 하겠어요. 딱정벌레-생쥐가 뭐 그리 대단하죠?"

"첫 번째 유전자 이식 시험은 생쥐의 유전자를 이용했어." 맥스 삼촌은 답답할 만큼 길게 뜸을 들이다가 다시 입을 열었다. "하지만 목적은, 진짜 목적은 인간의 유전자를 딱정벌레 유전자에 성공적으로 옮기는 유전자 이식 과정을 찾는 거였지. 지능적인 사고를 할 수 있고 인간과 협력해서 일하고 환경을 청소할 수 있는 새로운 딱정벌레 종을 생산하기 위해서 말이다."

"인간의 유전자를 가진 딱정벌레군요!" 다쿠스는 자신의 어깨에 자리 잡고 있는 박스터를 쳐다보았다.

"그래서 두 사람이 성공했나요?" 버지니아가 몸을 똑바로 세우고 앉아 베르톨트의 머리 주변에서 분주하게 움직이는 뉴턴을 쳐다보며 물었다. "유전자 어쩌고 하는 과정을 찾았어요?"

맥스 삼촌이 박스터를 보며 한숨을 쉬었다. "예전에 박스터처럼 행동하는 딱정벌레를 딱 한 번 본 적이 있단다. 바솔로뮤가 아직 파브르 프로젝트에서 일할 때였지. 바솔로뮤의 유전자를 받은 딱정벌레였어."

"우리 딱정벌레들은 유전자를 이식한 것이겠군요!" 베르톨트가 경이로움의 미소를 지으며 뉴턴을 올려다보았다.

다쿠스가 박스터를 꼼꼼히 뜯어보았다. "아빠의 딱정벌레도 장수풍뎅이였나요?"

"아니, 골리앗풍뎅이였어. 위풍당당한 놈이었지."

다쿠스는 딱정벌레 산에서 만난 얼룩말처럼 줄무늬가 있는 딱정벌레를 생각했다. "그건 어떻게 됐나요?"

"네 아빠는 골리앗을 냉동시켜서 미래의 연구를 위해 자연사박물관 소장실에 기증했단다."

다쿠스는 눈을 깜빡였다. 찾아보면 아빠의 딱정벌레가 틀림없이 사라져 있을 것 같았다.

"파브르 프로젝트는 어떻게 됐어요?" 버지니아가 물었다.

"그들이 성공적인 결과를 거두기 시작하자, 루시는 다쿠스의 아빠에게 프로젝트를 그만두고 직접 실험실을 차리자고 설득하려 했지. 그 여잔 그 연구가 두 사람을 부자로 만들어줄 거라고 믿었어."

"지구를 살리는 데는 관심이 없었나요?" 베르톨트가 실망해서 물었다.

"하지만 그 여잔 돈이 엄청나게 많잖아요." 버지니아가 말했다.

"그래, 지금은 그렇지." 맥스 삼촌이 동의했다.

"아빠가 거부했군요." 다쿠스가 확신에 차서 말했다.

맥스 삼촌이 고개를 끄덕였다. "그 여자의 동기가 무엇인지 깨닫고, 네 아빠 자신의 연구 결과물을 모두 파괴하고 애플야드 교수에게 사직서를 내면서 루시가 무엇을 계획하고 있는지 설명했지. 분개한 루시 존스턴은 갑자기 사라졌다가 몇 년 뒤에 루크레시아 커터라고 개명하고 나타났어. 유전학 연구가 없으니, 파브르 프로젝트는 실패하고 폐기되었지."

"다쿠스의 아빠가 연구 결과물을 파괴하다니!" 베르톨트가 말했다.

"하지만 아빠 그러지 않았어. 안 그래요, 맥스 삼촌?" 다쿠스가 삼촌을 빤히 쳐다보았다. "삼촌 아파트에 있잖아요." 다쿠스가 '파브르 프로젝트'라는 단어를 본 기억을 떠올렸다. "네페르티티의 이가 들어있던 뜯어진 상자요. 그 안에 '파브르 프로젝트'라고 쓰인 폴더가 가득했어요."

맥스 삼촌의 얼굴이 납빛으로 변했다. "난 그걸 받고 싶지 않았다. 난 자연을 조작하는 걸 별로 좋아하지 않아. 난 구시대 사람이었고 네 아빠가 하는 일을 탐탁해 하지 않았다. 네 아빠는 네 엄마에게 연구 결과물을 불태우겠다고 했지만 차마 인생 최대의 역작을 파괴할 수 없었고, 그래서 다시는 그 일에 손대지 않는다는 조건으로 내가 보관해주기로 동의했지. 그리고 그건 몇 년 동안 내 상자에 있었어. 그게 거기 있는지도 잊고 살았다. 네가 와서 살기 전까지는 말이야."

"루크레시아 커터는 딱정벌레들이 자기 거라고 했어요." 버지니아가 말했다.

맥스 삼촌이 미간을 찌푸렸다. "그 여자가 인간–딱정벌레 유전자 이식 과정을 독자적으로 완성할 방법을 찾는 건 시간문제야."

"그럼 심각해지겠네요?" 다쿠스가 말했다.

"아주 많이." 맥스 삼촌이 진지하게 대답했다. "딱정벌레는 지구에서 가장 성공적인 피조물이야. 거의 어떤 환경에도 적응할 수 있지. 네 아빠가 답하려 했던 질문은 이 땅에서 가장 적응력 있는 피조물을 유전적으로 강화시키면 과연 어떤 일이 벌어질 것인가?, 이거였지. 난 그것이 내가 들어본 중에 가장 위험한 질문이라고 생각했다."

"하지만 루크레시아 커터는 아직 준비가 되지 않았다고도 말했어요." 이중 거울이 있던 방에서 그녀가 말한 것을 떠올리며 다쿠스가 말했다. "그리고 누구도 자신을 막지 못하게 할 거라고 했어요. '그들도, 그도, 누구도'라고요... 제 생각엔 아빠가 그 여자를 막으려 했던 것 같아요."

"루크레시아가 대체 무슨 일을 꾸미고 있는지 알아내려 했지만, 내가 가는 곳마다 족족 길이 막혔단다. 그 여자를 조사하는 건 불가능했어. 아무도 그 여자에 대해 얘기하려 들지 않았으니까. 모두 겁에 질려 있었어." 맥스 삼촌이 고개를 저었다. "하지만 한 가지는 확실하지. 그 여자가 무슨 꿍꿍이건, 우리가 그 여자를 막기 위해 할 수 있는 모든 일을 해야 한다는 거야."

"경찰에게 알려야 해요." 베르톨트가 말했다.

"경찰은 우리가 제공해준 단서를 수사하는 데 놀라울 만큼 관심이 없단다."

"하지만 왜요?" 베르톨트가 물었다.

"누군가 힘을 써서 바솔로뮤의 실종 수사를 방해했기 때문이지."

"루크레시아 커터군요." 버지니아가 으르렁거리듯 말했다.

"그리고 만일 우리가 바솔로뮤의 행방을 안다는 걸 그 여자가 눈치챈다면 즉시 다른 곳으로 옮길 거고, 그럼 우리는 바솔로뮤를 결코 찾을 수 없을 거야." 맥스 삼촌이 말했다. "그러니까 우린 아주 조심스럽게 움직여야 해. 우리끼리 말고는 그 누구도 믿어선 안 돼."

다쿠스는 버지니아와 베르톨트를 쳐다봤다. "우리에게 아빠를 구출할 계획이 있어요."

"그래?" 맥스 삼촌이 미소 지었다. "왠지 그럴 거 같더라니. 나한테도 얘기해줄래?"

박스터가 다쿠스의 어깨에서 날아올라 겉날개를 높이 올리고 마치 벌새처럼 부드러운 속날개를 떨면서 얼굴 옆에서 맴돌았다.

"그러고 싶어요." 다쿠스가 말했다.

"하지만 우선 집으로 가서 샴페인 두 병을 가져와야 해요." 베르톨트가 일어나며 말했다.

다쿠스가 삼촌의 의아한 표정을 보고 미소 지었다. "이게 다 계획의 일부예요."

제 *17* 장

딱정벌레 형제단

다쿠스는 부엌문의 갈라진 틈에 눈을 댔다. 피커링이 저녁상을 차리고 있었다. "내일이면 난 부자야!" 피커링이 기쁨에 들떠 말했다. 그는 콧노래를 흥얼거리나 싶더니 아예 노래를 불렀다. "금화를 받아, 공중에 돌리면, 다음날, 펑, 백만장자가 된다네..."

"또 내 얘길 노래로 하는 거야?" 험프리가 하얀 비닐봉지를 움켜쥐고 빙글 돌았다. 반대쪽 겨드랑이에는 베르톨트의 상자가 자리 잡고 있었다.

다쿠스는 맥박이 빨라지는 것을 느꼈다. 그는 조용히 딱정벌레들이 문틈으로 들어가도록 인도했다. 이 방법이 통해야 했다. 그렇지 않으면 그들의 모든 계획이 수포로 돌아갈 것이었다.

"내가 문간에서 뭘 발견했는지 봐." 험프리가 상자를 뜯어 샴페인 두 병을 꺼냈다. "'루크레시아 커터'라고 쓰여 있네."

그는 한 병을 피커링에게 건넸다. 그리고 몸을 흔들며 코르크를 따서 머리를 뒤로 젖히고 분수처럼 뿜어져 나오는 샴페인을 얼굴에 부었다. "빌어먹을, 난 그 여자가 좋아!"

피커링이 노란색 머그잔에 거품이 올라오는 액체를 조심스럽게 채웠다. "건배!" 그가 잔을 들었다. "루크레시아 커터를 위하여!"

험프리는 그 잔에 자신의 병을 쨀랑 부딪쳤다. "정말 대단하고 멋진 여자야."

그는 봉지에서 음식이 담긴 은박 용기를 꺼내 엄지손가락으로 뚜껑을 열고는 조리대에서 크랜베리 소스 통을 가져와 자리를 잡았다. 그리고 오리고기 만두를 하나 집어서 크랜베리 소스에 풍덩 담갔다가 입에 쑤셔 넣었다.

다쿠스는 천장에서 박스터의 자세를 보고 이제 준비가 되었음을 눈치챘다. 식탁 밑에는 꼬리가 납작한 반짝이는 검은 가뢰 소대와 마치 녹 덩어리처럼 지저분해 보이는 혹거저리들이 있었다.

"꼭 그렇게 입을 벌리고 먹어야겠냐?" 피커링이 반대편에 앉으며 말했다.

험프리가 트림을 했다. "아이고, 이놈의 거품!"

"역시 넌 돼지야." 피커링이 혀를 찼다. "손으로 먹지 않나. 병째

마시지 않나."

"이건 중국 음식이야. 원래 이렇게 먹는 거라고." 험프리가 코웃음을 쳤다. "게다가 나처럼 먹으면 설거지도 줄어들잖아."

피커링과 험프리가 식탁을 사이에 두고 서로를 노려보았다.

다쿠스는 식탁 가장자리 밑에 옹송그리며 모여 대기하고 있는 에메랄드빛 비단길앞잡이들에게 신호를 주었다. 벌레들은 즉시 식탁 위로 질주해 피커링과 험프리의 음식을 타고 넘었다. 처음에는 움직임이 워낙 빨라서 제대로 보지도 못했는데, 갑자기 걷는 속도가 늦어지더니 식탁 가장자리에 이르러서는 아예 동작을 멈춰버린 것을 다쿠스는 분명하게 감지했다. "뭔가 잘못됐어." 다쿠스가 발밑에서 대기 중인 쇠똥구리 네 마리에게 낮게 말했다.

"설거지라고? 네가 언제 설거지를 한 적이 있냐?" 피커링이 날카롭게 말하고는 숟가락으로 국수를 입에 밀어 넣었다.

"그러니까 어지르지 않는 거잖아."

"뭐?" 피커링의 얼굴이 자줏빛으로 변했다. "그럼 네 방에 있는 그 역겨운 건 어마어마한 설거짓거리가 아니면 뭐란 말이지?"

다쿠스는 박스터가 천장에서 내려와 식탁 위에서 맴도는 것을 보았다. 비단길앞잡이들에게 뭔가 문제가 생긴 것이다.

"어떻게 네가 어지르지 않는다는 말을 할 수가 있냐?" 피커링이 분개하며 물었다.

"사실이 그러니까!" 험프리가 춘권을 한 번에 두 개씩 먹으며 말했다.

피커링이 머그잔을 들어 험프리의 얼굴에 샴페인을 부었고, 그 바람에 식탁 위에서 맴돌고 있던 박스터가 맞아서 험프리의 코로 날아갔다.

깜짝 놀란 험프리가 뒤로 물러나며 박스터를 후려쳐 국수 접시로 빠뜨렸다. 그와 동시에 비틀거리던 그의 의자가 '쿵' 하고 바닥에 넘어졌다.

피커링이 일어나서 꽥꽥거리며 웃었다.

"네 꼴 좀 봐!"

험프리가 팔과 다리를 휘저으며 일어나려 버둥댔다.

"야, 너 꼭 거대한 딱정벌레 같다!" 피커링이 무릎을 탁 치며 신이 나서 소리쳤다.

"들어가서 저들을 몰아내." 다쿠스가 낮게 말했다. 쇠똥구리들은 일어나서 다리를 꿈틀거리더니 출발해서 부엌으로 돌진했다. 그들은 식탁 위로 올라가 재빨리 비단길앞잡이를 등에 태웠다. 가뢰들과 혹거저리들은 박스터를 도우러 식탁 다리를 타고 올라갔다.

지켜보는 다쿠스는 숨이 막혔다. 박스터는 국수 가락에 말려서 움직이지 못했다.

피커링이 다시 저녁을 먹기 시작했다. "험프리." 그가 머리를 긁으며 말했다. "식탁에 딱정벌레들이 우글거리네. 아마 우리 음식을 먹으려는 거..."

"뭐!?" 험프리가 식탁 상판을 붙잡고 일어나 앉았다. 그의 코가 식탁과 일직선이 되었다.

가뢰들이 박스터를 국수 접시에서 끌어냈다. 박스터는 날아오르려 했으나 자꾸 휘청거렸다. 그리고 세 번째 시도에서 드디어 하늘에 떴다.

그런데 피커링이 프라이팬을 집어 들고 그것을 테니스 라켓처럼 이용해 박스터를 때려 바닥에 떨어뜨렸다.

"망할 놈의 딱정벌레들!" 험프리가 으르렁거렸다. "이거나 받아랏!" 그가 미끌미끌한 망치 같은 주먹으로 혹거저리들을 마구 두들겼다. "잡았다!" 그가 손을 들고 살펴봤다.

혹거저리들이 앞으로 달려와 가뢰들과 등을 맞대고 둥그렇게 방어선을 형성했다.

험프리는 그들이 움직이는 것을 보고 놀랐다. "왜 안 죽었지? 내가 그렇게 세게 쳤는데."

"고기 분쇄기에 넣으면 확실히 죽을 거야." 피커링이 박스터의 뿔을 잡아들면서 말했다.

다쿠스는 어찌할 바를 모른 채 무작정 벌떡 일어났다. 박스터를 갈아버리게 만들 수는 없었다.

험프리가 신이 나서 박수를 치고는 개수대 옆의 찬장으로 달려가 수동식 고기 분쇄기를 꺼냈다.

피커링이 박스터를 손바닥 위에 올려놓고는 손을 식탁 밑에 받치고 다른 딱정벌레들을 쓸어 담은 뒤 다른 쪽 손을 덮어 우리처럼 만들었다.

"아얏!" 피커링은 손가락을 번쩍 들었다. 손바닥의 피부가 부풀어 오르기 시작했다. "아이고, 따가워 죽겠네."

딱정벌레들은 재빨리 박스터의 흉부 위로 기어올랐고, 박스터는 공중 위로 붕 떠서 혹거저리를 뿔에 매단 채 문으로 날아갔다.

"아야!" 피커링이 개수대로 달려가서 차가운 수돗물을 틀고 손을 아래에 댔다. "따가워! 따가워 죽겠어!"

"가뢰 독 맛을 봐라." 다쿠스가 속삭이며 문을 조금 열어 박스터와 다른 딱정벌레들을 받은 뒤 조용히 기어갔다.

다쿠스는 손으로 박스터를 감싸고 험프리의 방으로 다시 기어들어갔다. 어깨에는 잠든 비단길앞잡이들과 기진맥진한 쇠똥구리들이 널려있었다. 가뢰와 혹거저리는 다쿠스의 초록색 스웨터 소맷자락에 꼭 붙어 있었다.

"임무의 일부는 완수했어." 그가 의기양양하게 속삭였다. "이제 베르톨트 엄마의 수면제가 효과가 있는지 기다려야 해."

"효과가 있을 거야." 베르톨트가 말했다. "술에 섞으면 코끼리라도 나가떨어질걸."

"내가 안락의자를 문까지 밀 테니까 좀 도와줘." 다쿠스가 딱정벌레들을 '산자락'으로 조심스럽게 운반하며 말했다.

"비단길앞잡이에게 무슨 일이 생긴 거야?" 함께 의자를 밀면서 버지니아가 물었다.

"내 생각엔 수면제 가루가 호흡기로 들어가서 뻗어버린 것 같아." 다쿠스가 대답했다. "음식에 가루를 뿌린 것까진 좋았는데 갑자기 시계태엽처럼 서서히 멈춰버리더군. 그래서 쇠똥구리가 태워 와야 했어. 박스터도 수면제에 취한 것 같아. 아까는 접시에 빠져버리더니, 지금도 좀 몽롱해 보이거든."

박스터의 부름으로 건물 안에 있는 모든 딱정벌레가 딱정벌레 산에 모였다. 산의 표면 전체가 알록달록한 곤충들로 들끓어 어른어른했다. 다쿠스는 딱정벌레들을 모두 외우려 했지만, 워낙 많은 종과 모양, 색들이 있어서 그 모든 것을 정신에 담아내기 버거웠다. 쇠똥구리며 비단벌레, 기린목바구미, 골리앗풍뎅이, 사슴벌레, 가는목먼지벌레, 반딧불이, 등얼룩풍뎅이, 아틀라스장수풍뎅이와 헤라클레스장수풍뎅이를 비롯한 각종 장수풍뎅이류, 타이탄하늘소, 비단길앞잡이, 수시렁이, 살짝수염벌레, 갈색거저리가 머리와 배로 있는 힘껏 머그잔을 두드렸다. 다쿠스는 이 딱정벌레들의 진짜 힘을 인식하고 숨이 턱 막혔다. 문득 아빠가 왜 딱정벌레들이 지구를 구할 수 있다고 생각했는지 알 것 같았다. 하지만 지금 당장은 자신이 그들을 구해야 했고, 그들을 실망시킬 수 없었다.

창밖에서 겨드랑이에 나뭇가지를 낀 채 플라타너스 나무에 앉아 있는 맥스 삼촌이 눈을 휘둥그렇게 뜨고 입을 벌린 채 창문을 통해 이 광경을 지켜보았다.

"괜찮으세요?" 다쿠스가 삼촌에게 말했다.

맥스 삼촌이 말없이 손을 들어 대답을 대신했다.

딱정벌레들은 다쿠스가 자신들에게 다가와 버지니아와 베르톨트 사이에 서자 갑자기 조용해졌다. 복잡하게 섞여 있는 수많은 눈이 다쿠스를 쳐다보며 그의 입에서 무슨 말이 떨어지기를 기다리고 있었다.

"루크레시아 커터가 곧 올 거야." 다쿠스가 말했다.

딱정벌레들이 쉭쉭 소리를 냈다.

"우리가 그 여자를 막을 순 없어." 다쿠스가 잠시 멈췄다가 말했다. "하지만 우린 싸울 수 있어!"

딱정벌레들이 발을 굴렀다.

"그리고 우린 싸울 거야." 다쿠스가 심호흡을 했다. "너희의 적은 나의 적이야. 루크레시아 커터는 우리 아빠를 납치해서 자기 집에 가뒀어. 내일, 그 여자가 여기 오면, 난 아빠를 구출하러 갈 거야."

방안이 윙윙 소리와 타닥타닥 소리가 가득했다.

"하지만." 그가 소음을 뚫고 목소리를 높였다. "너희가 도와줘야만 그게 가능해."

갑자기 조용해졌다. 박스터가 공중으로 날아올라 일정한 박자로 앞다리를 흔들고 속날개를 탁탁 쳤다.

"너희가 도와줄래? 내가 타워링 하이츠로 들어가서 아빠를 구출해 오는 걸 도와줄 소수정예 딱정벌레 전술사단이 필요해."

딱정벌레들은 뿔과 턱과 다리를 도자기에 부드럽게 부딪치는 것으로 대답했고, 폭탄먼지벌레들이 총총거리며 앞으로 걸어 나왔다. 이 녀석들이 배에서 뿜어내는 산이 유용할 것이다. 곧이어 재빠르고 사나운 비단길앞잡이와 쇠똥구리, 반딧불이, 그리고 한 힘 하는 것으로 알려진 헤라클레스장수풍뎅이와 타이탄하늘소 대대가 합류했다.

다쿠스는 무릎을 꿇었다.

"고마워, 친구들아." 그리고 뒤돌아서 손가락으로 창밖을 가리키며 말했다. "저기 밖에 나무에 있는 사람은 맥스 삼촌이야." 맥스 삼촌이 손을 흔들었다. "삼촌을 따라서 차로 가."

"이리로." 맥스 삼촌이 서툴게 나무를 타고 내려가며 말했다.

다쿠스는 일어나서 딱정벌레 부대가 창문을 빠져나가는 것을 지켜본 뒤 다시 산을 향해 돌아섰다. "루크레시아 커터에게 노박이라는 딸이 있어. 그 앤 우리 편이야." 다쿠스는 바닥에 의식을 잃고 뻗어있던 노박을 떠올리며 말했다. "노박은 친구가 필요하고, 우린 그 집에서 루크레시아 커터가 뭘 하고 있는지 알아낼 스파이가 필요해. 혹시 이 임무에 자원할 용감한 딱정벌레가 있을까?"

"노박에게 딱정벌레를 주려고?" 버지니아가 샘이 나서 말했다.

산등선에 있던 딱정벌레 집단이 쫙 갈라지더니 골프공 크기의 커피콩처럼 생긴 비단벌레 한 마리가 다쿠스가 내민 손 위로 날아왔다. 그것은 미세한 더듬이가 달린 말쑥한 핀처럼 생긴 머리와 완벽하게 둥근 가슴, 그리고 각도에 따라 다르게 보이는 무지갯빛 겉날개를 갖고 있었다.

"세상에나, 정말 예쁘다!" 베르톨트가 경이로워하며 말했다. "노박이 반할 거야."

그 딱정벌레는 그러한 관심이 마음에 드는 듯 겉날개를 활짝 펴고 화려한 색을 뽐냈다.

버지니아가 뚫어지게 쳐다보았다. "잘됐네!" 그녀가 투덜거렸다. "나만 빼고 모두들 딱정벌레를 갖게 돼서."

다쿠스가 버지니아를 끌어와 옆에 세웠다. "루크레시아 커터가 오면 난 여기 없을 거야. 너희들이 싸울 때 버지니아가 옆에 있을 거야. 버지니아는 인간들이 뭘 하고 있는지 이해할 수 있을 테니까, 너희 부대를 지휘하는 데 도움이 될 거야. 버지니아의 얘기를 잘 듣도록 해."

버지니아가 미소를 지으며 어색하게 손을 흔들었다.

"오늘 밤 우리는 딱정벌레 산을 저 아래 하수구에 있는 새로운 집으로 옮길 거야. 루크레시아 커터가 따라오지 못하게 말이야."

"나도 도울 거야." 베르톨트가 자랑스럽게 내뱉었고, 흥분한 뉴턴이 그의 머리에서 나와서 환하게 빛을 밝혔다.

"루크레시아 커터에게 우리의 생사를 자기 맘대로 좌지우지할 수 없다는 걸 우리가 함께 보여주자."

높은 윙윙 소리가 산에서 올라오며 지속적인 바이올린 선율처럼 공간을 채웠다. 두 번째 조화로운 선율이 더해지더니, 보는 각도에 따라 색이 달라 보이는 초록색, 노란색 딱정벌레 떼가 산 위에서 맴돌며 날개를 일정하게 떨자 세 번째 선율이 합류했다. 줄줄이 산 정상을 넘어 진군하던 까만 사슴벌레 부대가 멈춰 서서 도자기 표면에 턱을 열심히 두들겨댔다. 둥둥거리는 소리가 마치 미니어처 악단의 드럼 연주처럼 듣기 좋았다. 윙윙 소리와 둥둥 소리는 계속 이어지며 딱정벌레들이 군사 대형을 이룰 때 최고조에 달했다. 딱정벌레들이 행진함에 따라 그 기묘하고 놀라운 음악은 점점 더 커지고 열광적이 되었고, 그들의 산에는 진군가가 울려 퍼졌다.

다쿠스는 눈앞에 줄지어 늘어선 딱정벌레들을 바라보며 루크레시아 커터가 자신이 직면하게 될 상황에 전혀 준비되어 있지 않기를 바랐다. 기습 공격은 그들이 가진 최고의 무기였다. "이 전투에서는 살아남는 것이 곧 승리야." 다쿠스가 주먹 쥔 손을 높이 올렸다. "그리고 우리는 승리할 거야."

방은 분화하는 활화산 같았다. 딱정벌레들은 하늘로 날아올라 마치 군무를 추는 무희들처럼 떼 지어 고리 모양을 그리며 움직였고, 한껏 펼친 겉날개에 부딪친 불빛이 각도에 따라 달라 보이는 반점에서 반사되었다.

다쿠스는 버지니아와 베르톨트를 보며 미소 지었다. 마침내 역습을 시작할 것을 생각하니 놀라운 기분이었다. 뱃속에서 불길이 솟구치고 마음속에 투지가 솟았다. 적어도 두렵지는 않았다. 오늘 밤 그는 아빠를 구출하러 갈 것이다.

제 *18* 장

마빈

아래층에서 피커링은 험프리를 노려보려 했지만 자꾸만 눈이 감겼다.

"잘 시간인 것 같아." 그가 의자를 뒤로 밀며 말했다.

"좋은 생각이야." 험프리가 하품을 했다. "내일은 중요한 날이니까."

"그래 영광스러운 날이지…" 피커링이 앞으로 고꾸라졌다.

"피커링, 국수에 얼굴을 박고 잠든 거냐?"

"아니야." 피커링이 이마에 국수 가락이 붙은 채 똑바로 앉았다.

험프리는 일어났고 피커링도 일어서려 했다. "어어, 방이 빙글빙글 도네! 샴페인에 취했나 봐."

사촌들은 비틀거리며 부엌을 나와 위층으로 올라갔다.

"그건 나무를 베는 것과 비슷해." 베르톨트가 안경을 콧잔등 위로 밀어 올리며 다쿠스에게 말했다. "하지만 그보다 좀 더 조금 복잡하지. 일부는 무너지게 하고, 일부는 그대로 있게 하려는 거니까."

베르톨트와 다쿠스는 바닥에 무릎을 꿇고 맥스 삼촌이 준 건물의 건축 도면을 유심히 들여다봤다. 박스터는 조용히 다쿠스의 어깨에 앉아 있는 반면, 뉴턴은 베르톨트의 머리 위에서 계속 분주히 움직였다. 그들은 주위의 바닥과 벽에 모여든 딱정벌레들로 둘러싸여 있었다.

"이쪽 바닥부터 하자." 베르톨트가 도면에서 피커링의 침실 천장으로 표시된 부분을 손가락으로 가리켰다. "그런 다음 이쪽, 그리고 여기."

다쿠스는 사슴벌레붙이와 장수하늘소를 쳐다보았다. "너희와 애벌레들이 뭘 해야 하는지 알겠니?"

딱정벌레들이 윙윙거리고 탁탁거리며 잘 이해하고 있다는 것을 표시했다.

"좋아, 그럼 애벌레를 데려가서 다락 들보를 갉아먹는 거야."

다쿠스는 나무좀벌레와 살짝수염벌레, 가루나무좀이 사슴벌레붙이를 종종거리며 따라가는 것을 보았다.

"너희는 철이랑 금속을 부식시키거나 시멘트나 벽돌을 무너뜨려야 하니까, 임무가 좀 더 힘들 거야." 베르톨트가 말했다. "그래서 내가 도움이 될 만한 걸 준비했지."

가뢰와 나무껍질딱정벌레, 폭탄먼지벌레가 열심히 몸을 흔들며 앞으로 나오자, 베르톨트는 가방에서 종이 상자를 꺼낸 뒤 뚜껑을 열었다. 안에는 긴 도화선이 있는 파란색 관이 네 개 들어있었다.

"어디서 폭탄 제조법을 배웠니?" 버지니아가 베르톨트의 어깨너머로 넘겨다보며 물었다.

"이건 폭탄이 아니야. 폭발물이지." 베르톨트가 버지니아의 말을 바로잡았다.

"차이가 뭔데?" 다쿠스가 물었다.

"폭발물은 제한된 공간에서 발생하는 통제된 화학 반응이야. 딱정벌레들이 구멍을 뚫어 이걸 하나씩 박아 넣을 거야. 그런 다음 내가 걔들을 안전한 곳으로 빼 올 거고. 한 층에 하나씩."

"넌 완전 방화광이야!" 버지니아가 감명받은 목소리로 말했다.

"너 괜찮겠어? 알다시피 딱정벌레들이 그렇게 많은데." 다쿠스가 물었다.

"괜찮을 거야." 베르톨트가 미소 지었다. "내가 얼마나 바보 같은지 뉴턴이 알게 해줬어. 난 더 이상 딱정벌레가 무섭지 않아."

다쿠스가 그의 팔을 토닥이다가 갑자기 얼어붙었다. 문손잡이가 돌아가는 것이 보였던 것이다.

"문이 잠겼어!" 험프리가 건성으로 문에 체중을 실으며 말했다. "어떻게 된 거지? 우리가 열었었잖아! 피커링, 내 방으로 들어갈 수가 없어!"

"내가 알 게 뭐야." 피커링이 다음 층에 있는 자기 방으로 올라가는 계단을 한 발 한 발 디디는 데 집중하며 중얼거렸다.

"난 어디서 자?" 험프리가 비틀거리며 사촌을 따라갔다. "다시는 바닥에서 자지 않을 거야."

피커링은 크게 한 번 휘청하며 몸을 던지듯 침실로 들어가서는 곧바로 침대 위로 쓰러졌고, 그 즉시 의식을 잃었다.

"나는 어쩌라고?" 험프리가 어슬렁거리며 들어가 피커링의 침대 끝에 털썩 주저앉았다. 그 바람에 침대 다른 쪽 끝이 바닥에서 번쩍 들렸다. 피커링은 꼼짝도 하지 않았고 험프리는 자신이 피커링의 다리 위에 앉아 있다는 사실을 까맣게 모른 채 머리를 벽에 기댄 채 잠에 빠져들었다.

험프리의 코 고는 소리가 들리자마자, 다쿠스와 버지니아는 안락의자를 치우고 3층으로 기어 올라가 사촌들의 상태를 확인했다. "이거 봐." 다쿠스가 피커링의 침실 문간에 서서 속삭였다.

버지니아가 뒤로 잡아당기며 입 모양으로 말했다. "이러다 깨겠어!"

다쿠스가 고개를 저으며 그녀에게 와보라고 손짓했다. "절대 안

깨. 한번 봐."

버지니아가 올라가서 다쿠스의 어깨너머의 광경을 보았다. "세상에! 아침에 엄청 불편하겠다." 그녀가 피커링의 정강이가 험프리의 엉덩이에 깔린 것을 보며 말했다.

"그러게." 다쿠스가 싱긋 웃었다. "여기 남아서 그 꼴을 보지 못하는 게 안타깝군." 내일 할 일을 생각하니 갑자기 가슴에서 기운이 용솟음치는 것이 느껴졌다.

그는 아버지를 구출하러 타워링 하이츠로 갈 것이다.

다쿠스는 숨을 깊이 들이쉬었다가 천천히 내뱉었다. "좋아, 이제 2단계야. 딱정벌레 산을 옮기자."

다쿠스가 서둘러 다시 계단을 내려오는데, 베르톨트가 험프리의 방에서 머리를 내밀었다. "잘 됐어?" 베르톨트가 물었다.

"완전 떡실신이야. 쿨쿨." 다쿠스가 고개를 돌려 속삭이고는 서둘러 부엌을 통과해 백화점 상점으로 들어가 맨홀 앞에 도착했다. 그는 맨홀을 덮어 둔 널빤지를 들었다.

열린 맨홀 옆 바닥에 나사로 고정된 레일들이 무거운 철제 뚜껑을 받치고 있었다. 맨홀 테두리 안쪽에는 일련의 톱니바퀴와 레버가 있었고, 그것들은 원형 철제 뚜껑 둘레에 감겨 있는 굵은 철사 꾸리에 연결되어 있었다. 베르톨트가 버지니아가 사다리에 서서 두 개의 손잡이를 이용해 뚜껑을 여닫을 수 있게 해주는 장치를 만든 것이다.

"내일 전투에 동원되지 않으면, 너희는 지하에서 딱정벌레 산을 다시 지을 준비를 해야 해." 다쿠스가 텅 빈 것처럼 보이는 상점에 대고 말했다.

딱정벌레 한 무더기가 마룻널에서 거품이 일듯 기어 나와서는 마치 물결치는 콜라처럼 다쿠스를 향해 흘러왔다. 그리고 맨홀 가장자리에 이르자 딱정벌레의 물결은 폭포수가 되었다.

수면제의 영향으로 여전히 몽롱한 박스터를 어깨에 앉힌 채, 다쿠스는 딱정벌레의 물결을 뛰어넘어 계단을 두 칸씩 올라 다시 위층으로 향했다.

한편 험프리의 침실에서는 버지니아가 딱정벌레 산기슭에 서서 오른쪽 귀 위로 땋은 머리를 만지작거리며 부들레아 화분도 함께 옮겨야 할지 고민하고 있었다. 거기에는 딱정벌레가 꽤 많은 것처럼 보이는 데다, 많은 딱정벌레들이 꿀을 먹는다는 것을 알고 있었기 때문이다.

"내 말을 알아들을지 모르겠지만 — " 그녀가 스스로를 바보 같다고 여기며 산에 대고 말했다. "너희가 이 식물 뿌리 밑에 들어가서 뿌리를 뽑아주면, 내가 이걸 새집으로 옮겨 갈 수 있어."

"걔들은 네 말을 알아들어." 베르톨트가 버지니아를 안심시켰다.

그리고 베르톨트의 말이 맞았다. 딱정벌레들이 화분 밑으로 사라지더니 점차 화초가 버지니아 쪽으로 기울었다. 버지니아가 화초를 잡으려고 팔을 뻗자 딱정벌레들이 빗발처럼 튀어나와 나뭇가지에서 날아갔다. 그때 털실 방울처럼 생긴 머리와 우람한 뒷다리를 가진 빨간색 딱정벌레 한 마리가 그녀의 이마로 떨어져 그대로 붙어 있었다.

"야!" 그녀가 사팔눈으로 뜨고 그것을 보려 했다. "너 같은 알통다리잎벌레가 얼굴에 매달려 있으면 내가 어떻게 이 식물을 옮길 수 있겠니?"

알통다리잎벌레는 꿈쩍도 하지 않았다.

버지니아는 무릎을 구부리고 조심조심 부들레아를 바닥에 눕혔다. 그런 다음 콧잔등으로 손을 가져갔다. "이리로 내려올래?"

딱정벌레가 그녀의 손으로 기어 내려왔다. 길이는 약 5센티미터 정도로 뉴턴보다 살짝 짧았고, 움직일 때마다 선홍색 외골격이 어른어른 빛나서 마치 금속성 물체처럼 보였다.

"너 굉장히 멋지구나. 다리도 엄청 튼튼하고. 틀림없이 점프도 할 수 있겠지."

빨간 딱정벌레는 머리를 흔들더니 버지니아의 손바닥 가장자리로 기어가서는 빨판을 이용해 여섯 개의 발을 모두 그녀의 살갗에 밀착시켜 손등에 거꾸로 매달렸다.

"아, 알겠다. 넌 자신을 스파이더맨이라고 생각하는 거구나." 버지니아가가 킬킬거렸다. "아니, 스파이더 딱정벌레라고 해야겠다. 모습은 꼭 독화살개구리처럼 생겼지만 말이야." 그녀는 손바닥을 뒤

집어 딱정벌레가 똑바로 서게 했다. "그거 아니? 인간도 물구나무를 설 수 있단다." 그녀가 딱정벌레를 조심스럽게 부들레아에 내려놓고는 상체를 뒤로 젖히며 두 팔을 머리로 넘겨 몸을 게의 형태로 만들었다. 그런 다음 다리를 들어 올려 물구나무를 섰다.

"아주 인상적이야." 베르톨트가 박수를 쳤다.

그때 다쿠스가 들어와서는 버지니아가 몸을 일으키는 것을 재미있는 얼굴로 바라보며 말했다. "하수구로 내려가는 길이 만들어졌어."

버지니아는 간질간질한 느낌이 들었다. 그 금속을 연상시키는 빨간 딱정벌레가 그녀에게 내려와 팔 위로 기어오르고 있었다.

"네 친구는 누구니?" 다쿠스가 물었다.

버지니아가 팔꿈치를 들며 말했다. "얘는 거미 같은 능력이 있는 알통다리잎벌레야. 아마 부들레아에서 사는 것 같아."

"멋지네!" 다쿠스가 그 딱정벌레의 우람한 뒷다리를 보며 말했다. "마치 금속으로 만든 것처럼 보이네. 넌 얘를 뭐라고 부를 거니?" 딱정벌레가 버지니아의 목 위로 기어가는 것을 보며 다쿠스가 물었다.

"불러?"

다쿠스가 고개를 끄덕였다. "모르겠니? 이 녀석은 널 자신의 인간으로 결정한 거야."

"그래? 그렇게 생각해?" 버지니아가 눈을 굴리며 자기 목에 있는 알통다리잎벌레를 보려 했다. "내 물구나무서기가 마음에 들었나 보지?" 그녀가 잠시 생각하더니 말했다. "애가 계속 나한테 붙어 있는다면, 난 마빈이라고 부를래. 역대 최고의 뮤지션 마빈 게이의 이름을 따서 말이야."

그 딱정벌레는 강한 뒷다리로 일어서서 앞다리를 마치 팔처럼 흔들고 더듬이를 건들거리며 약간의 춤을 선보였다.

"마빈도 그 이름이 괜찮은가 봐." 다쿠스가 웃었다.

제 *19* 장

산 옮기기

다쿠스는 딱정벌레 산의 기슭에 섰다. "때가 됐어." 그가 대기
중인 수천 마리의 딱정벌레에게 말했다. "밀거나 끌거나 짊
어질 수 있는 모든 딱정벌레는 여기서 머그잔을 가지고 나가서 아래
로 내려가야 해. 그리고 비행에 자신이 있는 딱정벌레는 백화점으로
내려가서 머그잔을 하수구로 내리는 걸 돕는 거야."

　이미 산기슭에서 쇠똥구리들이 머그잔 하나에 서너 마리씩 달라
붙어서 절반은 구르고 절반은 머그잔을 밀며 문을 향해 나아가고 있
는 것이 보였다. "머그잔을 지고 가는 것보다 계단으로 잘 굴려서 가
는 게 좋을 거야." 다쿠스가 제안했다. "그리고 일단 하수구에 가면,

내일 전투를 위해 탄약을 만들기 시작해야 해."

"난 나무를 옮길게." 버지니아가 이렇게 말하고는 두 팔로 부들레아를 들었다.

"어때, 잘 되어 가?" 다쿠스가 베르톨트에게 물었다.

"모르겠어. 딱정벌레들이 하룻밤 사이에 나무를 얼마나 갉아먹을 수 있을지 판단하기가 어려워서 말이야." 베르톨트가 인정했다. "하지만 내 생각엔 잘 될 것 같아." 그가 버지니아를 보았다. "험프리와 피커링의 부엌 바닥은 손대지 않고 있어. 상점과 간이 주방 사이에 있는 버팀벽도 그렇고. 그러니까 뭔가가 맨홀로 떨어지는 걸 막아줄 거야. 거기서 갇혀버리면 안 되니까."

"마음 편히 생각해. 우리에겐 딱정벌레 부대가 있잖아." 버지니아가 문밖으로 나가며 말했다. "잘못될 일이 뭐가 있겠어?"

베르톨트가 불안한 얼굴로 다쿠스를 보았다.

다쿠스는 베르톨트를 안심시키기 위해 어깨를 감싸 쥐고는 머그잔을 나르고 끌고 밀며 방에서 나가서 계단을 내려가고 있는 딱정벌레들의 긴 행렬을 턱으로 가리켰다. "시간이 얼마 걸리지 않을 거야."

밤이 거의 끝나가면서, 딱정벌레들을 돕고 루크레시아 커터에게 한 방 먹인다는 애초의 흥분은 근면한 침묵으로 농축되었고, 이따금 진지한 눈빛과 끄덕임만 오갈 뿐이었다. 마침내 동트기 직전, 다쿠스와 베르톨트, 버지니아는 마지막 머그잔이 주황색 바탕에 검은 점이 있는 네 마리의 롱기마누스앞장다리하늘소의 등에 실려 문밖으로 사라지는 것을 지켜보았다. 험프리의 침실은 얼룩이 있는 분홍색 안락의자를 제외하면 텅 비었다.

다쿠스는 피곤함을 쫓으려 눈을 깜빡였다. "끝났어!"

그들이 까치발로 부엌으로 내려갈 때 창밖에서 가로등이 깜빡거리며 꺼졌다. 다쿠스는 잠시 발을 멈추고 작업대에 소집시켜 둔 작은 밤색 벌레들에게 속삭였다.

"쟤들은 뭐야?" 버지니아가 물었다.

"가루나무좀이라고 나무를 갉아먹는 애들이야. 계단을 갉아먹을 거야." 다쿠스가 대답했다.

베르톨트가 버지니아에게 스톱워치를 건넸다. "이건 네 거야."

"어, 그래. 고마워." 버지니아가 스톱워치를 목에 걸었다. "시간 확인. 지금은 다섯 시 삼십이 분이야."

"서둘러서 산을 점검해봐야 하지 않을까?" 다쿠스가 제안했다.

그들은 모두 상점으로 내려가서 맨홀 뚜껑 아래 새로 지은 딱정벌레 산을 내려다봤다.

"원래부터 거기 있었던 것처럼 보이네." 베르톨트가 말했다. "저거 봐. 쟤들은 벌써 부들레아에 들어가 있어!"

"모양이 살짝 달라진 것 같지 않니?" 버지니아가 머리를 한쪽으로 기울이며 말했다.

"이 각도에서 뭐라고 말하긴 어렵지만, 아무튼 딱정벌레들은 만족스러운 것처럼 보여." 다쿠스가 대답했다.

그들은 산 표면 위로 종종거리고 다니며 머그잔을 고정하고 이끼와 보풀로 빈 곳을 메웠다.

"산을 옮기는 것이 불가능하다고 누가 그런 거지?"

다쿠스가 미소 지었다.

"음." 버지니아가 일어나 앉으며 말했다. "이제 우리가 갈라질 때 같아."

그들은 서로를 보며 자신들이 할 일을 다시금 마음에 새겼다.

"맥스 삼촌이 기다리고 계실 거야." 다쿠스가 말했다. "너희 부모님에게는 뭐라고 둘러댔니?"

"애네 집에 있을 거라고 했지." 버지니아가 베르톨트를 가리키며 말했다.

"난 버지니아랑 있을 거라고 했어." 베르톨트가 눈을 찡긋했다.

"여기 너희만 있어도 괜찮겠어?" 다쿠스가 물었다.

"물론 괜찮아." 버지니아가 다쿠스의 팔을 주먹으로 툭 치며 말했다. "넌 아빠를 구하러 가. 우린 괜찮을 거야. 여기서 초능력 딱정벌레가 돕는 영웅이 너만은 아니잖아!"

다쿠스가 미소 지었다. 마빈은 마치 미니어처 박쥐처럼 버지니아의 땋은 머리에 거꾸로 매달려 있었고 뉴턴은 베르톨트의 왼쪽 귀 위에 앉아 있었다.

"자, 어서 여기서 나가." 버지니아가 다쿠스를 살짝 밀었다.

다쿠스가 부드럽게 부르자, 가뢰들이 구름처럼 맨홀에서 나왔고, 뒤이어 노박의 친구가 되기로 자원한 아름다운 비단벌레도 나왔다. 비단벌레는 무지갯빛을 어른거리며 박스터가 앉은 반대쪽 어깨에 내려앉았다. 다쿠스는 버지니아와 베르톨트에게 마지막으로 손을 흔든 다음 상점을 통과해 거리로 통하는 백화점 문을 열었다.

"전투를 위해 가져온 게 있어." 다쿠스가 떠나는 것을 보며 베르톨트가 버지니아에게 말했다. 그는 가방을 뒤져 상자 하나를 꺼내서 건넸다. "끈이 달린 거야."

버지니아는 상자를 열어 안을 들여다보았다. 라이터였다. "죽음이야!" 그녀가 라이터를 주머니에 넣으며 말했다. "고마워!"

베르톨트가 버지니아의 목을 껴안았다. "행운을 빌어." 그가 버지니아를 놓아주고는 어색하게 어깨를 토닥였다.

"너도." 베르톨트가 가구 숲으로 사라질 때 버지니아가 일어서서 베르톨트에게 손을 흔들었다. 그리고 마빈에게 말했다. "자, 이제 우린 편안히 앉아서 루크레시아 커터를 기다릴만한 장소를 찾는 게 좋겠어."

다쿠스는 주변을 두리번거렸다. 유일한 사람의 흔적이라고는 페이틀 씨의 신문 가게 안에 켜져 있는 불빛뿐이었다. 민트그린색 르노4가 시동을 켠 채 길 한복판에 대기하고 있었다. 맥스 삼촌은 운전석에서 지도를 보고 있었다. 실내등이 켜져 있어서, 다쿠스는 뒷좌석의 크림색 가죽에 헤라클레스장수풍뎅이와 타이탄하늘소가 뒤덮여 있는 것을 볼 수 있었다. 자동차 지붕에는 폭탄먼지벌레가 매달려 있었고, 그보다 조금 더 큰 비단길앞잡이 몇 마리는 맥스 삼촌의 사파리 모자를 쉼터로 선택했다.

맥스 삼촌이 딱정벌레 승객들 사이에서 거북해 보이는 얼굴로 손을 흔들었다.

다쿠스와 구름처럼 몰려있는 가뢰들이 서둘러 자동차에 탔다.

졸린 눈으로 창밖을 멍하니 내다보는 통근자들을 가득 실은 버스 한 대가 부릉거리며 지나갔다.

"피커링과 험프리는 깊이 잠들어 있어요." 다쿠스가 안전벨트를 매며 말하는 동안 가뢰들은 계기판에 자리를 잡았다. "2단계가 완료되었어요, 이제 3단계로 넘어갈 때예요."

"자, 그럼 네 아빠를 구출하러 가볼까?" 맥스 삼촌이 말했다.

그가 액셀러레이터를 세게 밟고 핸드브레이크를 놓으니, 차가 부릉 소리와 함께 앞으로 튀어나갔다.

제 20 장

헵번

루 크레시아 커터의 침실은 흑단 마루에 검은색 고딕풍 아치들로 장식된 높은 천장이 있는 횅뎅그렁한 방이었다. 아치는 금색으로 꾸며져 있었고 천장 전체를 뒤덮고 있었다. 천장에는 흑요석을 조각해 만든 두 개의 샹들리에가 매달려 있었다. 벽면은 검은색 무광 페인트로 칠해져 있고, 천장에 있는 것과 똑같은 금색 아치들이 문간과 거울, 책장의 테두리를 이루고 있었다. 방 중앙에는 아프리카 흑단으로 만든 높은 4주식 침대가 있고, 침대 기둥에 매달려 고리 형태로 늘어진 반짝이는 금빛 수공예 레이스 휘장 사이로 검은색 실크 이불이 보였다.

문에서 노크 소리가 났다. 루크레시아 커터가 침대에서 일어나 선글라스를 쓰고 실내복을 어깨에 걸치며 소리쳤다. "들어와."

제라르가 왼쪽 손끝으로 은쟁반을 들고 들어왔다. 쟁반에는 지독한 냄새를 풍기는 끈적한 갈색 액체가 담긴 넓적한 유리 사발이 있었다.

"아침 식사 왔습니다, 마담." 그가 냄새 때문에 콧구멍을 벌렁거리며 말했다.

"화장대에 내려놔." 루크레시아 커터가 말하고는 침대에서 몸을 휙 돌려 일어났다. 오늘 아침 그녀는 마침내 딱정벌레를 손에 넣게 될 것이다. 그럼 인간 DNA를 이용한 자신의 실험이 효과가 있었는지 확실하게 알게 될 것이다.

바솔로뮤는 그녀의 일을 망친 바보였지만, 그녀가 한 일을 보면, 그리고 그녀가 앞으로 할 일을 알게 되면, 그녀의 방식이 인류가 진보하고 생존하기 위한 유일한 방법이라는 것을 깨닫게 될 것이다.

제라르는 쟁반을 내려놓고 뒤로 물러섰다.

"마담." 그가 목청을 가다듬었다. "마드무아젤 노박에 대해 드릴 말씀이 있습니다."

"뭔데, 제라르?"

"이제 아가씨도 학교에 다니는 것이 좋을 나이입니다." 그기 잠시 머뭇거리다가 말했다. "아가씨가 바깥세상에 대해 호기심이 많아져서 자꾸 이것저것 묻습니다."

루크레시아가 집사를 뜯어보았다. 그가 그 문제에 대해 어떤 생각이건 했다는 것 자체가 흥미로웠다. 그는 노박에게 애정이 있는 것이다.

"코펜하겐에 있는 도트레스콜렌 여학교가 아주 괜찮다고 들었습니다."

그녀는 퉁명스럽게 고개를 끄덕이며 말했다. "그렇게 하도록 해. 그리고 링링에게 일곱 시 삼십 분에 차 대기시키라고 하고."

"예, 마담." 제라르가 고개를 숙여 인사하고 방에서 나갔다.

루크레시아 커터는 침대에서 나와 거울 앞에 앉았다. 제라르가 자신은 '마담'이라고 부르고 노박은 '마드무아젤'이라고 부르는 것이 짜증스러웠다. "나이는 상대적인 개념일 뿐이야." 그녀는 아침 쟁반을 끌어당기며 거울에 비친 자신에게 상기시켰다. "그리고 난 전혀 새롭게 만들어졌어."

그녀는 두 손을 턱뼈로 가져가 손가락을 귀밑에 대고는 어처구니없을 만큼 입을 크게 벌렸다. 그때 소름 끼치는 딸깍 소리와 함께 턱 관절이 빠졌고, 그녀는 그 상태로 그것을 해먹처럼 걸려있는 아래턱 피부에 걸쳐놓았다. 그리고 머리를 숙여 입을 유리 사발 테두리로 가져간 다음 한 쌍의 긴 분홍색 촉수를 허겁지겁 뻗어 냄새나는 갈색 식물의 즙을 입으로 떠 넣었다.

"지금까지 본 딱정벌레 중에 가장 사랑스럽지 않니, 박스터?" 노박이 연분홍색 이불 위로 기어가는 무지갯빛 곤충을 가만히 내려다보며 말했다. 겉날개가 순간적으로 진분홍색에서 에메랄드빛으로 바뀌었다가 다시 원래 색으로 돌아가는 것처럼 보였다. 노박은 손을 내밀었고, 비단벌레는 그 위로 올라가 작은 두루마리처럼 생긴 것을 손바닥에 떨어뜨렸다.

"메시지니? 정말 작구나!"

노박이 딱정벌레를 내려놓고 돌돌 말린 종이를 조심스럽게 폈다.

'노박. 네 도움이 필요해. 지금 너희 집 밖에 있어. 네 엄마가 집에서 나가면 하인 출입구로 나를 들여보내 줄 수 있겠니? 박스터가 네 답장을 나한테 가져올 거야. 그리고 비단벌레는 네 친구야. 다쿠스가.'

"마지막에 키스 표시 정도는 해서 보낼 수도 있었잖아." 노박이 헛기침을 하며 불평했지만, 얼굴에 번지는 미소를 어쩔 수 없었다. "박스터, 내가 간다고 전해."

장수풍뎅이는 절을 하고 창밖으로 날아가 길 조금 아래에 차를 대고 기다리고 있는 다쿠스와 맥스 삼촌에게 내려갔다.

노박은 일어나서 잠옷 위로 검은색 실크 기모노를 걸치고 거울 앞에서 머리 모양을 확인했다. 한편 거울 속에서 자기 자신의 모습을 포착한 비단벌레는 아름다운 자태에 감탄하며 침대 위아래를 오르내리며 행진을 벌였다.

노박이 비단벌레를 들어서 화장대 위에 내려놓았다. "너도 박스터랑 비슷하니? 내가 말하는 걸 알아듣는 거야?"

비단벌레가 우아한 동작으로 더듬이를 흔들었다.

"그렇다는 의미로 받아들일게."

비단벌레는 화장대 거울을 기어올라 노박이 거울 귀퉁이에 끼워 둔 오드리 헵번 엽서로 올라갔다.

"오드리 헵번이야. 정말 아름답지 않니? 유명한 영화배우지."

비단벌레는 겉날개를 들고 속날개를 펼쳤다.

노박이 킬킬거렸다.

"물론, 네가 훨씬 더 예뻐."

비단벌레는 공중으로 뛰어올라 우아하게 원 모양을 그린 뒤 화장 대에 착지하더니 거울을 보며 아래턱으로 더듬이를 다듬었다.

"그래, 널 그렇게 불러야겠다." 노박이 비단벌레의 겉날개를 부 드럽게 쓰다듬으며 말했다. "헵번."

그리고 화장대 서랍을 열어 끝에 걸쇠가 달린 금색 원뿔을 찾을 때까지 뒤졌다. "여긴 딱정벌레에게 위험한 곳이야. 특히 너같이 사 랑스러운 애에겐." 그녀는 새로운 친구에게 이렇게 말하면서 거울 옆 꽃병에서 이제 막 꽃봉오리가 터지기 시작하는 백장미 한 송이를 꺼내 손톱 가위로 줄기를 잘랐다. "네 은신처를 만들어야겠어." 그녀 는 꽃을 벌려 가운데에 단단하게 감겨있는 꽃송이들을 뜯어냈다. 바 깥쪽 꽃잎들은 형태를 유지한 채 서로를 감싸서 움푹 팬 꽃의 중심을 가리고 있었다. 노박은 줄기를 금색 원뿔에 밀어 넣고 장미꽃을 실내복에 핀으로 꽂았다. "자, 어때? 은폐용 코사지야. 너한테 잘 맞을 것 같니?"

헵번이 날아올라 장미 꽃송이를 헤치고 기어들어갔다.

"머리를 밖으로 빼봐."

헵번은 꽃송이 사이로 반짝이는 분홍색 얼굴을 쏙 뺐다.

"어머! 너 내 말을 알아듣는구나! 정말 멋져. 하지만 우리가 누군

가를 만나면 계속 숨어있어야 한다."

헵번은 다시 꽃 속으로 사라졌다.

노박은 화장대 거울 앞에서 자신의 모습을 꼼꼼히 살펴봤다. 장미는 그다지 어색하거나 두드러져 보이지 않았고, 눈가의 멍이 워낙 강렬해서 어차피 꽃으로는 시선이 잘 가지 않았다.

자갈 위로 움직이는 익숙한 자동차 타이어 소리가 그녀를 창가로 이끌었다. 링링이 차 문을 열고 있었다. 이어서 메이터가 바닥까지 오는 검은 드레스에 그녀의 트레이드마크인 실험실 가운과 선글라스 차림으로 나타났다. 그녀가 뒷좌석에 탔다.

노박은 눈에 띄지 않도록 창가에서 멀찍이 떨어져 지켜보았다. "어서 가서 다쿠스가 뭘 하려는 건지 알아보자." 그녀가 헵번에게 속삭였다.

루크레시아 커터의 차가 대문을 빠져나와서 비어있는 르노4를 지나쳐 갔다. 그녀가 험프리와 피커링을 찾아왔을 때 함께 있던 검은 옷의 두 남자가 탄 흰색 승합차가 그 뒤를 따랐다.

다쿠스와 맥스 삼촌은 르노 뒤에 쭈그리고 앉아 있다가, 차들이 그들을 지나치자마자 종종걸음으로 타워링 하이츠의 열린 대문으로 들어가서 딱정벌레 특공대가 기다리고 있는 너도밤나무 울타리 속으로 파고 들어갔다. 뒤에서 대문이 닫혔다.

"저기 보세요. 박스터가 있어요." 다쿠스가 손가락으로 가리키며 말했다.

장수풍뎅이는 마치 미니어처 헬리콥터처럼 노박의 창에서 하강하여 다쿠스가 내민 손에 앉았다.

"노박은 찾았니?" 다쿠스가 물었다. "노박이 내 메시지를 받았어? 나오겠대?"

딱정벌레가 머리를 끄덕였다.

다쿠스는 맥스 삼촌을 쳐다보고 숨을 깊이 들이쉬었다. "음, 삼촌이 준비되셨다면, 전 준비됐어요."

"용기와 결단력. 우리가 필요한 건 그것뿐이야."

맥스 삼촌이 다쿠스에게 윙크했고, 다쿠스는 마음이 차분해지는 것을 느꼈다.

다쿠스는 어깨에 박스터를 올린 다음 사지를 쫙 벌린 채 섰다. 제일 먼저 헤라클레스장수풍뎅이가 쉬지 않고 기어올라 다쿠스의 머리와 어깨, 등에 자리 잡았고, 다음으로 녹색 비단길앞잡이와 쇠똥구리가 올라왔다. 폭탄먼지벌레와 반딧불이가 뒤이어 다쿠스의 다리를 타고 우글거리며 올라갔고, 마지막으로 가뢰들이 그의 초록색 스웨터 소매에 매달렸다.

"네 아빠가 이걸 보면 자기 눈을 믿지 못할 거다." 맥스 삼촌이 고개를 저으며 킬킬거렸다.

다쿠스는 미소 지었다. "어서 가요."

맥스 삼촌이 아무렇지 않게 타워링 하이츠 현관문으로 걸어갔다.

다쿠스는 머리와 어깨, 몸통이 온통 딱정벌레로 뒤덮인 채 삼촌 뒤를 그림자처럼 뒤따랐다.

맥스 삼촌이 상체를 숙여 커다란 은색 문두드리개를 두드렸고, 다쿠스는 쏜살같이 집 측면을 돌아 하인 출입구로 뛰어갔다.

제라르가 문을 열었다.

"안녕하시오, 젊은 양반." 맥스 삼촌이 쾌활하게 말하며 은근슬쩍 한쪽 발을 문 안으로 밀어 넣었다.

다쿠스는 삼촌이 큰 소리로 말하는 것을 들을 수 있었다. 집사가 문을 열어주러 현관에 나간 것이 틀림없었다.

다쿠스는 하인 출입구를 부드럽게 두드렸다. 문이 열리고, 수줍게 미소 지으며 서 있는 노박이 보였다. 그러나 그녀는 이내 다쿠스의 온몸에서 딱정벌레들이 어른거리는 모습에 입이 떡 벌어졌다.

"안녕." 다쿠스가 말했다. "들어가도 될까?"

"여기서 뭐 하는 거니? 이 딱정벌레들은 다 뭐고?"

"네가 나를 지하 와인 저장소로 데려가 줘." 그는 도망자처럼 두리번거리며 말했다. "감방이 있는 곳으로."

"뭐라고? 아니 왜?" 노박이 한 걸음 뒤로 물러났다. "난 못해... 난..."

다쿠스는 노박이 겁에 질려 있는 것을 알 수 있었다.

"중요한 일이 아니라면 애초에 부탁도 안 했을 거야." 그가 노박의 눈을 똑바로 바라보며 말했다. "노박, 우리 아빠가 저 아래 계셔.

난 아빠를 구출해야 해. 너를 개입시키지 않고 그렇게 할 수 있었다면, 그렇게 했을 거야."

노박의 눈이 휘둥그레졌다.

"너희 아빠가? 확실한 거야?"

다쿠스가 고개를 끄덕였다. "아빠를 구출하러 왔어."

"하지만 어떻게..." 노박이 얼굴을 가린 머리를 쓸어 넘기며 말했다. "내 말은..."

"네 도움이 필요해." 다쿠스가 부드럽게 말했다.

"다쿠스, 난..."

"제발, 노박."

그녀는 손가락으로 눈 밑의 자주색 멍을 만졌다. 그리고 잠시 생각하더니, 고개를 끄덕였다.

"우리를 도와줄 딱정벌레들도 좀 데려왔어."

노박이 킬킬거렸다. "안 그래도 보여. 너 참 우스꽝스러워 보여."

"생각보다 엄청 무거워." 그가 미소 지었다. "비단딱정벌레에게 내 메시지 받았니?"

"어, 그래. 헵번." 노박이 실내복에 핀으로 고정된 장미를 톡톡 두드렸다. "정말 예뻐."

헵번이 머리를 쏙 내밀고 다쿠스를 향해 더듬이를 흔들었다.

"안녕." 그가 비단벌레에게 말했다. "네가 집을 갖게 된 걸 보니 기뻐."

"어서." 노박이 말했다. "빨리하는 게 좋을 것 같아. 메이터가 얼마나 오래 나가 있을지 모르니까."

노박이 다쿠스를 데리고 텅 빈 주방을 통과해 아래로 뻗은 나선형 계단으로 갔다. 바닥에는 문이 있었고, 그 뒤에 캄캄하고 퀴퀴한 냄새가 나는 방이 있었다.

"여기가 와인 저장실이야. 반대쪽에 감방으로 통하는 다른 문이 있어." 그녀가 속삭였다.

"보초가 있니?" 두 사람이 먼지 낀 병들이 쌓여있는 어두운 방을 기어갈 때 다쿠스가 물었다.

"댄키시와 크레이븐, 몰링이 당번을 서고, CCTV가 있는 복도 끝에 사무실이 있지만, 그 사람들은 CCTV를 보는 적이 없어. 누구도 감히 이곳에 침입하지 않을 테니까."

"남자 두 명이 흰색 밴을 타고 네 엄마 차를 뒤따라갔어."

"댄키시와 크레이븐일 거야. 몰링은 별로 영리하지 못해서, 메이터는 몰링에게 중요한 일은 맡기지 않거든. 하지만 어쨌든 몰링과 마주치지는 않는 게 좋아. 덩치가 집채만 하니까. 게다가 한때 헤비급 권투선수를 하다가 납작코가 됐어."

그들은 반대편 문에 이르러서 슬그머니 그 문을 통과했다. 다쿠스는 집사가 자신을 붙잡았을 때 있던 곳과 정확히 같은 장소에 서 있었다. 그러나 이번에는 복도가 조용했다. 그는 어깨너머로 성난 딱정벌레들이 들어있던 하얀 문을 쳐다보며, 행여 그곳에서 탈출해

311

서 집안을 돌아다니는 놈이 한 마리도 없기를 바랐다. 아빠의 목소리가 나왔던 방문이 보였다. 거기에는 9라는 숫자가 적혀 있었다.

"좋아." 다쿠스가 스웨터에 달라붙어 있는 딱정벌레들에게 속삭였다. "이제 너희가 솜씨를 보여줄 때야."

딱정벌레들이 날개를 퍼덕이며 바닥으로 내려와 9라는 숫자가 표시된 문을 향해 총총거리며 걸어갔다. 박스터만이 경계 태세로 더듬이를 곧추세운 채 다쿠스의 어깨에 남아 있었다.

"열쇠도 없이 어떻게 문을 열 건데?" 노박이 소곤소곤 말했다.

"그건 딱정벌레들에게 맡겨." 다쿠스가 그 감방문에 나 있는 작은 창문을 슬며시 뒤로 당겼다. 그러나 안은 칠흑처럼 어두웠다. "아빠?" 다쿠스가 조금 크게 속삭였다.

대답이 없었다.

폭탄먼지벌레들이 줄지어 문을 타고 올라가 열쇠 구멍을 통해 행진했다. 그들은 낮은 쉬익 소리를 내며, 방어용 산을 자물쇠에 살포하여 금속을 녹여버렸다. 둔탁한 덜컥 소리와 함께 자물쇠가 문에서 바닥으로 떨어지는 것을 쇠똥구리 소대가 조용히 받아냈다.

다쿠스는 문을 밀어서 열었다. 이상한 소리들이 들렸다. 쉬익 소리, 딸깍 소리, 꽥꽥 소리.

다쿠스는 한 걸음 들여놓으며, 눈이 어둠에 적응하기를 기다렸다. 창문도, 전깃불도 없었다.

반딧불이들이 총총거리며 들어와서 빛나는 반점에서 강하게 빛을 발산했다. 마치 수백 개의 작은 핀 구멍에서 뿜어져 나오는 빛처럼 보였다. 그들은 바닥에 뻗어있는 거뭇한 형체를 에워쌌다.

"아빠?" 다쿠스가 조심스럽게 다가가며 속삭였다. "아빠예요?"

그 형체는 엎드려 잠든 것처럼 보였다.

"아빠?" 다쿠스가 주저앉아 아빠의 몸을 굴려 똑바로 눕힌 뒤 아빠의 어깨를 자신의 무릎까지 끌어올려 머리를 감싸 안았다. "아빠, 저예요. 다쿠스예요."

"아니야." 다쿠스의 아버지가 창백한 목소리로 조용히 흐느꼈다. "그 여자가 내 아들을 데려갔어." 그는 수염이 덥수룩하고 머리카락이 마구 엉켜있었다.

"아니에요, 아빠. 그렇지 않아요. 저 여기 있어요."

"그게 꿈이길 기도했다." 다쿠스 아버지는 속삭이는 목소리로 말했다. "그냥 그 여자의 또 다른 고문일 뿐이길. 모든 걸 잃었어."

눈이 차츰 어둠에 적응되어 아버지의 몸과 주변에서 작고 까만 생명체들이 보였다. 다쿠스는 손등으로 그것들을 털어냈다. 그것이 정확히 뭔지는 보이지 않았지만, 커다란 개미처럼 보였다. 다쿠스가 뭐라고 말하기도 전에, 비단길앞잡이들이 번개처럼 빠르게 달려가서 날카로운 턱으로 그것들을 붙잡아 두 쪽으로 가른 뒤 어둠 속에 던져버렸다. 그 곤충들은, 그것이 뭔지 모르지만, 딱정벌레들을 보고 어두운 구석으로 후퇴했다. 다쿠스는 딱정벌레들이 자신을 지켜보며 기다리고 있는 것을 느낄 수 있었다.

"아빠, 잘 들으세요. 우린 아빠를 구출하러 왔어요."

아버지가 다쿠스의 손목을 붙잡고 말했다. "아들아, 어서 여기서 나가거라. 너라도 살아야지."

"아빠 없인 아무 데도 안 가요."

"다쿠스, 난 사슬에 묶여있어." 그는 발을 움직였고, 다쿠스는 쩔 렁거리는 족쇄 소리를 들을 수 있었다.

"폭탄먼지벌레야, 너희들이 필요해." 다쿠스가 부드럽게 불렀다.

바솔로뮤 커틀이 어리둥절한 얼굴로 두리번거렸다.

"누구한테 말하는 거니?"

"걱정 마세요, 아빠. 우리가 아빠를 여기서 빼낼 거예요."

"난 여기가 어딘지도 모르는데."

"아빠는 지금 타워링 하이츠에 있어요. 루크레시아 커터의 집이 죠." 다쿠스가 말했다. "어떻게 여기 오게 됐는지 기억 안 나세요?"

"글쎄... 난 지하 소장실에 있었어. 그런데 골리앗풍뎅이가 사라 졌어. 그곳이 안전하지 않다는 걸 눈치챘어야 했는데..." 바솔로뮤 커틀은 고개를 흔들었다. "편지를 한 통 받았는데, 죽은 표본과 함 께, 그 딱정벌레가 이상한 행동을 보인다는 내용이었지. 그래서 확 인을 하러 갔는데... 그런데..."

"무슨 일이 있었나요?"

"금고에는 내 골리앗풍뎅이 대신 시커먼 딱정벌레들이 나를 기 다리고 있었어... 허공에서 앞다리를 들어 올린 채. 그리고 내게 가스를 분사했지. 벤조퀴논은 아니었어... 하지만 내가 착각한 거겠지. 그때 방이 빙글빙글 돌기 시작하더니 서랍이 저절로 열리고 다윈사슴벌레 수백 마리가 쏟아져 나왔어... 하지만 그건 사실일 리가 없어. 그건 멸종위기종인데..."

다쿠스는 복도 바로 아래쪽의 수조들을 떠올리고, 아버지가 헛것을 본 게 아니라는 것을 알 수 있었다.

"난 분명 환각 상태였을 거야. 그리고 천장이 보이더니, 그걸로 끝이었어. 정신이 들어보니 내가 이 감방에 있었고, 그 여자도 있었지." 그가 몸을 부르르 떨었다. "그 여자는 나를 비웃었어. 그 여잔 미치광이야, 다쿠스." 그가 눈을 들었다. "15년 전에 알고 지낼 때는 그 여자가 그렇지 않았단다. 그 여자는 위험해. 온갖 끔찍한 얘기들을 하면서..." 그가 갑자기 고개를 저었다. "넌 어서 여기서 나가야 해. 당장!"

"아빠, 제 얘기 들어보세요. 아빠는 루크레시아 커터의 딱정벌레들에게 납치된 거예요. 그 여자가 딱정벌레에게 일종의 유전자 이식 실험을 하고 있어요. 뭐 때문인지는 모르지만, 아빠에게 가스를 뿜은 딱정벌레는 그 여자를 위해 일해요."

"다쿠스, 딱정벌레는 누구를 위해서도 일하지 않아. 여러 해 전에 우리가 시도하긴 했지만, 우리가 할 수 있었던 건 인격을 가진 딱정벌레를 만드는 것뿐이었다."

"아뇨, 아빠. 잘 들으세요. 전 그 여자의 딱정벌레들을 봤어요.

그것들은 마치 굶주린 늑대처럼 성나 있었어요. 그것들이 그런 거예요. 아빠를 납치했다고요. 모든 신문에 기사가 났어요. 아빠는 문을 통해서 지하 소장실에서 나가지 않았어요. 에디 아저씨가 내내 밖에 있었으니까요. 아빠는 그냥 사라졌다고요."

"사라져? 하지만..."

"그 다윈사슴벌레들이 아빠를 온도 조절 장치 환기구로 실어 나른 거예요."

"하지만 그건 불가능해... 나는..."

"거기서 박스터가 아빠 안경을 발견했어요."

"박스터?"

"장수풍뎅이예요. 지금 제가 아빠를 구출하는 것을 돕고 있는 착한 딱정벌레들 중 하나죠. 제 말을 잘 듣고 제 말대로 하셔야 해요. 시간이 별로 없어요."

제 *21* 장

매복공격

피커링은 눈을 뜨고 일어나 앉았다. 머리가 험프리 어깨에 부딪쳤다.

"일어나." 그가 험프리의 팔을 꼬집었다. "일어나라니까! 네가 내 다리를 깔고 앉아 있잖아!"

피커링이 손으로 얼굴을 찰싹 때리자, 험프리가 눈을 떴다. 그는 방향을 틀어 피커링의 머리에 주먹을 날렸다.

피커링의 머리가 매트리스에 부딪쳤다가 다시 튀어 올라 험프리의 어깨를 머리로 박았다. "나한테서 비키란 말이야!"

"내가 어디 있다고 그래?" 험프리가 신음 소리를 냈다. "머리 아파 죽겠고만."

"지금 내 침실에, 내 침대에, 내 다리 위에 앉아 있잖아!"

"진정해." 험프리가 말했다. 그는 상체를 앞으로 기울이며 문틀을 잡고 일어나 두 발로 섰다. 허공에 들려 있던 침대 한쪽 끝이 턱 소리와 함께 바닥에 떨어졌다.

피커링이 비명을 질렀다. 자기 발이 눈에 보이긴 했지만, 아무 감각이 없었다. "네가 내 발을 부러뜨렸어!"

"뭔가 좀 잘못되어 보이긴 하네." 험프리가 인정하며 머리를 긁적였다. 피커링의 발이 정상과 반대 방향을 향해 있었다.

피커링은 일어나려다 엎어져서 마치 물고기처럼 바닥에서 파닥거렸다. "네가 싫어. 너무 싫어. 정말 꼴도 보기 싫어!"

험프리는 재미있는 듯 코웃음을 쳤다. "세상이 끝난 것도 아닌데 뭘 그래. 겨우 발 가지고. 고칠 수 있을 거야."

"아직 여덟 시 안 됐어?" 피커링이 갑자기 지껄이기 시작했다. "루크레시아 커터가 오기로 했는데..."

"아싸!" 험프리가 미소 지었다.

"... 그리고 딱정벌레들도 사라질 테고..."

"아싸!"

점점 가까워지는 엔진 소리에 그들은 머리를 번쩍 들었다. 험프리가 창밖을 내다보았다.

"그녀야. 밴도 있어. 길 건너편에 주차하고 있어."

"이런, 안 돼! 그 여자가 확실해?"

"으응." 험프리가 고개를 끄덕였다.

"하지만 난 걸을 수가 없잖아!" 피커링이 울부짖듯 소리쳤다.

"그건 미안해." 험프리가 별로 미안한 기색도 없이 말했다.

현관문 두드리는 소리가 들렸다. 험프리가 방에서 나가려 했다.

"안 돼!" 피커링이 두 팔을 파닥거렸다. "어딜 가는 거야?"

"문 열어주러."

"나 없인 안 돼. 넌 안 돼!"

험프리가 비열하게 싱긋 웃었다.

"내 발목을 부러뜨린 사람은 너니까, 네가 날 안고 아래층으로 내려가야 해."

험프리는 잠시 생각하는 척하다가 이내 고개를 저었다. "싫어."

피커링이 고래고래 소리를 지르기 시작했다. "험프리 윈스턴 갬블. 만일 나를 안고 아래층으로 내려가지 않으면, 루크레시아 커터에게 네가 고의로 내 발목을 부러뜨렸다고 말할 거야. 그리고 네가 믿을 수 없는 인간이고 그 여자의 돈을 전부 갖고 튈 계획이라고 말할 거야. 그리고... 우린 거래를 했잖아! 이 역겨운 얼간아!"

험프리가 투덜거리며 피커링을 거칠게 두 팔로 안았다. "널 닥치게 하려면 뭔들 못하겠냐." 그가 이빨을 드러내며 으르렁거리듯 말했다. 그런 다음 아래층에 대고 우렁차게 고함쳤다. "나갑니다!"

그런데 두 계단 째 내려가는 순간 험프리의 발밑에서 계단이 푹 꺼졌다. 그는 앞으로 휘청거리며 피커링을 계단에 떨어뜨렸다. 그는 왼쪽 발을 뺐지만, 이번엔 오른쪽 발이 점처럼 작은 구멍들이 뚫린 다른 계단을 뚫고 말았다.

"여기에 무슨 문제가 있는 거지? 무너져 내리고 있어!"

"너한테 문제가 있는 거겠지." 피커링이 벌써 이마에 솟아오르고 있는 혹을 비비며 말했다. "넌 다이어트를 좀 해야 해."

"닥쳐. 안 그러면 저 바닥으로 그냥 던져버릴 테니까." 험프리가 씩씩거리며 다시 피커링을 잡아서 어깨에 들쳐 메며 말했다. 피커링의 눈앞에 갑자기 험프리의 거대한 엉덩이가 나타났다.

이제 계단이 두려워진 험프리는 발을 내딛기 전에 한 계단 한 계단 시험해보며 천천히 내려갔다.

"잠깐만 기다리세요." 그가 반점처럼 작은 구멍들이 뚫려있는 계단을 피해 조심조심 발을 내디디며 소리쳤다. 현관을 향해 내려가는 동안, 그는 자신의 침실 문이 조금 열려 있는 것을 보고 내심 만족스러웠다. 어젯밤 문이 열리지 않는 것 같아서 혼란스러웠던 것이다. 그 방에서 사라진 의문의 소년이 자꾸 눈에 밟혔다. 곳곳에서 그 소년이 보였다. 길에서도, 뒷마당에 있는 피커링의 쓰레기더미에서도, 심지어 어제 타워링 하이츠 밖에서도 소년을 본 것만 같았다. 그는 도리질하며 이제 다시는 애들을 납치하지 않아야겠다고 마음속으로 다짐했다.

"잠깐만요." 그가 소리쳤다. 현관문 저쪽에서 자신을 기다리고 있을 돈다발이 벌써 손안에 들어온 기분이었다.

문을 열었을 때 두 명의 검은 정장의 남자들을 발견했다.

"댁들은 뉘쇼?" 험프리가 물었다.

"댄키시라고 합니다." 재미로 강아지를 발로 찰 것처럼 생긴 남자가 말했다.

"난 크레이븐이요." 좀 더 키가 크고 마른 남자가 기분 나쁜 미소를 지으며 말했다. "딱정벌레 때문에 왔소."

"그 여자가 왔어?" 피커링이 험프리에게 물었다. "네 거대한 엉덩이 말고는 아무것도 보이는 게 없어."

험프리는 두 남자를 무시하고 피커링을 어깨에 매단 채 사람들의 시선도 아랑곳하지 않고 성큼성큼 길을 건너 루크레시아 커터의 차로 걸어갔다. 까맣게 선팅이 된 창문이 내려가며 금색 입술과 까만 선글라스가 보였다.

"안녕하세요, 아름다운 루크레시아." 험프리가 히죽거렸다. "샴페인 감사합니다."

"무슨 소릴 하는 건지 모르겠군요." 루크레시아 커터의 눈썹이 선글라스 위로 치켜 올라갔다. "술을 마셨나요?"

"뒤로 돌아봐. 돌아보라고!" 피커링이 험프리의 엉덩이를 찰싹 때렸다.

험프리가 뒤로 홱 돌았다.

"안녕하세요, 루크레시아. 여기서 당신을 보니 더 반갑네요." 피커링은 거꾸로 매달린 채 상체를 일으켜 세워 그녀를 똑바로 보려고 애쓰면서 말했다.

"비키세요." 그녀가 말하고는 까만 창문을 올리고 대화를 끝냈다.

험프리는 피커링을 빨래방 밖 인도에 내려놓았다. "너 때문에 그녀가 놀랐잖아." 그가 불평했다. "아직 난 할 말이 끝나지 않았는데."

"그건 우리 딱정벌레라고." 피커링이 문이 열린 밴 뒷좌석 옆에

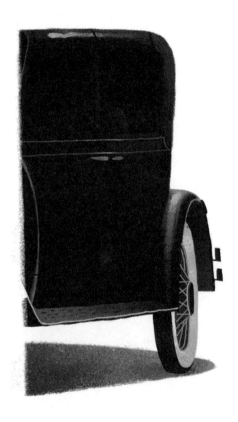

서서 보호복을 입고 있는 크레이븐과 댄키시에게 인상을 쓰며 말했다. "왜 저 두 인간이 재미를 다 보는 거지? 우리도 가서 딱정벌레를 죽여야 해. 저 독가스 총을 쏴보고 싶어." 그는 까만 해골과 넓적다리뼈가 표시된 노란색 통을 부러운 눈으로 올려다보았다.

"저 독가스 때문에 우리도 죽지 않을까?" 험프리가 물었다.

피커링은 험프리의 발목을 잡아 손가락으로 어딘가를 가리켰다. 밴 바닥에 여분의 방독면이 쌓여있었다.

"저걸 쓰면 그럴 일이 없지."

"이제 됐어." 버지니아가 백화점 창을 덮고 있는 나무판 틈새로 밖을 내다보며 마빈에게 말했다. "루크레시아 커터의 차와 그 여자 똘마니들이 있어." 버지니아는 손바닥 위의 알통다리잎벌레를 보며 말했다. "우리가 가서 병사들에게 알리는 게 좋겠어."

버지니아는 까치발로 상점을 통과해 벽장 문 뒤의 계단통으로 가서 피커링과 험프리의 부엌으로 기어 올라갔다. 문을 열었을 때, 버지니아는 '헉' 하고 숨을 들이쉬었다.

눈앞에 갑옷 입은 딱정벌레 군단이 전투태세를 갖춘 채 질서정연하게 줄지어 서 있었다. 턱이나 발톱, 뿔, 무기나 기술을 가진 모든 딱정벌레가 연대를 이루어 그곳에 모여 쉭쉭 소리를 내며 도전적으로 더듬이를 휘두르고 있었다.

바닥에는 사슴뿔처럼 보이는 무시무시한 아래턱뼈를 흔들며 전투에 목마른 사슴벌레들 옆에 박스터의 형제들인 검은 갑옷의 장수풍뎅이 떼가 줄지어 서 있었다. 개수대 식기 건조대 위에는 눈으로 볼 수 없을 만큼 움직임이 빠르고 큰 낫처럼 생긴 턱으로 먹잇감을 찢어발기는 에메랄드빛 비단길앞잡이들이 식욕은 똑같이 왕성하지만 덩치가 더 큰 데다 인간의 살도 자를 수 있을 정도의 위력적인 아래턱뼈를 가진 타이탄하늘소와 어깨를 나란히 하고 있었다. 그들 옆에는 용감하고 느긋한 가뢰들이 혹거저리, 폭탄먼지벌레들과 함께 줄지어 있었다. 번쩍이는 황동색 딱정벌레 군단의 최전선에서는 위력적인 무기를 전장으로 굴리는 중요한 임무를 띤 쇠똥구리가 자리 잡고 있었다.

버지니아는 경외감에 사로잡혀 그들 앞에 무릎을 꿇었다. "그들이 밖에 왔어." 그녀는 딱정벌레들이 자신의 말을 알아듣기를 바라며 또박또박 속삭였다. "헬멧과 보호복을 입은 남자가 둘 있는데, 둘 다 독가스 통을 등에 메고 있어. 우린 그들의 머리에서 헬멧을 벗겨 내야 해. 헬멧이 없으면 가스를 쏠 수 없을 테니까.

일단, 현관문이 열리면 내가 공격 신호를 보낼 거야. 쇠똥구리와 폭탄먼지벌레, 너희는 계단 위에서 공격 태세를 취하고 있도록 해. 기습 공격을 할 수 있으니까 우리가 유리해. 저들은 싸움을 예상하지 못하고 있어."

딱정벌레 군단은 알아들었음을 보여주기 위해 몸을 부르르 떨었다.

"가뢰랑 앞잡이랑, 깨무는 힘이 센 애들." 버지니아가 두리번거리며 말했다. "너희들은 현관 천장에 자리 잡고 있도록 해. 너희는 낙하공격 중대야. 다쿠스가 어떻게 해야 하는지 말해줬지?"

롱기마누스앞장다리하늘소들이 앞발을 들고 일어섰고, 비단길앞잡이들은 서로에게 지저귀었다.

"가뢰, 너희들은 동료 병사들을 위해 탈출로를 내는 임무를 맡아. 가능한 한 부상자를 남겨 두지 말아야 해. 혹거저리, 너희는 나하고 같이 난간에서 마무리할 특수 임무가 있어. 사슴벌레랑 장수풍뎅이, 아틀라스, 헤라클레스, 최후의 공격은 너희에게 달려있어."

익숙한 진동음이 뒤쪽 계단통에서 올라왔다. 골리앗이 방으로 날아들자, 버지니아는 일어섰다.

"각하!" 그녀가 경례했다.

그 위풍당당한 딱정벌레는 착지하여 최전선 한가운데 자리를 잡았다.

'모험이란 바로 이런 느낌이야.' 버지니아는 심장이 사자처럼 포효하는 것을 느끼며 생각했다. 그녀는 깊이 숨을 들이쉬며 문을 열고 층계참으로 나가 계단 꼭대기에 자리 잡았다. 딱정벌레 부대가 마치 양철지붕 위에 우박이 쏟아지는 것 같은 소리를 내며 그녀의 뒤에서 행진해왔다.

베르톨트가 시계를 확인했다. 오전 여덟 시 삼십 분이었다. 빨래방을 이제 막 열었을 시간이다. 최대한 아무렇지 않게 보이려 노력하며, 그는 빨래 바구니를 들고 맥스 삼촌의 아파트에서 나왔다.

그러고는 길을 건너서 잔뜩 긴장한 채 루크레시아의 차 앞을 지나쳐 걸어와 빨래방 출입문에서 '영업 중' 표지판을 보고는 안도의 한숨을 쉬었다.

안에 들어서자마자 그는 "안녕하세요?" 하고 소리쳐서 빨래방이 비어 있는 것을 확인한 뒤 창가에 늘어선 세탁기 뒤에 주저앉아 빨래 바구니에서 배낭을 덮고 있던 수건을 걷어냈다.

뉴턴이 머리 위에서 초조하게 파닥거렸다.

"넌 숨어 있어야 해, 뉴턴." 베르톨트가 그림책 크기의 넓적한 기폭장치를 꺼냈다. "사람이 언제 들어올지 몰라."

그런 뒤 기폭장치에 네 개의 스위치와 전선, 안테나를 나사로 고정시켰다. 베르톨트는 배낭에 손을 넣어 스톱워치를 꺼낸 뒤 길에서 벌어질 일을 지켜볼 수 있는 위치에 자리 잡았다.

루크레시아 커터의 심복들은 우주복처럼 보이는 옷을 입고 등에 멘 노란색 통을 서로 확인해주고 있었다.

베르톨트는 갈비뼈 위에서 심장이 탭댄스를 추는 것처럼 느껴졌다. 이러다가 곤충들과 공모해 건물을 폭파한 죄로 교도소에 가는 건 아닐지 걱정스러웠다.

제*22*장

넬슨 퍼레이드 전투

금 붕어 어항 같은 헬멧을 쓰고 댄키시와 크레이븐은 숫자 5가 적힌 문으로 어슬렁어슬렁 걸어 들어갔다. 등에는 노란색 바탕에 검은색 글자가 적힌 독가스 통을 지고 있었는데, 그 통은 벨트 권총집에 끼워진 총처럼 생긴 노즐에 연결되어 있었다.

두 남자의 모습을 층계참에서 조용히 내려다보고 있으니, 버지니아의 입술이 혐오감으로 일그러지고, 주먹이 꽉 쥐어졌다. 그녀는 저 딱정벌레 킬러들에게 평생 잊지 못할 따끔한 교훈을 가르쳐 줄 셈이었다.

"자, 가자." 버지니아가 자신의 땋은 머리에 뒷다리로 매달려 있는 마빈에게 속삭였다. 현관문이 닫히자, 그녀는 손을 위에서 아래로 내려서 공격 신호를 한 뒤 스톱워치의 시작 버튼을 눌렀다.

마치 거대한 검은 단검처럼, 첫 번째 딱정벌레 중대가 침입자들의 머리로 급강하하여 모든 빛을 차단해 버렸다.

기습 공격에 놀란 크레이븐과 댄키시가 소리치며 몸을 비틀고 돌면서 딱정벌레를 후려쳐 쫓아내려 했다.

일련의 쇠똥구리들이 재빨리 똥 덩어리를 굴려 계단 난간 사이에 오도록 밀었고, 그곳에서 대기하고 있던 사슴벌레가 그것을 들어서 던졌다. 일단 복도 천장으로 후퇴했던 첫 번째 중대가 완벽한 조준으로 그것을 맞추자, 똥 폭탄이 비 오듯 떨어졌다.

복도 바닥이 순식간에 똥구덩이가 되었다.

배설물이 잔뜩 튄 헬멧 안에서 크레이븐과 댄키시의 경악과 혐오의 비명이 흘러나오자, 버지니아는 신이 나서 날갯짓하듯 손을 펄럭였다.

헬멧의 얼굴 가리개 밖을 내다볼 수 없는 크레이븐과 댄키시는 서로 부딪치고 서로를 부여잡으며 미끄러지고 넘어졌다. 헬멧을 닦는 족족, 새로운 똥 폭탄이 다시 그들의 시야를 가렸다.

버지니아는 고소한 기분을 주체하지 못하고 두 팔로 자기 몸을 감싸 안았다. 이것은 그녀가 평생 본 것 중에 가장 우스운 장면이어서, 웃음을 참기가 고통스러울 지경이었다.

"대체 이게 무슨 일이야?" 헬멧을 조금 들어 올리며 댄키시가 소리쳤다.

그때가 바로 폭탄먼지벌레와 가뢰들이 기다리던 순간이었다. 그들은 모두 함께 그의 노출된 목젖을 향해 급강하하다가, 충돌 직전에 양쪽으로 흩어져 목 양쪽을 스치듯 지나며 뜨거운 산을 맨살에 듬뿍 살포했다.

댄키시는 버지니아의 엄마가 쥐를 보았을 때 그러는 것처럼 날카로운 비명을 지르고는 반사적으로 헬멧을 바닥에 벗어 던졌다. 천장에서 대기 중이던 딱정벌레들이 마치 굶주린 피라냐 떼처럼 그의 보호복 안으로 파고들었다.

산이 살포되고 사나운 곤충들이 깨물기 시작하자, 댄키시는 비명을 지르고 또 질렀다. 그는 바닥에 쓰러져 옷 속으로 들어온 딱정벌레들을 눌러 죽이려고 몸을 꿈틀거리고 자기 몸을 마구 때렸다. 그리고 사슴벌레들이 직격탄을 날려 갈색 똥 덩어리를 직접 입속으로 떨어뜨리자 괴로워서 짐승처럼 울부짖었다.

버지니아는 통쾌함에 허공에 주먹을 날렸다.

크레이븐은 헬멧이 배설물로 뒤덮여서 무슨 일인지 볼 수가 없었지만, 댄키시의 비명은 들을 수 있었다. 마침내 크레이븐의 손이 올라가서 보호복의 목 클립을 열었고, 버지니아는 그 모습을 마치 슬로모션 화면처럼 지켜보았다. 폭탄먼지벌레가 두 번째 공격을 감행하기 직전에 크레이븐의 헬멧이 1센티미터 정도 올라갔다. 그의 입에서 댄키시와 똑같은 비음 섞인 울부짖음이 터져 나오며 헬멧이 바닥에 떨어졌고, 그 순간 성난 곤충들이 맹렬하게 쏟아져 내려와 그의 옷을 뚫고 들어갔다.

크레이븐도 바닥에 쓰러져 비명을 지르자, 버지니아는 신이 나서 펄쩍펄쩍 뛰었다. 그녀는 스톱워치를 보았다. 앞으로 3분 남았다. 난간 너머로 댄키시와 크레이븐이 똥의 수렁에서 꿈틀거리며 구역질을 하고, 벌레들에게 깨물리고 쏘일 때마다 비명을 지르는 것이 보였다. 딱정벌레들은 이미 보호복 뒤꿈치에 뚫린 구멍으로 줄줄이 빠져나와 탈출에 성공했다.

그들이 해낸 것이다! 루크레시아의 심복들을 막아낸 것이다!

갑자기 현관문이 열리더니 험프리가 피커링을 운반용 멜빵에 진 채 쿵쿵거리며 들어왔다. 피커링의 부러진 발목이 애매한 각도로 대롱대롱 매달려 있었다. 그들은 밴에서 가져온 방독면을 쓰고 있었다.

"하하!" 피커링이 외쳤다. "항상 재미는 두 분이 다 보고 있다는 생각이 들어서 말이요. 음, 다시 생각해 보쇼. 우린 당신들에게 딱정벌레 죽이기는 어떻게 하는 건지 시범을 보이러 왔으니까 말이오."

댄키시와 크레이븐을 보더니 피커링의 까마귀 소리가 점점 가늘어졌다.

험프리는 멍하니 쳐다봤다.

"이런, 맙소사. 이 고약한 냄새는 뭐지?" 피커링이 코를 찡그렸다.

사촌 형제가 복도로 돌진하는 것을 보고, 버지니아는 심장이 쿵 내려앉았다. 그리고 몸이 너무 앞으로 나와 있는 것 같다는 생각에 몸을 뒤로 빼는 순간, 그만 균형을 잃고 난간에 부딪쳐 소리를 내고 말았다.

험프리가 계단 위를 올려다보았다. "저기 누가 있어!" 그가 소리 쳤다. "그때 그 애야!"

"가서 잡아!" 피커링이 꽥꽥거렸다. "잡아서 죽여 버려!"

버지니아가 공포에 질려 몸을 홱 돌렸다. 이건 계획에 없던 돌발 상황이었다. 그녀를 구하러 올 사람은 아무도 없었다.

험프리가 크레이븐의 등에서 독가스 통을 떼어내 어깨너머로 넘기자, 피커링이 그것을 받아 안았다. 험프리가 살점을 깨물고 쏘아대는 딱정벌레들의 맹공격을 무시하고, 바닥에 쓰러져 있는 남자들을 넘어 돌진했다. 우두둑 소리와 함께 비명 소리가 들렸다. 자신을 향해 쏟아지는 똥 덩어리에도 아랑곳하지 않고 험프리는 계단 아래까지 다가왔다.

"이런, 안 돼!" 버지니아가 마빈에게 속삭였다. "어떻게 해야 하지?"

등 뒤에서 삑 소리가 났다. 골리앗이 명령을 내리는 소리였다. 장수풍뎅이 세 마리가 골리앗의 겉날개 위로 기어 올라가더니 서로의 뿔과 톱니 모양의 다리를 연결해 골리앗을 에워쌌다. 이어서 사슴벌레 네 마리가 뛰어 올라가 골리앗의 아랫배에 매달렸다. 그들은 합

체한 채로 그렇게 계단을 향해 굴러가기 시작했고, 그 과정에서 아틀라스와 헤라클레스, 타이탄하늘소까지 달라붙어 기세를 모았다. 버지니아는 그 모습을 지켜보며 입이 떡 벌어졌다. 공처럼 둥근 딱정벌레들의 덩어리가 계단 꼭대기에 이를 무렵, 그 크기는 커다란 짐볼 수준이 되었다.

공 한가운데에서 또 한 차례의 삑 소리가 났고, 그러한 골리앗의 명령에 따라, 바깥쪽 딱정벌레들이 뒷다리로 일어선 채 서로 팔을 연결하고 날카로운 뿔을 앞으로 내밀었다.

그때 버지니아는 베르톨트의 로켓을 떠올리고, 때가 되면 로켓이 계단통 너머로 튀어나갈 수 있도록 바닥에 살며시 놓은 뒤 스톱워치를 쳐다보았다. 삼십 초 남았다.

그녀는 주머니에서 라이터를 꺼내 도화선에 불을 붙이고는 후다닥 부엌으로 달려가서 상점으로 통하는 계단을 뛰어 내려와 맨홀로 달려가서 부리나케 사다리를 내려갔다. 그리고 금속 뚜껑이 철컥하고 닫힐 때까지 손잡이를 맹렬한 속도로 돌린 다음, 운동복 위에 걸치고 있던 등반용 안전벨트를 사다리에 묶었다.

버지니아는 딱정벌레 산 위쪽에서 철제 사다리 가로대를 꼭 붙잡고 눈을 감았다.

"어서 해, 베르톨트!" 그녀가 속삭였다. "쓰레기들을 없애버려!"

"누군가 오고 있어." 노박이 문간에서 낮은 소리로 말했다.

바솔로뮤 커틀은 아들의 손을 잡았다. "누구니?"

"걱정 마세요." 다쿠스가 미친 듯이 아버지 발에 채워진 족쇄를 잡아당겼다. 그중 하나가 풀렸다. "제 친구예요."

"몰링이 아침 순찰을 시작했어." 노박이 기모노 벨트를 초조하게 잡아당기며 말했다.

"다른 죄수들도 있니?"

노박은 입술을 깨물고 대답하지 않았다. "다쿠스, 몰링이 여기 오면, 자물쇠가 풀린 걸 알게 될 거야. 그럼 어떻게 하지?"

"시간이 좀 더 필요해." 다쿠스가 나머지 족쇄를 잡아당겼지만, 이번에는 꿈쩍도 하지 않았다.

헵번이 노박에게 날아올라 원을 그리며 날았다.

"좋은 생각이야, 헵번." 노박이 손을 뻗어 헵번이 앉도록 했다. "우리가 최대한 시간을 벌어볼게."

"어떻게 할 건데?"

"헵번과 내가 쇼를 할 거야." 노박이 대답했다.

그녀가 복도를 달려가는 발소리가 타닥타닥 들렸다. 다쿠스는 족쇄를 계속 당겼지만 소용이 없자 마침내 절망스러운 마음에 그냥 내리쳤다. 그러자 족쇄가 풀렸다.

"됐어!" 다쿠스가 아버지의 머리로 갔다. "아빠, 이제 발에서 족쇄가 풀렸어요. 일어날 수 있겠어요?"

바솔로뮤 커틀은 몸을 뒤집어 손과 발로 땅을 짚고, 간신히 무릎을 꿇은 자세로 일어나 앉았다. 다쿠스는 아버지가 실종되던 날 입었던 파란 셔츠와 코듀로이 바지를 그대로 입고 있다는 것을 알아차렸다. 차이가 있다면 지금은 셔츠가 더럽고 찢어져 있다는 것뿐이었다.

바솔로뮤는 팔짱을 끼고 몸을 떨었다. 다쿠스는 입고 있던 초록색 스웨터를 벗었다.

"이거 입으세요."

바솔로뮤는 마치 처음 보는 사람처럼 아들을 보더니 스웨터를 받아 머리 위로 뒤집어썼다.

"날 어떻게 찾았니?" 그가 물었다.

"처음엔 딱정벌레를 찾았어요. 아니, 딱정벌레가 저를 찾았다고 봐야 옳겠네요." 다쿠스가 아버지에게 미소 지으며 대답했다. "이제 괜찮을 거예요, 아빠. 맥스 삼촌이 밖에다 차를 대고 기다리고 있어요." 그는 아버지의 팔 하나를 자신의 어깨에 둘렀다. "이제 일어나는 거예요. 흡!"

바솔로뮤 커틀은 일어서려 했지만 다리가 풀려서 앞으로 엎어지며 간신히 손으로 바닥을 짚었다.

"이 방법은 안 되겠어." 그가 말했다. "난 너무 약해졌어."

다쿠스는 초조하게 문을 쳐다봤다.

그의 아버지가 다쿠스를 부드럽게 밀어냈다. "넌 절대 나를 끌고 가지 못해. 그 여자가 보기 전에 너라도 어서 여기서 나가."

"갈 수 없어요." 다쿠스가 이를 악물고 말하며 자기도 아버지를 밀었다.

그런데 갑자기 미는 바람에 놀란 데다 체력이 약해질 대로 약해진 바솔로뮤 커틀은 뒤로 자빠지고 말았다. '쿵' 소리와 함께 그의 머리가 바닥에 부딪쳤다.

"아빠! 미안해요." 다쿠스가 아빠의 얼굴 옆에 주저앉았다. "아빠?"

아버지는 눈을 감고 있었다.

"안 돼!" 다쿠스는 자신이 아버지를 쳐서 무의식에 빠뜨렸다는 충격에 허파에서 모든 공기가 한꺼번에 빠져나가는 기분이었다. "안 돼! 안 돼!"

처음에는 아버지의 어깨를 흔들다가 여의치 않자 아예 아버지를 들어 옮기려 했다. 그는 점점 더 초조해져서 정신없이 버둥댔다. 그러다 자기 혼자서는 아버지를 결코 들 수 없다는 것을 깨달았다.

가슴에서 절망의 흐느낌이 터져 나오며, 다쿠스는 털썩 무릎을 꿇었다. 희망이 없었다. 두 손으로 얼굴을 가렸다. 몸이 떨리고 뜨거운 눈물이 뺨을 타고 내려와 손바닥을 적시는 것을 느꼈다.

어깨를 누르는 익숙한 무게와 턱밑을 살살 긁는 뿔의 감촉에 다쿠스는 눈물을 훔쳤다. 그때 마치 그릇에 설탕을 붓는 것 같은 익숙한 소리가 들렸다. 다쿠스는 아래를 보았다.

딱정벌레들이 한꺼번에 몰려와 축 늘어진 바솔로뮤 커틀의 몸 밑으로 기어들어가고 있었다.

쇠똥구리와 헤라클레스장수풍뎅이, 타이탄하늘소가 겉날개를 펼친 채 등으로 뗏목을 만들었다. 그들은 함께 다쿠스의 아버지를 바닥에서 들어 올려 수천 개의 조그만 다리로 그를 조금씩 앞으로 움직였다.

다쿠스는 딱정벌레들이 아버지를 감방 밖으로 옮기는 것을 보며 놀라움과 안도의 웃음을 터뜨렸다. 그리고 벌떡 일어나 자신도 힘을 보태기 위해 뛰었다.

"너희는 세상에서 최고의 딱정벌레들이야." 그들이 복도를 내려가 와인 저장실로 들어갈 때 다쿠스가 속삭였다. "박스터, 노박에게 가서 우리가 여기서 나간다고 알려줘."

박스터가 어깨에서 날아올라 사라졌다. 다쿠스는 저장실 반대편 문을 열었고, 다른 일행과 함께 나선형 계단을 향해 행진했다. 그때 노박이 뛰어 올라왔다. 헵번과 박스터가 그녀의 머리 위에서 날고 있었다.

"난 내가 할 수 있는 최선을 다했지만, 몰링이 곧 감방문이 열린 걸 알게 될 거야." 노박이 숨을 헐떡였다. "어서 서둘러야 해."

멀리서 우렁찬 포효 소리 같은 것이 나더니, 곧이어 이상한 카랑카랑한 목소리가 들렸다. 딱정벌레들은 그 소리가 몹시 거슬리는 듯 더듬이와 앞다리를 신경질적으로 움직였다.

"몰링이 감방을 발견했나 봐!" 노박이 다쿠스의 팔을 잡았다. "이리로 오고 있어. 몰링이 암살 벌레들을 풀어놓을 거야! 우린 여기서 나가야 해.”

“암살 벌레?” 갑자기 노란 무당벌레와 성난 사슴벌레가 가득했던 방이 다쿠스의 뇌리에 스쳤다.

“그것들은 피를 먹어.” 노박은 겁에 질린 것처럼 보였다.

다쿠스는 몸을 휙 돌렸다. “딱정벌레들아, 아빠를 계단으로 올릴 수 있겠니?”

모든 딱정벌레들 — 박스터와 쇠똥구리, 헤라클레스, 타이탄, 폭탄먼지, 가뢰, 반딧불이, 앞잡이 — 이 이제 다쿠스 아빠의 몸 위로 기어 올라갔다. 다쿠스의 명령에 따라, 여섯 개의 다리로 의식이 없는 바솔로뮤 커틀을 꼭 붙잡은 곤충들은 겉날개를 올리고 속날개를 펼친 채 부르릉 떨었고, 무의식에 빠진 한 사람의 몸이 마치 유령처럼 천천히 계단을 올라 주방으로 옮겨졌다.

겁에 질린 비명 소리를 들은 노박과 다쿠스는 서둘러 계단을 뛰어올랐고, 거기서 눈을 휘둥그레 뜨고 바닥 위에 둥둥 떠다니는 유령을 내려다보고 있는 조리사를 발견했다.

“눈 감아, 밀리.” 노박이 소리쳤다. “이건 실제가 아니야. 보지 마. 내가 모든 걸 설명할 수 있어. 제발 비명 좀 그만 질러.”

다쿠스는 서둘러 주방을 가로질러 나무상자가 가득한 복도로 달려가서, 하인 출입문의 빗장을 뒤로 젖혀 문을 열었다. 수천 마리의 작은 날개로 들어 올린 의식 없는 아버지의 공중 부양된 몸이 미끄러지듯 아침 햇살 속으로 나왔다.

그는 문간에서 머뭇거렸다.

"여기서 나가." 노박이 숨을 헐떡이며 말했다.

다쿠스가 그녀의 손을 잡았다. "우리랑 같이 가자."

노박은 애틋한 눈으로 다쿠스를 바라보았지만, 이내 고개를 저었다. "난 못해." 그녀가 속삭이고는 한 발 뒤로 물러났다.

"하지만 네 엄마가 이 사실을 알면…" 루크레시아가 그녀의 반항적인 딸에게 어떤 짓을 할지 생각하니 갑자기 속이 울렁거렸다. "노박, 그 여잔 괴물이야."

"하지만 우리 엄마야." 노박이 말하고는 문을 닫았다.

험프리는 계단 밑에 서서 계단 위에 마치 울퉁불퉁한 검은 바위처럼 보이는 똘똘 뭉친 딱정벌레들이 아슬아슬하게 건들거리고 있는 것을 올려다보았다.

"피커링, 저게 뭐지?"

피커링이 가스 호스 노즐을 어깨에 걸치며 말했다.

"알게 뭐야? 다 죽여 버리자고."

험프리가 계단을 올랐다. 층계 바닥이 미끄러워 균형을 잃는 바람에 허겁지겁 두 번째 층계를 디뎠다. 그런데 그 층계가 갑자기 용해되어 발밑에서 가루가 되었다. 몸이 앞으로 휘청하면서 뒤쪽 발이 미끄러졌다.

넘어지는 험프리의 눈에 딱정벌레 바위가 앞으로 구르면서 층계마다 뿔과 발톱, 집게발로 무장한 딱정벌레들이 떨어지는 모습이 들어왔다.

'쿵' 소리와 함께 그의 얼굴이 바닥에 부딪치는 동시에 딱정벌레 바위가 그의 얼굴을 때렸다. 성난 딱정벌레들이 마치 투석기처럼 앞으로 튕겨져 나왔고, 험프리와 피커링은 공격하는 절지동물들에 온몸이 뒤덮였다.

"총을 쏴!" 험프리가 울부짖었다. "가스를 쏘란 말이야."

"안 돼!" 바닥에서 크레이븐이 소리쳤다. "우린 헬멧을 안 썼단 말이요. 우릴 죽일 셈이요?"

"그럼 어서 써." 피커링이 소리쳤다. "난 이걸 쏠 테니까!"

험프리는 크레이븐이 서둘러 몸을 질질 끌고 현관문으로 가는 것을 보았다. 그리고 댄키시가 그의 옷 속에 있던 시커먼 딱정벌레 부대가 코를 향해 진군해 오자 비명을 지르며 허겁지겁 헬멧을 머리에 뒤집어쓰는 것을 보았다.

"어서 해!" 험프리가 온몸 구석구석에서 고통을 느끼며 함성을 질렀다.

피커링이 가스총을 들어서 험프리의 벗겨진 머리에 앉은 딱정벌레를 조준했다.

"죽어라! 죽어라! 죽어!" 피커링이 비명을 지르며 가스를 분사하려 마개를 만졌지만 손가락이 미끄러졌다.

"대체 뭘 기다리는 거야?" 험프리가 울부짖더니 갑자기 귀를 향해 돌진하는 소름 끼치는 날카로운 소리에 얼어붙었다.

뭔가 그의 머리에 발사되었다! 연속해서 소름 끼치는 뻥 소리가 들렸다.

"총에 맞았나 봐!" 피커링이 울부짖었다. "나 죽는다고!"

험프리는 팔다리를 휘둘렀다. 소년에게 총이 있었다니!

"후퇴해! 후퇴하라고! 후퇴!" 피커링이 험프리의 뒤통수를 계속 치며 소리쳤다.

베르톨트의 눈은 스톱워치에 고정되었다.

"일곱, 여섯, 다섯..." 그는 소곤소곤 초읽기를 했다.

한편 지하에서 버지니아도 스톱워치를 보고 있었다. 셋, 둘... 그녀는 눈을 감고 사다리를 꼭 잡았다.

"하나!" 베르톨트가 첫 번째 스위치를 탁 눌렀다.

정적의 순간이 흘렀다.

그리고 '쾅!'

곧이어 '백화점' 창문이 폭발했다.

베르톨트는 벌떡 일어나 빨래방 벽면에 설치된 공중전화로 달려가 999번을 눌렀다.

"여보세요, 경찰서를 연결해주시겠어요?" 그는 버지니아가 하라고 했던 말을 떠올렸다. 그녀는 지금쯤 지하에 안전하게 있을 것이다. 그녀가 계획대로 잘 따랐다면...

"여보세요? 예. 여기는 넬슨 퍼레이드인데요. '백화점'이라는 가게 위층에 있는 방에 의자에 묶인 소녀가 있다는 걸 아셔야 할 것 같아서요. 제가 창문으로 봤거든요. 아주 이상한 일이에요. 거기 사는 남자들은 애가 없거든요."

그는 자신을 안심시키는 교환수의 대답을 들은 다음, 전화를 끊고 다시 버튼을 눌렀다.

"여보세요. 소방서를 연결해주시겠어요? 넬슨 퍼레이드의 '백화점'에서 발생한 폭발에 대해 신고하고 싶어서요."

그는 수화기를 밖으로 내밀며 두 번째 스위치를 눌렀다. 험프리의 침실 천장이 날아가고 벽돌 가루가 물결치듯 거리로 날아왔다.

"아이고, 맙소사! 들으셨어요? 조금 전에도 폭발이 있었어요. 빨리 와주세요. 제 생각엔 테러리스트인 것 같아요."

제 *23* 장

골리앗의 최후

맥스 삼촌은 최선을 다해 최대한 요란하게 소란을 피웠다. "그 괴물 같은 여자가 직접 설명할 때까지 여기서 한 발짝도 안 움직일 거요." 그가 열린 문을 주먹으로 쾅쾅 두드리며 언성을 높였다. "그 여자가 우리 조카에게 무차별 사격을 했고, 난 경찰에게 이 사실을 말할 셈이요! 듣고 있소? 그 여자가 법 위에 있는 건 아니잖소!"

맥스 삼촌이 집사에게 다가서서 그의 어깨너머로 이 층을 향해 소리쳤다. "내가 말했지. 당신이 법 위에 있는 건 아니라고!"

"선생님, 좀 전에 제가 말씀드린 것처럼 — " 제라르가 한 손을 맥스 삼촌의 가슴에 대고 문간 계단으로 밀어내려 했다. "마담 커터는 지금 집에 안 계십니다."

"내 몸에 손대지 마쇼!" 맥스 삼촌이 자신이 진지하다는 것을 보여주려고 허공에 주먹질을 해대기 시작했다.

"선생님, 제발 진정하세요." 제라르가 두 손을 들고 말했다.

그때 주방에서 비명 소리가 들렸다.

"나더러 진정하라고?"

제라르는 고개를 돌려 주방문을 쳐다보다가 다시 맥스 삼촌에게 시선을 돌렸다.

그러나 밀리가 또 비명을 지르자, 제라르는 한 발 뒤로 물러섰다.

이쯤 되면 선택의 여지가 없었다. 맥스 삼촌은 주먹을 뒤로 뺐다가 힘차게 앞으로 날렸고, 그 주먹에 집사는 턱을 맞아 뒤로 날아갔다.

"아야!" 맥스 삼촌이 주먹을 흔들며 깡충깡충 뛰었다. 그는 적어도 20년 동안 사람에게 주먹을 휘두른 적이 없었다. 그것이 얼마나 아픈 것인지 잊고 있었다.

집사는 완전히 실신해서 바닥에 뻗었다. "내 조카를 때려눕힌 벌이야." 맥스 삼촌이 이렇게 말하며 집 안으로 들어가 집사가 심하게 다치지 않는지 확인했다. "미안하네, 이 사람아. 사실 자네가 조카를 구해주기도 했는데 말이야. 나도 알아." 그가 의식이 없는 남자에게 속삭였다. "깨어나면 턱이 쑤시고 머리에 혹이 생겼겠지만, 아마 그 여자가 이 상태로 자네를 발견하는 편이 차라리 나을 걸세."

문을 활짝 열어놓은 채 맥스 삼촌이 문간 계단으로 다시 나오자 다쿠스가 집 측면을 돌아서 나타났다. 맥스는 달려가 바솔로뮤를 넓은 어깨에 들쳐 메고 딱정벌레들을 무거운 인간 화물로부터 해방시켰다.

"다쿠스, 먼저 뛰어가서 차 문을 열어 놔라."

다쿠스가 앞서 뛰어갔고 딱정벌레들이 마치 먹구름처럼 그의 뒤를 쫓았다.

맥스는 차에 도착하여 바솔로뮤를 뒷좌석에 살며시 내려놨다. 다쿠스가 담요를 덮어주었다. 아침 햇살 속에서 아버지는 죽은 사람처럼 창백해 보였다.

딱정벌레들은 트렁크로 들어갔다.

바솔로뮤 커틀이 눈을 깜빡이다가 떴다.

"맥스 형?"

"내 말 잘 들어, 바솔로뮤." 맥스 삼촌이 다쿠스의 어깨너머로 얼굴을 들이밀며 말했다. "널 병원에 데려가야 하지만, 우선 루크레시아 커터에게서 보호해야 할 두 아이가 있어. 참을 수 있겠니?"

"응." 바솔로뮤가 다쿠스에게 미소 지었다. "이제 난 괜찮아."

"좋아. 우린 넬슨 퍼레이드로 돌아가야 해." 맥스 삼촌이 운전석에 올라타며 말했다. "빨리."

다쿠스가 조수석에 타서 문을 닫자, 맥스가 시동을 걸었다.

자동차가 타워링 하이츠에서 멀어질 때, 다쿠스는 뒤를 돌아보았다. 커다란 개미 같은 까만 형체들이 물밀듯 밀려 나와 진입로의 흰색 자갈을 휩쓸고 대문 앞에서 멈추는 것이 보였다.

루크레시아 커터는 자동차에서 내렸다. 그녀의 키틴질 발이 아스팔트를 밟을 때 또각또각 소리가 났지만 촘촘한 재질의 검은색 긴 치마가 그 소리를 상당히 죽여주었다. 그녀의 머리가 왼쪽에서 오른쪽으로 갸우뚱하더니 다시 원래의 위치로 돌아갔다. 뭔가 잘못된 것이다.

그녀의 운전사 링링이 서둘러 지팡이를 들고 따라 나왔다. 그녀는 지팡이를 받아들면서 연약한 척했지만, 사실 지팡이에 별로 기대지도 않고 휘청거리며 길을 건너갔다.

"크레이븐." 그녀가 시궁창에 있는 남자에게 고함쳤다. "무슨 일인지 설명해봐."

"우릴 공격했습니다."

"누가 말이야?"

"딱정벌레들이요."

"댄키시는 어디 있지?"

"안에요."

"이 악취는 뭐야?" 루크레시아 커터가 움찔했다.

"똥입니다." 크레이븐이 속삭였다.

험프리가 여전히 피커링을 등에 매달고 엉망진창이 된 댄키시에게 발목을 붙잡힌 채 쿵쿵거리며 걸어 나왔다. 그들은 머리에서 발끝까지 물고 할퀴는 딱정벌레들에게 뒤덮여있었다. 험프리가 도로 경계석에 도달했을 때, 골리앗장수풍뎅이가 땅으로 떨어지며 삑 하고 명령 신호를 보냈다. 모든 딱정벌레들이 총총거리며 나와 길가 배수구로 신속하게, 물처럼 유유히 날아갔다.

"저것들을 막아!" 루크레시아 커터가 몸을 홱 돌렸다. "탈출하고 있잖아!"

딱정벌레들이 배수구로 사라지는 것을 보며 루크레시아 커터는 몸을 앞으로 숙여 지팡이로 골리앗장수풍뎅이를 때려 자빠뜨렸다. 눕혀진 골리앗은 다리로 허공을 긁었다. 그녀는 팔을 높이 쳐들었다가 지팡이로 골리앗의 배를 힘껏 내리찍었다. 골리앗은 갑옷이 꿰뚫리며 죽고 말았다.

"일어서, 이 멍청이들아!" 그녀가 땅에 있는 남자들에게 지팡이를 보란 듯이 흔들며 호통을 쳤다. "그냥 딱정벌레들일 뿐이라고!"

빨래방 안에서 베르톨트는 골리앗의 몸이 루크레시아 커터의 지팡이에 갈라지는 것을 보고 눈물을 삼켰다. 가슴에서 분노의 물결이 일렁였다. "걔들은 그냥 딱정벌레들이 아니야." 그는 중얼거리며 기폭장치를 쥐고 또 다른 스위치를 눌렀다. "골리앗을 위해."

세 번째 폭발이 거리를 뒤흔들자, 루크레시아 커터는 휘청거리며 딱정벌레를 찍고 있던 지팡이를 놓쳐버렸다.

"대체 무슨 일이야?" 그녀가 성을 내며 소리쳤다. 그녀가 몸을 홱 돌렸을 때, 인도에서 많은 사람이 자신을 지켜보고 있는 것을 발견했다. 멀리서 사이렌 소리가 점점 커지며 다가오고, 걱정스러운 얼굴로 루크레시아 주변에 모여드는 사람들의 수가 점점 늘어났다.

뉴스 중계차가 오더니 끼익 소리와 함께 멈춰 섰다. 깔끔한 정장을 입은 금발의 여자가 마이크를 붙잡고 차에서 나왔다. 뒤이어 카메라를 든 대머리 남자가 쫓아 나왔다.

"BBTV 뉴스 데스크 엠마 램입니다." 여자는 루크레시아 커터를 향해 달려가며 소리쳤다.

링링이 자신의 고용주와 카메라맨 사이에서 방어 태세를 취하며 일전을 불사할 준비를 했다. 군중들은 길 한복판에 서 있는 수수께끼 같은 여자를 보기 위해 앞으로 몰려들었다.

경찰차 세 대가 길 한쪽에서 나타났고, 소방차 두 대가 반대편에서 다가왔다. 엠마 램은 그 장면을 포착하기 위해 카메라맨을 앞으로 인도했다.

루크레시아 커터는 점점 커지는 분노를 진정시키기 위해 코로 숨을 깊이 들이쉬었다.

"지긋지긋한 인간들!" 구급차 한 대가 소방차 뒤에 도착했을 때 그녀가 분노에 찬 목소리로 말했다.

베르톨트는 빨래방에서 거리로 나와 군중들 사이에 섞였다.

"그리고 이건 다쿠스의 아빠를 납치한 벌이야." 베르톨트가 속삭이며 마지막 스위치를 눌렀다.

마지막 폭발과 함께 상점 천장이 모든 층의 무게를 그대로 끌어 안고 바닥으로 무너졌다. 귀가 멍멍해지는 뻥 소리와 함께 백화점 정면에서 나무판들이 날아가며 먼지 버섯구름이 건물 위 하늘로 솟 아올랐다. 빨간 바탕에 검정 글씨로 '갬블의 이국적 파이 가게'라고 휘갈겨 쓴 철제 간판이 상점 건물에서 날아가 경찰차 지붕 위에 꽂히 자, 거리에 모인 모든 사람이 비명을 지르며 황급히 뒷걸음질 쳤다. 군중들이 '백화점' 건물이 서 있던 자리를 멍하니 쳐다보는 동안, 비 명은 곧 흐느낌과 탄식으로 바뀌었다. 벽돌 뼈대 속에 남아있는 것 이라고는 군데군데 걸려있는 벽들과 이빨 빠진 계단이 전부였다.

경악으로 인한 침묵의 시간이 흘렀다. 곧이어 웅성거림과 불안한 외침이 파문처럼 번지는가 싶더니, 그 순간 허물어진 건물의 잔해 속에서 빨간색 운동복 차림의 소녀가 비틀거리며 걸어 나오자 경악 의 한숨까지 가세했다. 그것은 흙으로 얼룩지고 먼지에 뒤덮인 버지 니아였다.

그녀는 베르톨트와 눈을 마주치고 윙크를 했다. 그러더니...

"살려주세요!" 그녀가 소리치고는 졸도했다.

소방관 세 명이 달려갔고, 카메라맨도 뒤따라갔다. 그들은 버지 니아의 어깨에 담요를 덮고 건물 잔해 밖으로 옮겼다. 험프리와 피커링 앞을 지나칠 때, 버지니아는 손가락으로 그들을 가리키며 발작적으로 비명을 지르기 시작했다.

"저 사람들이에요! 저 사람들이 나를 납치했어요!" 그녀가 소리치고는 다시 기절한 척했다.

"잠깐! 뭐라고? 아닙니다!" 피커링이 어리둥절해서 소리쳤다. "우리가 납치한 건 남자애였는데, 그 앤 사라져버렸어요."

경찰 두 명이 성큼성큼 걸어와 그의 손목에 수갑을 채웠다.

"뭔가 착오가 있는 겁니다. 그건 남자애였어요. 남자애였다고요!"

험프리가 항의했다. 경찰들은 그를 경찰차 뒷좌석에 밀어 넣고 문을 닫았다. "저 여자애는 한 번도 본 적이 없단 말이에요!"

루크레시아 커터는 혼란의 한가운데서 지팡이를 짚고 가만히 서서 잔해 속에서 기어 나오는 소녀를 응시했다. 그녀는 주변의 사람들을 유심히 살펴보았지만, 익숙한 얼굴은 하나도 없었다.

그녀는 어떤 보이지 않는 힘이 그녀에게 맞서고 있다는 것을 느낄 수 있었다.

그때 낡은 민트그린색 자동차가 소방차 뒤에 멈추더니 한 소년이 조수석에서 내렸다. 루크레시아 커터의 머리가 정신없이 돌아가며 시냅스들 사이에 메시지가 오갔다. 그녀는 자신이 본 것이 무슨 상황인지 파악하려 했다. 그녀는 소년을 알아보았다. 노박의 친구라는 아이. 어제 자신의 집에서 불가사의하게 탈출한 아이였다.

그리고 예전에 어디선가 본 것이 어렴풋이 기억나는 남자, 그녀가 마지막으로 봤을 때보다 키가 줄어든 듯한 남자가 운전석에서 내려 뒷좌석 문을 열었다.

"오, 안 돼!" 그녀는 맥시밀리언 커틀이 동생을 일으켜 세워 부축하는 모습을 지켜보며 분노의 괴성을 질렀다.

커틀 가족 세 명이 모두 그녀를 향해 고개를 돌려 도전적으로 맞섰다.

"대체 어떻게..." 루크레시아 커터는 숨이 막혔다.

"이제 끝났소, 루시." 바솔로뮤 커틀은 돌처럼 강인한 목소리로 말했다. "당신이 권력과 탐욕에 중독되기 전에 내가 이 일을 끝냈어야 했는데."

그녀가 증오로 얼굴을 일그러뜨린 채 으르렁거렸다.

그러나 바솔로뮤 커틀은 그저 미소 지을 뿐이었다.

"난 당신을 막기 위해 무슨 짓이라도 할 거요." 그가 말했다. "당신이 누구인지 세상에 말하겠소. 그리고 세상이 진실을 알게 되면, 모든 인류가 떨쳐 일어나서 당신의 혐오스러운 제국을 이 땅에서 쓸어버릴 거요."

다쿠스는 놀란 눈으로 아버지를 쳐다보았다. 아버지가 그렇게 성난 목소리로 진지하게 말하는 것은 들은 적이 없었다.

루크레시아 커터는 자신이 6주 동안 감금해두었던 남자를 가소

롭다는 듯 쳐다보았다. 그녀가 쓴웃음을 뱉어내더니, 지팡이를 들어 손잡이에서 방아쇠를 내리고는 바솔로뮤 커틀의 심장을 조준했다.

"안 돼!" 버지니아가 자신을 잡고 있는 소방관에게 벗어나기 위해 몸부림치며 소리쳤다.

"안 돼!" 베르톨트가 외치며 몸을 날려 루크레시아의 다리와 부딪 쳤고, 바로 그 순간 다쿠스는 자동차 보닛 너머로 몸을 날려 아버지 를 밀어 쓰러뜨렸다.

루크레시아 커터가 쓰러지며 총성이 울렸다.

"아빠?"

"우라질!" 맥스 삼촌이 허둥지둥 일어서며 말했다.

"다쿠스! 괜찮니, 다쿠스?" 바솔로뮤가 아들을 붙잡았다. "오, 안 돼! 안 돼! 내 아들!"

다쿠스가 아버지의 품으로 쓰러졌다. 다쿠스는 자신의 어깨를 부 여잡았다. 손가락 사이에서 피가 배어 나왔다.

맥스 삼촌은 뒤로 돌아 소리쳤다.

"구급대원, 이리 와요! 지금 당장!"

루크레시아 커터의 머리가 땅에 부딪치며, 트레이드마크인 선글 라스가 아스팔트 위로 튕겨 나갔다. 그녀는 두 손으로 얼굴을 감싸 고 자신의 다리에 필사적으로 매달려 있는 베르톨트를 사납게 걷어 찼다.

버지니아는 성난 박스터가 쉬익 소리를 내며 루크레시아에게 날아가 손가락 사이를 파고들어 날카로운 뿔로 눈을 공격하는 것을 보았다.

루크레시아 커터는 소름 끼치는 소리를 냈다. 마치 타오르는 것처럼, 부분적으로는 비명이고 부분적으로는 노여움의 외침이었다.

그때 검은 옷을 입은 유연한 몸이 불쑥 나타나 베르톨트의 허리

를 붙잡아 옆으로 던졌다. 링링은 우아한 돌려차기로 루크레시아의 얼굴에 붙어 있는 박스터를 바닥으로 쳐내더니, 두 팔을 풍차처럼 휘둘러 고용주의 겨드랑이에 낀 뒤 그녀를 가뿐하게 등에 짊어졌다.

대체 무슨 일이 벌어진 것인지 사람들이 파악할 겨를도 없이, 구급대원이 다쿠스 주변을 둘러싸고 있었고, 링링은 루크레시아 커터를 짊어지고 자동차로 달려가고 있었다.

"저 여자 잡아요." 버지니아가 소리쳤다. "저 여자는 살인자예요!"

하지만 누구도 듣고 있지 않았다. 버지니아는 링링이 루크레시아 커터를 조수석에 집어넣고 문을 '쿵' 닫고 보닛을 돌아 운전석으로 사라지는 모습을 속절없이 지켜보았다.

천둥 같은 굉음과 함께 기계 풍뎅이에서 엔진이 돌아갔고, 차가 인도로 기어올라 응급 차량들을 헤치고 넬슨 로드에서 유유히 사라졌다.

제 *24* 장

다시 베이스캠프로

다 쿠스는 헛간에서 사다리를 끌고 와서 담장에 비스듬히 기대
어 놓았다. 오른쪽 팔과 어깨는 단단히 붕대에 감긴 채 팔걸
이 붕대에 걸려 있었다. 어깨가 너무 아파서 뛰거나 어딘가에 부딪
치면 입에서 신음 소리가 절로 날 정도였지만, 그래도 담을 넘기로
마음을 굳혔다.

"자, 나 올라간다." 다쿠스는 박스터에게 말하고는 사다리에 발
을 올렸다.

총격이 있고난 뒤부터, 박스터는 다쿠스의 머리나 다른 쪽 어깨
에 자리를 잡았지만, 어느 한쪽에 정착하지 못하고 계속 둘 사이를

왔다 갔다 했다.

일단 담장 위에 오른 뒤에 조심조심 건너편으로 내려가서 쌓여있는 서랍들 위에 안착한 뒤 조심스럽게 발 디딜 곳을 고르며 가구 숲으로 내려갔다. 쥐덫을 통과하며 다쿠스는 고개를 절레절레 흔들었다. 맥스 삼촌을 거기서 발견한 게 불과 일주일 전 일이라는 사실을 믿을 수 없었다. 아주 한참 전의 일인 것만 같았다.

박스터를 앞세운 채 천천히 기어서 터널을 통과하며, 다쿠스는 딱정벌레들의 일부가 가구 숲을 구성하는 침대 틀과 테이블에 정착했음을 알아차렸다. 가구에 나무좀 구멍이 뚫린 것이 보였다. 거저리와 살짝수염벌레가 지나가는 다쿠스를 보고는 딱따구리처럼 가까운 딱딱한 표면에 배와 머리를 두들겨 그와 버지니아와 베르톨트가 자신들을 위해 해준 일에 대한 감사를 표시했다.

다쿠스는 미소 지었다. 기어가는 것이 불편하고 가끔은 고통스러웠지만, 승리 후에 베이스캠프로 돌아가는 것이 자랑스러웠다.

총에 맞은 뒤 벌어진 상황에 대해서는 어렴풋한 기억만 남았다. 몸이 들것에 실리고 구급대원들이 팔에 링거를 꽂고 사이렌 소리가 요란하게 울리던 것이 기억났다. 맥스 삼촌이 옆에서 내내 자신의 팔을 잡고 있었다.

많은 얼굴들과 플래시를 터뜨리는 카메라, 소리치는 목소리들이 있었다.

"다쿠스! 다쿠스! 아버지와 다시 만난 기분이 어떠니?"

"다쿠스, 널 쏜 게 누구지?"

총알은 어깨를 관통했다. 다행히 의외로 총상이 깊지 않았지만 출혈은 컸다. 다쿠스는 의사들이 맥스 삼촌의 집으로 퇴원하는 것에 동의할 때까지 닷새 동안 병원 신세를 졌다.

아빠는 상태가 좋지 않았다.

다쿠스는 구급차 뒤에서 의료진이 아빠에게 초록색 스웨터를 벗겨내고 얼룩진 셔츠를 찢어냈던 것을 기억했다. 또, 아빠의 가슴을 뒤덮고 있는 수많은 상처와 염증에서 피가 났던 것도 기억났다.

아빠는 여전히 병원에서 감염 검사를 받고 있었다. 다쿠스는 과연 그 개미처럼 생긴 생물이 무엇이었는지 수백 번을 생각했다. 분명 딱정벌레는 아니었다. 노박은 그것을 암살 벌레라고 불렀다.

다쿠스는 발을 멈췄다. 실버 73이라고 써진 까만 문이 눈앞에 있었다.

다쿠스는 천천히 일어섰다. 그리고 성한 오른손으로 손잡이를 돌리고 베이스캠프로 들어갔다.

"다쿠스!" 버지니아가 그를 부르더니 기쁨의 함성을 질렀다.

"안녕!" 베르톨트가 숨찬 목소리로 눈을 반짝이며 말했다. "우린 방과 후에 매일 여기에 왔어. 네가 다시 올지 어떨지는 몰랐어." 그가 빠르게 지껄였다. 뉴턴이 머리 위에서 쉬익쉬익거리며 경쾌하게 움직였다.

다쿠스는 두 사람을 보게 된 것이 기뻐서 웃으며 그들과 함께 소파에 앉았다. "좀 괜찮니?" 다쿠스가 베르톨트의 붕대 감긴 팔을 보며 물었다. "넌 어떻게 된 거야?"

"루크레시아 커터의 다리 때문에. 너도 봤지?" 베르톨트가 대답했다. "네 말이 맞았어. 그 여자는 딱정벌레처럼 갈고리발톱과 가시가 있었고, 그것들은 칼처럼 날카로웠어. 그 여자 다리를 잡았을 때, 가시에 팔이 베인 거야."

"전투계획은 어땠어?" 다쿠스가 버지니아를 보았다. "계획대로 됐니?"

"마치 꿈처럼." 버지니아가 눈을 반짝반짝 빛내며 고개를 끄덕였다. "딱정벌레들은 놀라웠고, 정말 용감했어. 마빈은 내내 나와 함께 있었고." 그녀가 자신의 땋은 머리에 앉아 있는 마빈에게 손을 뻗어 빨간색 흉부를 간질였다.

"루크레시아 커터 똘마니들이 똥에 뒤덮여서 이리저리 미끄러지며 비명을 지르는 꼴을 너도 봤어야 하는 건데." 그녀가 킬킬거렸다. "그게 제일 재미있었어. 그리고 베르톨트의 로켓은 정말 멋졌어. 폭죽이 터질 때, 피커링은 자기가 총에 맞은 줄 알 정도였다니까." 다쿠스의 어깨를 보더니 버지니아의 목소리가 작아졌다. "아프니?" 그녀가 물었다.

"조금." 다쿠스가 고개를 끄덕였다. "저녁에는 정말 피곤해. 하지만 너희가 생각하는 것만큼 나쁘지는 않아."

버지니아가 너무 감동한 표정이어서 다쿠스는 얼굴이 빨개졌다.

"박스터도 용감했어." 다쿠스의 성한 어깨에 자리 잡고 있는 장수풍뎅이를 대견한 눈으로 바라보며 베르톨트가 말했다. "루크레시아 커터가 널 쐈을 때, 박스터가 그 여자 얼굴을 공격했거든."

"맞아." 버지니아가 고개를 끄덕였다. "아마 뿔로 그 여자 눈을 찔렀을걸."

"모든 게 어찌나 순식간에 일어났는지, 난 하나도 못 봤네." 다쿠스가 신기해하며 말했다.

"그 여자가 지팡이를 겨눴을 때, 내가 그 여자를 넘어뜨렸거든. 그때 선글라스가 벗겨졌는데… 그 여자 눈이… 반짝이는 까만 구슬처럼 툭 튀어나와 있었어." 베르톨트는 갑자기 겁먹은 것처럼 보였다. "다쿠스, 그건 꼭 딱정벌레의 눈 같았어."

"겹눈이지." 버지니아가 끄덕였다.

"그 여자가 겹눈을 가졌다고?" 다쿠스가 고개를 절레절레 저었다. "대체 그 여자 정체가 뭐지?"

"적어도 인간은 아니야. 그건 확실해." 버지니아가 단호하게 말했다.

"그때 그 여자의 보디가드가 뛰어들어서 그 여자를 빼내서는 차를 타고 가버렸지."

"그 여자가 탈출했다고?" 다쿠스는 자신이 들은 말을 믿을 수 없었다. "나를 쐈는데?"

"경찰이 쫓아갔어." 버지니아가 말했다.

"우리가 백화점에 한 짓 때문에 삼촌이 화나시지 않았니?" 베르톨트가 불안해하며 물었다.

"삼촌 아파트는 괜찮고?"

다쿠스가 웃었다. "그래서 병원에 와보지 않은 거니? 삼촌한테 혼날까 봐?"

"아냐." 베르톨트가 몹시 당황하며 말했다. "허락을 못 받았어. 우리가 어디 있을 거라고 거짓말을 한 것 때문에 부모님이 화가 단단히 나셨어."

버지니아가 고개를 끄덕였다. "나도 외출금지 상태야."

"그런데 지금 여긴 어떻게 온 거니?"

버지니아가 코웃음을 쳤다. "난 지금 여기 있는 게 아니야." 그녀가 말했다. "도서관에서 공부하고 있지."

다쿠스가 웃었다. "음, 걱정할 필요 없어. 아파트는 멀쩡해. 맥스 삼촌이 사람을 불러 점검했는데, 무너지지는 않을 거래."

"휴!" 베르톨트가 말했다.

"삼촌이 그러는데, 건물 중간만 무너져 내리고 벽들은 그대로 남았기 때문에, '백화점'이 그 꼴이 됐는데도 주변 건물들에는 피해가 없었던 거래."

"그래?" 베르톨트는 내심 놀란 것처럼 보였다.

"거리 전체를 무너뜨리지 않은 걸 보면 네가 공학박사 학위를 받아야 마땅하다고 하셨어."

"친절한 말씀이네." 베르톨트가 안경을 콧잔등 위로 밀어 올리며 말했다. "그럼 이제 아빠도 돌아오셨으니, 너도 예전 학교로 돌아가야겠네?"

"아직은 아냐." 다쿠스가 고개를 저었다. "아빠가 아직 병원에 계시고, 퇴원 후에도 보살핌이 필요한 상태야. 맥스 삼촌이 아빠가 회복될 때까지 당분간 우리 둘 다 이 집에서 지내도 된다고 하셨어."

"어, 그거 좋은 소식이네." 베르톨트의 얼굴이 밝아졌고, 뉴턴이 원을 그리며 날면서 꼬리를 살짝 보여줬다.

"하지만 나쁜 소식도 있어." 버지니아가 말했다.

"뭔데?" 다쿠스가 물었다.

베르톨트가 입술을 깨물었다. "경찰이 루크레시아 커터를 놓쳤어."

"뭐?" 다쿠스가 일어섰다.

"그 여자가 탈출했어." 버지니아가 말했다. "그리고 험프리와 피커링을 널 쏜 혐의로 경찰이 살인 미수로 기소했어."

"하지만 그건 말도 안 돼! 그들이 날 쏜 게 아니잖아. 루크레시아가 쐈지."

"알아." 베르톨트가 동의했다.

"그런데 그 여자가 여전히 어딘가에서 활보하고 있다고?"

버지니아가 고개를 끄덕였다. "하지만 딱정벌레들은 안전해." 그녀가 상기시켜 줬다. "딱정벌레 산은 하수구에 숨었고, 피커링과 험프리는 감옥에 있어. 그러니까 가구 숲은 우리 것이야."

"그 여자가 돌아올까?"

다쿠스는 다시 앉으며 한숨을 쉬었다.

"글쎄. 그 여잔 뭔가를 꾸미고 있어. 그게 뭔지 모르지만, 분명 어두운 거야. 아빠의 얼굴에서 난 그걸 봤어." 다쿠스는 빛을 받아 어른어른한 베이스캠프의 방수포 천장을 올려다보았다. "하지만 그녀가 뭘 가지고 나타나건 그건 중요하지 않아." 그가 버지니아와 베르톨트를 번갈아 보며 말했다. "우리에겐 딱정벌레들이 있잖아." 그의 손이 어깨 위의 박스터에게 올라갔다.

"좋은 친구들을 잊지 마..." 버지니아가 싱긋 웃으며 덧붙였다.

"그래." 베르톨트가 끄덕였다.

"그리고 약간의 용기와 결단력만 있으면, 아무도 우릴 이길 수 없어." 다쿠스가 미소 지으며 말했다.

곤충학 사전

곤충

곤충류에는 알려진 종만 180만 종이 있다. 곤충의 몸은 머리, 가슴, 배, 이렇게 세 부분으로 이루어진다. 곤충은 다리가 여섯 개이며 날개가 있는 곤충이 많다. 곤충은 탈바꿈(변태)이라는 복잡한 생명주기를 갖는다.

절지동물

곤충(육각류라고 알려진)과 갑각류, 다지류(노래기류와 지네류), 협각류(거미류, 전갈류, 투구게류 등) 등을 포함하여 몸과 다리에 마디가 있는 동물군을 가리킨다.

초시류

딱정벌레의 학명

딱정벌레

'시초'라고 하는 딱딱한 전면 겉날개 한 쌍이 있는 곤충의 총칭. 지구상에는 어느 동물보다도 많은 딱정벌레 종이 있다.

🪲 배(복부)

흉부 뒤에 위치한 신체의 일부. 곤충의 세 개 신체 부위 중 가장 큰 부분을 차지한다.

🪲 가슴(흉부)

곤충의 몸에서 머리와 배 사이에 있는 부분

🐞 더듬이

머리에 달린 한 쌍의 감각 기관. 냄새와 맛, 열, 풍속, 방향 등 많은 것을 감지하는 데 이용된다.

🪲 턱

딱정벌레의 입 부분. 턱은 먹이를 잡거나 으깨거나 자를 수 있고, 또한 포식자와 경쟁자에 대한 방어의 역할도 한다.

🪲 촉수

곤충의 입 근처에 있는 한 쌍의 감각 기관. 주변의 화학물질을 만져서 감지하는 데 이용된다.

🐞 강모(가시)

곤충의 몸 일부를 덮고 있는 작은 털처럼 튀어나온 것.

🪲 겹눈

수천 개의 개별 시각수용체로 구성될 수 있으며 절지동물에서 일반적이다. 많은 절지동물에게 매우 뛰어난 시력을 제공하지만, 겹눈을 가진 동물들은 세상을 컴퓨터 화면 상의 픽셀처럼 화소화된 이미지로 본다.

🐞 외골격

포유류처럼 몸 내부에 있는 골격이 아닌 몸 외부에 있는 골격. 곤충은 주로 키틴질로 이루어진 외골격을 갖고 있다. 외골격은 아주 강하며, 근육을 꽉 채울 수 있다. 따라서 곤충들은(특히 극도로 강한 외골격을 가진 딱정벌레들은) 크기에 비해 아주 강할 수 있다.

🐞 겉날개(딱지날개)

그 아래 있는 막으로 이루어진 연약한 속날개를 보호하는 외피 역할을 하는 딱딱한 앞날개

🐞 마찰음

곤충이 짝을 유인하기 위해서, 또는 영역 표시 또는 경고 신호로 신체 부위를 함께 비벼서 내는 긁는 듯한 크고 날카로운 소리.

🐞 키틴질

곤충을 포함하여 대부분의 절지동물의 외골격을 구성하는 물질. 키틴질은 가장 중요한 천연 물질 중 하나다.

🐞 DNA 데옥시리보핵산

유전자 정보를 담고 있는 분자로, 거의 모든 생물체에 대한 청사진이다. 한 가닥의 DNA를 유전자라고 부른다.

🪲 이중나선

DNA의 개별 구성요소들이 합쳐질 때 DNA가 형성하는 형태로, 꽈배기처럼 꼬인 사다리같이 보인다.

🪲 유전자 이식

과학자들이 어떤 동물에 다른 종의 DNA를 추가한 경우, 유전자 이식을 했다고 말한다.

🪲 곤충학자

곤충을 연구하는 과학자

🪲 서식지

유기체가 사는 영역의 형태. 예를 들어 사슴벌레의 서식지는 잎이 넓은 활엽수가 있는 삼림지대다.

🪲 무척추동물

척추(등뼈)가 없는 동물

🪲 유충(애벌레)

성숙하지 않은 곤충. 유충은 성충과는 외양이 전혀 다르며 부모 곤충과 다른 것을 먹고 사는 경우가 많다. 따라서 먹이를 두고 부모 곤충과 경쟁하지 않는다.

🪲 변태(탈바꿈)

'변화'를 의미한다. 변태는 다른 삶의 단계들(알, 유충, 번데기, 성충 또는 알, 유충, 성충) 사이에서 곤충이 완전하게 변하는 과정을 수반한다. 예를 들어 크고 통통한 크림색 유충을 상상해 보자. 그것은 딱정벌레 성충과 전혀 닮아 보이지 않는다. 딱정벌레를 포함하여 많은 곤충들이 번데기 또는 고치 안에서 탈바꿈을 한다. 즉, 유충일 때 번데기로 들어가 용화되었다가 딱정벌레 성충으로 형태가 다시 만들어져 번데기를 깨고 나온다. 딱정벌레 성충은 탈피하지 않으며, 늘어나거나 성장하지 않는 딱딱한 외골격에 싸여 있기 때문에 더 이상 자라지 않는다.

🪲 종

유기물에 대한 학명. 어떤 언어를 사용하건 무엇이 어떤 종류의 유기물인지 규정하는 데 도움을 준다. 예를 들어 전 세계에서 박스터는 *Chalcosoma caucasus*(코카서스장수풍뎅이)로 알려져 있다. 그러나 사용하는 언어에 따라, 사람들은 그것을 다른 일반명으로 부를 것이다. 종명은 항상 앞에 속명을 붙여서 이탤릭체로 쓰며, 속명 첫 글자는 대문자로 종명은 모두 소문자 형태로 쓴다. 손으로 쓸 경우는 예를 들어 Taxonomy처럼 이탤릭체 대신 밑줄을 긋는다.

🪲 분류학

유기체를 식별하고 서술하고 명명하는 활동. 분류학은 유사한 유기체들끼리 함께 묶는 '생물학적 분류'라고 하는 체계를 이용한다. 가장 넓게 묶는 '계'에서 시작해서 점점 구체화되어 가장 구체적인 '종'에서 끝이 나며, 계 → 문 → 강 → 목 → 과 → 속 → 종의 순서이다. 속명과 함께 썼을 때 똑같은 종명은 단 하나도 없다. 이 체계는 언어별로 다른 일반명에 의해 초래되는 혼란을 피할 수 있게 해준다. 예를 들어 박스터는 장수풍뎅이 종인데, 어떤 사람들은 아틀라스장수풍뎅이나 헤라클레스장수풍뎅이, 또는 티티오스왕장수풍뎅이라고 부를 수 있으며, 많은 장수풍뎅이 종이 존재한다. 그렇다면 우리는 박스터가 실제로 어떤 종인지 어떻게 알까? 생물학적 분류를 이용하면, 박스터를 다음과 같이 분류할 수 있다. 계(동물계) → 문(절지동물문) → 강(곤충강) → 목(딱정벌레목) → 과(풍뎅이과) → 속(장수풍뎅이*Chalcosoma*속) → 종(코카서스*caucasus*종). 하지만 우리가 꼭 얘기해야 하는 것은 속명과 종명뿐이다. 따라서 박스터는 코카서스장수풍뎅이*Chalcosoma caucasus*다.

비틀 보이1 사라진 아빠

1판 1쇄 펴냄   2017년 6월 15일

지 은 이   마야 G. 레너드
옮 긴 이   정해영
펴 낸 이   정현순
디 자 인   이용희

펴 낸 곳   ㈜북핀
등   록   제2016-000041호(2016. 6. 3)
주   소   서울시 광진구 천호대로 572, 5층 505호
전   화   070-4242-0525 / **팩스** 02-6969-9737

ISBN 979-11-958238-5-7 04840
ISBN 979-11-958238-4-0 (세트)

값 11,500원